鄒濬智——著
你知道你的名字是什麼意思嗎？
你知道自己「名字」的真實涵義嗎？常見的「榮」字，原來是畫出很多火把在面前照耀，進而發展出前途光明的意思；「麗」字原本描繪擁有大角的公鹿，有大角，公鹿自然「美麗」；偶像劇男主角李大仁的「仁」字，原來指的就是兩人相親相愛……

五南圖書出版公司 印行

寫在前面的話：

華人起名用字文化

「名字」就是一個人的正式稱呼，這個稱呼用在正式的場合和正式的文件上。非不得已，絕不更改，正所謂「行不改名，坐不改姓」是也。所以人打呱呱落地，長輩親人給他取的「名字」就會跟著他一輩子，直到棺木蓋上為止。

「名」和「字」是兩種不同的概念：「名」，是一出生就要取的，而「字」，得要到成年了才會用到。《禮記‧檀弓上》：「幼名，冠字。」〔唐〕孔穎達解釋道：「始生三月而加名……年二十，有為人父之道，朋友等類不可復呼其名，故冠而加字。」就是這個意思。所以為什麼直呼他人名諱很不禮貌？因為直接叫人的名，表示你不把對方當心志成熟的大人看，這跟罵人「乳臭未乾」、「毛沒長齊」是一樣嚴重的。不過現代人都將「名」「字」給合用了，也很少再看到有人會特別在子女成年之後另外取字的，有的也多是舞文弄墨的藝文人士自己給自己起的。

由於名字要跟著小孩一輩子，謹慎一點的長輩父母當然不敢怠忽，也格外的用心。華人常用來取名字的方法一般來說有以下幾種：

其一、按家族排行：如果長輩遵循傳統，家族新成員的取名便會照著祠堂外面宣教後人的對聯用字來取名；在家庭手足中排行第幾，取名時也就一併把排名給表示出來。這樣取名的好處是宗親一見面，只要看名字就知道彼此的輩分，不會叫錯親屬稱謂、不會失禮，一群小孩混在一起，看名字也知道誰是老大，誰是老么（伯（孟）、仲、叔、季）；缺點就是依此所取出來的名字變化度很差，很沒新鮮感。

其二、應兆應夢：小孩出生前，家中長輩看到什麼吉兆或夢到什麼祥瑞，很容易的家族新成員就會被認為是振興家道的幸運兒；很自然的那個被看到的吉兆或被夢到的祥瑞就會變成家族新成員的名字。這樣取名的好處是容易打開新成員在家族中的接受度（祥瑞嘛！）；缺點是長輩們視什麼為吉兆或祥瑞並沒有個普世標準，如果今天長輩夢到馬桶或踩到大便，那就麻煩大了！

其三、記人事時地：家族新成員在哪裡出生？幾時（年肖天干地支）幾時出生？新成員的長輩由哪遷徙而來？想要用新成員的名字紀念那位先人或表達對哪位賢人偶像的仰慕？把這些資訊直接加入名字裡，好處是不用費力思索，然而缺點是太容易因此洩漏了個人資料。在著重個人隱私的現代可能不是太理想的做法。

其四、表達期望：人人都希望生女成鳳、得男成龍。長輩們在給家族新成員取名時自然就會將自己的期待化為文字，變成名字。有的就直接採用經典中的重要典故。這樣取名的好處在於自己的名字就是長輩的願望，順著自己的名字去做，就能成就孝順；缺點就是人各有志，長輩的期望未必是自己的性向，不知不覺間容易給自己莫須有的壓力。

其五、對命理的關注：自戰國陰陽五行學說盛行以來，華人終究難免迷信。取名字之前，家族新成員的生辰八字必須給算命先生排一排，看命中缺五行哪一行？名字總筆畫要多少才吉利，再藉此翻查命名寶典，找出符合條件的字來命名。這樣做的好處是發揮讓整個家族安心的心理效果（算出來好命再命好名會更好命；算出來歹命再命好名會扭轉命運）；缺點是為了要符合五行或筆畫條件，選了意義不好的字或罕見字，甚或找不到字而必須自創新字，反而造成家族新成員未來發展人際關係方面的困擾。

其六、取與姓氏平仄相叶或意義相補的字：漢字的詞彙是由單音節詞發展到複音節詞。姓氏的本身可以看作一個單音節詞；名字或為一字或為二字，取名命字時可以不必考慮姓氏，獨立來思考要採用什麼字。但匠心獨運的長輩或者在取名命字時會考慮到名字的字音或字義是否可以和姓氏的聲韻相叶，達到格律的和諧，又或者是意義互補、姓加名字後與另一個吉祥的凝固詞諧音——像姓「程」或「陳」的可取單名一個「義」或「毅」，使得姓名與「誠意」諧音；姓「周」或「鄒」的可取單名一個「妍」或「顏」，使得姓名與「周延（嚴）」諧音；姓「吳」或「巫」的可取單名一個「優」或「悠」，使得姓名與「無憂」諧音等等皆是。

不論是採用那種方式起名字，我們的名字都寄寓了長輩親人的苦心和期望，我們又怎能不充分瞭解自己名字的內涵呢？可是社會大眾普遍未具有對漢字的國語文知識的基本認識，就有很多不瞭解自己名字內涵的人。遇到要自我介紹的場合，要嘛用拆字法（木白→「柏」、折口→「哲」等）來說明，要嘛用慣用語（有些還不小心用到不雅的慣用語）來解釋（「智障」的「智」、「血流成河」的「河」等），一點文化含量也沒有，大大的辜負了長輩親人當初是如何的絞盡腦汁、煞費苦心！

本書的寫作，參考內政部戶政司近期所整理的常用命名用字。書中各單元先針對每個常用命名字的文字本形本義與相關的典章掌故進行說明，再列出以此字取名的各領域名人，並探討以此字取名命字的動機和涵義，最後再以表格整理幾個有關的吉利話。希望讀者在閱讀此書的同時，一則得以更加瞭解自己的名字的深刻內涵，二則得以學到相關吉利話，在公關場合能用來自我介紹和介紹親友，表現出自己的文化深度，三則是希望藉此能激起向同樣以此字命名的名人看齊的志氣。

不過不可避免的是，包括古文字研究在內的各個學科，都會遭遇「英雄所見不同」的這一共同問題。在識辨某個漢字本形本義的這個部分，不同學者的學術養成過程不同、文化背景不同，所取得的結果也不同。本書所採用的漢字本形本義說明，絕不可能滿足每一位學者的見解。若〔東漢〕許慎《說文解字》的解釋無大誤，則本書直接採用；若還有更新的研究或資料提出更好的意見，本書即試著在異見中求取共識，採用最多人支持或最符合人類心理直觀認識的說法。這是在進入正文之前必須要特別提出來說明的。

最後必須要說明的是，本書的寫作，得力於臺灣諸個學術單位建置的各種學術資料庫甚多：

「電腦漢字及異體字資料庫」，http://chardb.iis.sinica.edu.tw/

「小學堂文字學資料庫」，http://xiaoxue.iis.sinica.edu.tw/

「中華語文知識庫」，http://chinese-linguipedia.org/clk/index.php

「漢語古今音資料庫」，http://xiaoxue.iis.sinica.edu.tw/ccr/

「開放康熙字典」，http://kangxi.adcs.org.tw/

「漢字構形資料庫」，http://cdp.sinica.edu.tw/cdphanzi

「全字庫」，http://www.cns11643.gov.tw/AIDB/query_composite.do

「教育部異體字字典」，http://dict.variants.moe.edu.tw/main.htm

「教育部國語辭典」，http://dict.revised.moe.edu.tw/index.html

海內外華人學界所建置的資料庫如：

「漢典」，http://www.zdic.net/

「說文解字在線查詢」，http://www.shuowen.org/

「象形字典」，http://www.vividict.com/Default.aspx

「字源網」，http://www.hanziyuan.com/

「書法字典」，http://www.shufazidian.com/

「書法字典查詢」，http://shufa.supfree.net/

「書法教學資料庫」，http://163.20.160.14/~word/modules/myalbum_search/

也提供了很多幫助。而開放百科像是：

「維基百科」，http://zh.wikipedia.org/

「百度百科」，http://baike.baidu.com/view/1.htm

「互動百科」，http://www.baike.com/

雖然資料的學術性和準確性未達百分百，但在介紹及協助索引查找資料這方面提供了很大的便利。筆者對不求回報、投入上述這些資料庫而大幅度推升今人學術研究層次的人員們，致上由衷的感謝和最崇高的敬意！

目錄。

第四篇　動植物。

第五篇　人德。

第六篇　動作。

第七篇 形容

附錄 常見難字

第一篇

數序

一、九、百、千、萬

古字小常識：从，是「從」的本字，即起初的寫法。

本字組與相關諸字的歷史面貌和它們的造字本義

	一	九	百
甲骨文			
金文			
戰國文字			
小篆			

	千	萬
甲骨文		
金文		
戰國文字		
小篆		

1.

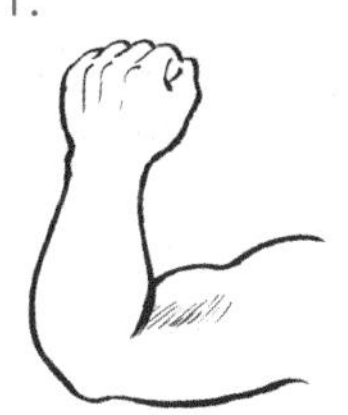

2.

3.

4.

1.「九」字像人手肘彎曲的樣子。
2. 也有學者認為「九」字是描繪曲鈎的樣子。
3.「白」字是象形字，描繪拇指的形狀。
4.「萬」的原形是指蝎子類的毒蟲。

「一」這個字，《說文解字》解釋道：「惟初太始，道立於一，造分天地，化成萬物。」它是個指事字，簡簡單單畫一橫，即表示抽象概念的「一」。

「九」這個字，《說文解字》解釋道：「……象其屈曲究盡之形。」它是個象形字；有人說它像是人的手肘彎曲起來的形狀，但也有人說它像是曲鉤的樣子，後來因為音近借為數目字的「九」。

「百」這個字，《說文解字》解釋道：「十十也。从一、白。數，十百爲一貫。相章也。」它是「白」字的分化字。「白」一說是描繪拇指的象形字，作為數字，則是「白」的假借用法。後來為了和作為序列的「伯」、作為顏色「白」的「白」字有所區分，於是在「白」字上面再加一橫筆，寫成表示數目字的「百」。

「千」這個字，《說文解字》解釋道：「十百也。从十从人。」它表示十個「百」的概念，本來並沒有這個字，它是假借「人」字再加「一」為區別符號才造出來的字。

「萬」這個字，《說文解字》解釋道：「蟲也。从厹，象

● 毒蟲繁衍衆多，所以「萬」後來表示數量很多。

形。」它原來是個象形字，表示兩爪、長尾的毒蟲之形，這個毒蟲大概接近蠍子一類。「萬」這類毒蟲為了有效散布和延續牠們的DNA，所以繁衍的後代數量眾多，因為這層原故，才有意的將之假借為十個「千」概念的數目字。

表示數目字的漢字，大部分都是指示或是假借字。像「一」、「二」、「三」都是藉由不同數目的刻劃表示不同數目概念的指示字；而「四」（「呬」之初文，表示口中嘆出之氣）、「九」、「百」、「千」、「萬」就是本無其字的假借字了。

以本字組取名命字的名人

「一」：臺灣政治人物盧修一、臺灣創作型歌手鄭進一、臺灣藝人賀一航、臺灣電視演員楊一展、香港電視演員黃一山。

「九」：南宋哲學家陸九淵、臺灣政治人物馬英九、臺灣名建築家夏鑄九。

「百」：臺灣歌手羅百吉、臺灣藝人洪百榕、香港藝人黃百鳴、香港藝人陳百祥。

「千」：民國名畫家張大千、臺灣歌手龍千玉、臺灣歌手劉子千、臺灣演員楊千霈、香港藝人楊千嬅。

「萬」：南宋愛國詩人楊萬里、南宋忠臣江萬里、臺灣政治人物蕭萬長、臺灣名企業家蔡萬霖。

以本字組取名命字的用意

「一」字在漢語中的使用非常靈活：既可以是數詞的「一」，也有形容詞「相同」的意思；又能當動詞「統一」、「專一」來用，也有表示「完全」的副詞用法。以「一」字取名命字，或者表示命名者希望被命名者能「萬法歸一」（擁有許多德行），或者希望被命名者能「吾道一以貫之」，或者希望被命名者能「一心一德」，或者希望被命名者可以「一掃天下」。

「九」字是「八」之後的數詞，它既可以是具體的實指，也可以是個虛數；做為虛數使用則具有「很多」的形容詞意涵。另外又因為「九」與「久」字音同，所以「九」字也具有「長久」的隱喻。由於《周易》以「九」指稱陽爻或一切與「陽」相關的概念，所以「九」又多了「陽氣」這一層意思。以「九」字取名命字，實在寄寓了命名者希望被命名者能夠過上物質充裕的生活，或是飽學多聞、長長久久、氣勢歷久不衰的用意呀！

「百」是十個十，「千」是十個百，「萬」是十個千，原本它們都做數詞用，後來發展出虛數的用法，從而引申出「很多」、「極多」的形容詞意涵。以「百」、「千」、「萬」等字取名命字，寄寓了命名者希望被命名者能夠過上物質充裕的生活，或是肚子裝了很多墨水、或是能擁有數不盡福氣的用意。

與本字組有關的好話

以下收錄與本字組有關的好話，除了方便自我介紹和介紹親友之外，讀完也能增進詞語知識和相關的應用能力哦！

一

・一人有慶

歌頌帝王具有德政，使得人民可以依靠。《尚書・呂刑》：「一人有慶，兆民賴之，其寧惟永。」孔穎達認爲它的意思是天子具有善德，所有的老百姓便得以仰賴，這是國家安寧長久之道。

・一寸丹心

丹是赤紅色；一寸丹心指一片赤誠之心。〔唐〕杜甫〈鄭駙馬池臺喜遇鄭廣文同飲〉詩：「白髮千莖雪，丹心一寸灰。」也可作「一寸赤心」。

・一夫當關，萬夫莫開

只要有一名猛將，就能抵禦千軍萬馬；用來形容地勢險要，易守難攻。《淮南子・兵略訓》：「一人守隘，而千人弗敢過也。」〔晉〕左思〈蜀都賦〉：「一人守隘，萬夫莫向。」

九

一匡九合

春秋時管仲輔助齊桓公「一匡天下，九合諸侯」，建立了霸業。後來以「一匡九合」指建國、強國等大事。

一言九鼎

九鼎大呂是古代國家的寶器、重器。秦昭王十五年，秦軍包圍趙國都城邯鄲，趙國使平原君赴楚求救，毛遂自願同往。經毛遂曉以利害，楚王同意出兵救趙。平原君因而贊揚毛遂：「毛先生一至楚而使趙重於九鼎大呂。」事見《史記．平原君列傳》。本句後來引申可形容只說出一句話即產生很大的力量。

九蒸三熯

熱氣上升叫蒸，以火燒乾爲熯；九蒸三熯比喻久經煎熬或磨練。〔明〕馮夢龍《山歌．蒸籠》：「我曾經九蒸三熯，弗是一竅弗通。」

百

一呼百諾

出得一聲呼喚，即得百人回應；用來形容權勢顯赫，手下眾多的樣子。〔唐〕拾得〈詩〉之五十：「高堂車馬多，一呼百諾至。」

一笑百媚

一種笑容能產生百種媚態；用來形容美人的笑容媚態。〔唐〕白居易〈長恨歌〉：「回眸一笑百媚生，六宮粉黛無顏色。」

·百丈竿頭

佛教語，原指百丈高的竿子；用以比喻極高的境界。《景德傳燈錄·景岑禪師》：「百丈竿頭須進步，十方世界是全身。」也可作「百尺竿頭」。

千

·一言千金

一句話的價值在千金之上；常用來形容所言內容非常具有價值。〔漢〕袁康《越絕書·外傳紀策考》：「故無往不復，何德不報，漁者一言千金歸焉。」

·一時千載

一千年才遇到一次；形容機會萬分難得。〔宋〕秦觀〈代回呂吏部啓〉：「恭維某官望重本朝，才高當世，一時千載，韋平之遇已稀；四世五公，袁楊之興未艾。」

·一聞千悟

只聽一次就能領悟道理；用來形容悟性極高，稍加指點，即完全瞭悟。《景德傳燈錄·汾州大達無業國師》：「得大總持，一聞千悟。」

萬

·一碧萬頃

碧綠的顏色廣被；形容青綠無際的樣子。〔宋〕范仲淹〈岳陽樓記〉：「春和景明，波瀾不驚；上下天光，一碧萬頃。」

五鼎萬鍾

鼎是重器、鍾是穀物度量單位，指的是爲官的待遇和俸祿；這句話用來形容官高祿厚。〔明〕宋濂〈永思堂記〉：「依依嫪戀，如羊之跪乳，鳥之反哺，其樂將無涯，視五鼎萬鍾若不能過之。」

千紅萬紫

形容百花競開，花色鮮艷繁多的樣子。〔宋〕辛棄疾〈水龍吟·寄題京口范南伯知縣家文官花〉詞：「人間得意，千紅萬紫，轉頭春盡。」

東、南

附：「西」、「茜」

古字小常識：从，是「從」的本字，即起初的寫法。

本字組與相關諸字的歷史面貌和它們的造字本義

	東	南	西	茜
甲骨文				
金文				
戰國文字				
小篆				

十九世紀末，甲骨文的發現，讓我們對始於西元前一千六百多年的殷商文明有更深一層的認識。中國社會科學院歷史研究所編《甲骨文合集》中的甲骨記載有四方及四方風。四方的觀念即是東、南、西、北。專家們認為，四方論是五行說的前身，同時五行論也是由此發展而來。五行宇宙論的感應論應源自於商代人們對四季和季節性活動的感應。

關於五行，《尚書》中屬於商代的〈甘誓〉已經提到「五行」二字；屬於周初的〈洪範〉亦記有木、火、土、金、水，可見當時人

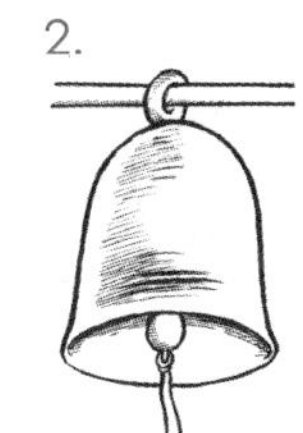

1.「東」是象形字，描繪上下開中的東口袋。
2.「南」原是象形字，描繪懸掛著的鐘。
3.「西」本是象形字，描繪鳥巢的形象。
4.「屮」字生動地描摹了小草的形象。

對上下四方中央與天地萬物的構成物質已經開始試圖進行解釋。

「東」字本來是個象形字，原為上下皆有開口的一種束口囊袋，這種結構的囊袋上下都有開口，對製作和裝卸貨物而言都是非常方便的設計，當然也是先民頻繁使用的生活物件之一。作為方位詞「東方」之「東」則是它的假借用法。

「南」字本來是個象形字，原為某種可懸掛敲擊樂器（類似磬或鐘）的具體描繪。「南」字的上部表示可用以懸掛的部分，可能是繩，也可能是鉤，作為方位詞「南方」之「南」也是它的假借用法。

「西」這個字，《說文解字》解釋道：「鳥在巢上。象形。日在西方而鳥棲，故因以爲東西之西。」這個字本來是個象形字，從甲骨文的寫法可以清楚看出它原來描繪的是鳥巢之形，後假借為方位詞「西方」之「西」，本義就漸漸地不用了。

「茜」這個字，《說文解字》解釋道：「茅蒐也。从艸西聲。」它是個从「艸」「西」聲的形聲字。「西」作為「茜」

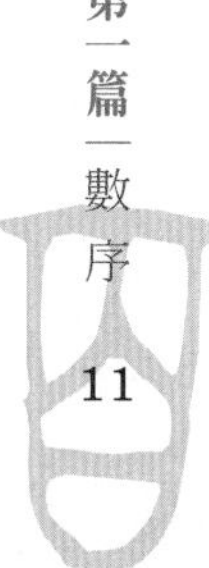

的聲符；因為「茜」指的是一種植物，所以从義符「艸」。「艸」，《說文解字》：「百卉也。从二屮」，它是會意字，疊用二個「屮」，「屮」，《說文解字》解釋道：「艸木初生也。象丨出形，有枝莖也。」它即是小草的象形描繪，从二「屮」的「艸」就有「草很多」的意思。由於這種植物可以做為染料，染出來的顏色黃色偏紅，所以「茜」字引申就有「大紅色」的意思。「茜」又通「倩」，有「俏麗」的意思。（詳本書形容字組十四「倩」字）

以本字組取名命字的名人

「東」：明朝散文家李東陽、清末革命義士陸皓東、臺灣名企業家徐旭東，臺灣藝人何潤東、汪東城、申東靖，臺灣政治人物趙耀東，香港藝人程小東、陳曉東，中國政治人物毛澤東。

「南」：宋朝愛國詩人鄭所南、明鄭大臣陳永華化名陳近南、臺灣相聲國寶吳兆南，臺灣政治人物陳定南、馬以南，香港藝人鄭浩南。

（「西」：臺灣資深媒體人馬西屏，臺灣藝人黃西田、阿西、曹西平。）

（「茜」：臺灣電視節目主持人陳文茜。）

以本字組取名命字的用意

因為地球自轉方向是由西向東，所以每天人類可以觀察到的太陽行進方向是由「東」向「西」；「東」和「西」是相對的方向概念。太陽是地球上所有生物能量的來源，所以「東」字因而具有「生命力」的意涵。古代陰陽家將四方及中央配上五行：東—木；南—火；西—金；北—水；中央—土，所以「東」能代表「木」、「植物」這一類的概念。春秋晉國公子重耳，逃亡回到晉國即位為君後，為了報昔日鄭國不接濟之仇，與秦國聯軍攻打鄭國。鄭國派燭之武勸說秦穆公退兵時提到，若秦國退兵，將來秦國使者往東經過鄭國，鄭國做為招待的主人將提供一應物資。秦國接受了這個條件，於是退兵。因為這個故事，「東」字又可指稱「主人」。以「東」字取名命字，寄寓了命名者希望被命名者永遠精力旺盛，又或者可以揚名、稱霸東方的用意；也有可能被命名者經過相命師排完命盤後，發現命中缺木，於是取「東」字為名，做為補救的手段，希望被命名者能就此一生平安。

「南」字現今的用法多為和北方相對的方向詞。因為「南」和五行中的火行搭配，所以「南」字又多出「火」、「旺」這一層意思。以「南」字取名命字，寄寓了命名者希望被命名者能揚名、稱霸南方的用意；也有可能被命名者經過相命師排完命盤後，發現命中缺火，於是取「南」字為名，做為補救的手段，希望被命名者能就此一生平安。

「西」字現今的用法多為和東方相對的方向詞。因為「西」和五行中的金行搭配，所以「西」字又多出「金」、「金錢」這一層意思。佛經中常以「西天」簡稱佛祖所在的極樂世界，所以「西」字也可以指稱天堂。以「西」字取名命字，寄寓了命名者希望被命名者能揚名、稱霸西方的用意；也有可能被命名者經過相命師排完命盤後，發現命中缺金，於是取「西」字為名，做為補救手段，希望被命名者能就此一生平安；又或者一生快樂，有如在天堂那般。

「茜」字一指茜草，即可做作大紅色的染料，也可以入藥，專治內出血疾病。由於與「倩」字音近，「茜」、「倩」二字相通，所以「茜」字也因此隱含有秀美生動的字意。以「茜」字取名命字，比較少是取其「大紅大紫」的意思，而大多取其後一個意思：它寄寓了命名者希望被命名者（通常是女性）能秀美出眾、楚楚動人的用意。

與本字組有關的好話

以下收錄與本字組有關的好話，除了方便自我介紹和介紹親友外，讀完也能增進詞語知識和相關的應用能力哦！

東

・東床之選

王羲之袒腹東床，得選乘龍快婿；後用以比喻佳婿人選。〔五代〕危德興〈尋陽長公主墓志〉：「潛應坦腹之姿，妙契東床之選。」

・東山之志

指謝安隱居東山的故事；後用以指稱隱居的念頭。《晉書・謝安傳》：「安雖受朝寄，然東山之志始末不渝，每形於言色。」

‧失之東隅，收之桑榆

東隅指日升之處；桑榆指日落之處，二處都可以得到日光的照射；比喻初雖然有失，而終可得到補償。《後漢書‧馮異傳》：「〈光武帝〉璽書勞異曰：『赤眉破平，士卒勞苦，始雖垂翅回谿，終能奮翼黽池，可謂失之東隅，收之桑榆。』」

南

‧壽比南山

壽命比得上南山；它是一句祝頌語，用在祝福長壽。《詩經‧小雅‧天保》：「如月之恒，如日之升，如南山之壽，不騫不崩。」

‧南面百城

古時侯君王面朝南方稱王；百城則指領土廣大。這句話用來形容位居王侯高位而擁有廣大土地的人，也可形容統治者的富有程度。《魏書‧逸士傳‧李謐》：「丈夫擁書萬卷，何假南面百城？」

‧南征北討

南北征討，比喻經歷許多戰事。〔唐〕柳宗元〈封建論〉：「歷於宣王，挾中興復古之德，雄南征北伐之威，卒不能定魯侯之嗣。」也可作「南征北伐」、「南征北戰」。

西

．東征西討

東西征討，比喻四處征伐。〔唐〕楊炯〈左武衛將軍成安子崔獻行狀〉：「至如出車授鉞，東征西討，孤虛向背，則雖女子之眾，可以當於丈夫。」

．東奔西走

一會兒向東跑，一會兒向西跑；比喻到處奔波、努力工作。《古今小說．沈小官一鳥害七命》：「二人計較已定，卻去東奔西走，賒得兩瓶酒來，父子三人吃得大醉。」也可作「東奔西跑」。

．東兔西烏

傳說月上有玉兔，日中有金烏，後來這二種動物就能指代月亮和太陽。此句說明月亮東升，太陽西落，形容時光不斷流逝。〔宋〕吳潛〈瑞鶴仙〉詞：「身世事，但難準，況禁他，東兔西烏相逐，古古今今不問。」

尚

附：「上」、「堂」

古字小常識：从，是「從」的本字，即起初的寫法。

本字組與相關諸字的歷史面貌和它們的造字本義

	尚	上	向	堂
甲骨文				
金文				
戰國文字				
小篆				

「尚」這個字，《說文解字》解釋道：「曾也。庶幾也。从八向聲。」這個字原來是個假借字，有時意思通「上」字；字形是借「向」字加個分化符號「八」而為之。和「尚」意近的「上」字，《說文解字》解釋道：「高也。此古文上，指事也。」這個字是個指事字，甲骨文的寫法是由兩條橫畫構成，下面較長的橫畫代表地平線或某物，上面較短的橫畫是指事符號，表示在地平線或某物之上的意思。到了戰國，為了避免這個字和兩畫長度相同的「二」字相混，出現了加上中間一豎

● 「堂」字表示舉行儀式或集會的高尚場所。

● 「向」本是描繪朝北的牆和牆上的窗口。

筆的「上」字寫法，小篆再將這個豎筆上端略加彎曲進行美化。

「尚」字所借用的「向」字，《說文解字》解釋道：「北出牖也。」它本身是象形字，全字描繪朝北的牆和它上面的窗口。由於中國地處亞洲，冬天吹的是從西伯利亞南襲的北風，夏天則是吹從赤道來的南風，所以建築物一般坐北朝南，以取得冬暖夏涼的空調效果。可是房子北邊要都是牆，雖然可以擋一擋北風，但久了難免會潮濕發霉，還是要開個小窗透透氣。所以「向」這字才會中間加個「口」，「口」並不是表嘴巴之「口」，它畫的就是這個開在「向」上的小窗。因為「尚」借用了「向」字，為了要區分二字，才在「尚」字上方加了「八」作為區別的符號。

「堂」這個字，《說文解字》解釋道：「殿也。从土尚聲。」它是個會意字，字中的所从的聲符「尚」也暗示了「堂」是個高尚的地方；下面的「土」指出了這個字是表示一種用土打底墊高起來的建築物。由於「堂」通常用來集會或舉行儀式，空間要夠大，所以它又引申出「堂堂正正」、「堂皇」的意思了。

以本字組取名命字的名人

「尚」：周初賢臣呂尚、清朝劇作家孔尚任、臺灣作家王尚義、臺灣藝人劉尚謙、香港藝人李煒尚。

「堂」：中華民國抗日軍事將領李玉堂、民國學者林語堂、臺灣抗日英雄林獻堂、《臺灣通史》作者連雅堂。

以本字組取名命字的用意

「上」這個字的正面意思，有處在尊位高處，有高高在上，有達到高標，有積極上進等。用「上」字來命名，無非就是希望以「上」為名者，他的生活態度能夠積極進取；他的成就能夠凌駕他人；他所獲得的地位能高高在上；最終他所獲得的待遇及尊重是至高無上、無人能及的。

「尚」因為可以通「上」，所以「上」字原本就有的正面意思，「尚」字也具備了。此外「尚」字還帶有「崇拜」、「推崇」的動詞意義，所以用這個字來取名，要比「上」字比較主觀的「高高在上」，所獲得的群眾基礎更大——「尚」字還有期待被命名者將來能受到他人敬仰的想望哦！

而「堂」字是从「堂」从「土」的會意兼聲字。當然也涵蓋了一部分「尚」字的內蘊。又因為「堂」是用來行禮及進行政治活動的地方，格局要夠大，所以「堂」字另外又隱含有「廣大」、「神聖」的意思。用這個字來命名，除了希望被命名者將來能高高在上、能得到眾人的尊敬外，還期待被命名者要有大胸襟、大肚量、大格局呀！

與本字組有關的好話

以下收錄與本字組有關的好話，除了方便自我介紹和介紹親友外，讀完也能增進詞語知識和相關的應用能力哦！

尚

．偃革尚文

偃指平息，尚指崇尚；這句話表示停息武裝，重視文藝。《新唐書．蕭俛傳》：「穆宗初，兩河底定，俛與段文昌當國，謂四方無虞，遂議太平事，以爲武不可黷，勸帝偃革尚文。」

．注玄尚白

玄是黑，在這裡指的是墨跡，白則指白紙；這句話指的是白紙黑字的文字記載。〔明〕宋應星《天工開物．丹青》：「斯文千古之不墜也，注玄尚白，其功孰與京哉！」

．禮尚往來

尚是崇尚；這句話指禮最重要的精神是有來有往。《禮記．曲禮上》：「太上貴德，其次務施報，禮尚往來，往而不來，非禮也；來而不往，亦非禮也。」

堂

・金玉滿堂

貴金屬和珠玉塞滿了堂室，比喻財富極多。《老子》：「金玉滿堂，莫之能守。」

・堂堂正正

堂和正在都有正正當當的意思，這句話即指光明正大。〔清〕梁紹壬《兩般秋雨盦隨筆．子同生》：「朱子駁之曰：『聖人一筆一削，堂堂正正，豈有以曖昧之事，疑其君父者。』」

・富麗堂皇

形容雄偉壯麗，氣勢強大的樣子。《兒女英雄傳．第三四回》：「連忙燈下一看，只見當朝聖人出的是三個富麗堂皇的題目，想自然要取幾篇筆歌墨舞的文章，且喜正合自己的墨路。」

伯、仲、叔、亞

附：「中」

古字小常識：从，是「從」的本字，即起初的寫法。

本字組與相關諸字的歷史面貌和它們的造字本義

	伯	仲	中
甲骨文			
金文			
戰國文字			
小篆			

	叔	亞
甲骨文		
金文		
戰國文字		
小篆		

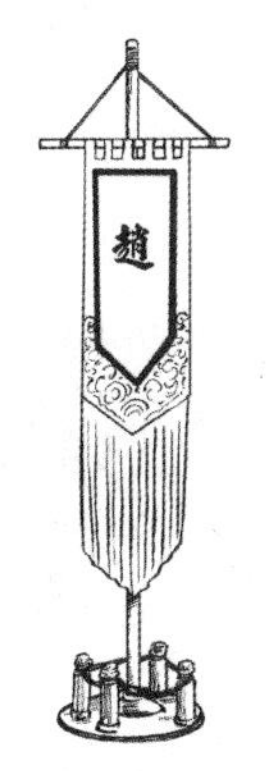

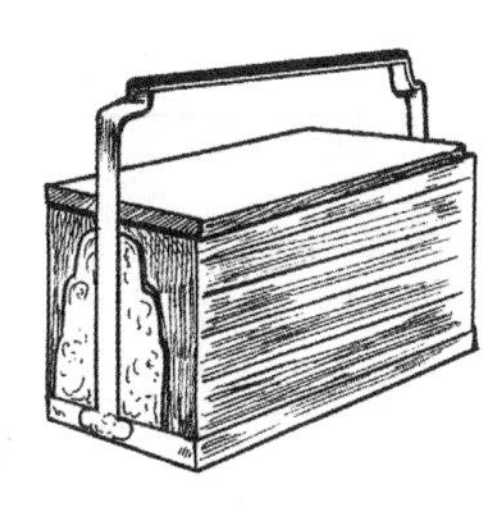

● 有學者認為「中」是描摹裝載典冊的容器，屬象形字。

● 另有學者認為「中」字描繪軍隊的旗幟。

「伯」這個字，《說文解字》解釋道：「長也。从人白聲。」它本義指的是「排行第一」，字形則是源自「白」字，為「白」的後起字。「白」字為象形字，表示拇指（見本書數序字組之一「百」字）。由於拇指在手足中居於首位，故引申為「伯仲」之「伯」、「王伯」之「伯」。「白」字在甲骨文中多用為「伯」，後來假借為顏色之「白」，於是才在「白」旁增益「人」形，寫成「伯」字，以便與「白」色之「白」有所區別。

「仲」這個字，《說文解字》解釋道：「中也。从人从中，中亦聲。」它是個會意兼聲字，从「人」从「中」，「中」也扮演聲符角色。「仲」字由於表示人類輩份的排行，所以和「伯」字一樣从「人」這個義符。至於它的兼聲義符「中」字，一說它是個象形字，或是描寫裝載重要典冊的容器側面，即「史」、「吏」等字所从的偏旁「中」；一說它全字描繪軍隊中軍所在的旗幟，或者是軍隊集合的旗號。但後來「中」字的寫法省略成為指事字，以「丨」筆貫穿直入某物中間來表示，所以《說文解字》才會說：「中，內也。从口。丨，上下通。」「仲」字从「中」，表示排行不上不下，位在中間的意思。

● 「亞」是象形字，描摹有四條墓道的墓穴。

「叔」這個字是個會意字，原為以弋插土掘芋或種植的意思，所以从「又」這個義符，「又」是象形字，它是手部的簡要勾勒；在甲骨文和金文的寫法裡這個字的以弋插土形象很鮮明。後來「叔」字的本義不用而多用其引申義「拾、穫（農作物）」，所以《說文解字》才會說：「拾也」。至於表示同輩排行的「叔」，則是它的假借用法，字的用法與「仲」字相近。

「亞」這個字是象形字，全字畫出擁有四條墓道的王室墓穴鳥瞰圖。根據身分的不同，墓主人陪葬物的豐富程度也各有所異，因此用來通到墓底運送陪葬物的墓道數量自然也就有所不同。王室的重要成員一般都是「亞」形墓，低階一點的貴族則為「申」形或「甲」形墓。「亞」字之後的「輩分排行」及「醜惡」二個義項則都是「亞」字的假借用法。

以本字組取名命字的名人

「伯」：周初大臣泰伯、明初重臣劉伯溫、臺灣政治人物吳伯雄、中國書法家徐伯清。

「仲」：春秋齊國名相管仲、戰國齊隱士魯仲連、漢朝思想家董仲舒、臺灣藝人盧廣仲。

「叔」：春秋齊國名臣鮑叔牙、春秋楚國名相孫叔敖、春秋秦國大夫蹇叔、臺灣語言學家呂叔湘。

「亞」：漢朝名將周亞夫，臺灣藝人蕭亞軒、安心亞、炎亞綸，中國詩人柳亞子、中國藝人李亞鵬。

（「中」：唐朝詩人聶夷中、元末《水滸傳》作者羅貫中、明朝散文家王慎中、中華民國前總統蔣中正、臺灣詩人余光中、香港藝人方中信。）

以本字組取名命字的用意

以「伯」、「仲」、「叔」（季）等字取名命字是中國常見用以表示同輩年紀大小順序的做法。所以透過觀察名字中是否使用這一系列字，可以推斷此人在家族同輩之中的排行。

但若名字有「中」字，未必表示被命名者的同輩排行居中。因為「中」字除了有表示中間、通「仲」字的用法外，還可以表示中正、恰（適）當、中舉等意思。以「中」取名命字，除了可能標示被命名者的排行，也有可能表示名命者希望被命名者能正正當當、舉止得宜，甚至能功成名就，金榜題名的這一個期待。

「亞」字原來表示墓室或明堂一類的建築，這一類建築幾乎左右相對稱，所以「亞」字才引申出「對稱」、「匹配」這一層意思。不過後世「亞」字更多情況不用本義而多用假借義，它可以表示

「醜惡」、「次一等」、「枝ㄚ」等義。因此以「亞」字取名命字的原因也就很不固定。取其「對偁」、「匹配」意涵的，大概是希望被命名者能配得上某種德行；由於民間對命名有一種迷信，認為名字取得愈醜惡，愈不容易得到鬼神的注意和忌妒，被命名者便能好搖飼、平安長大，所以也有因為這一層因素而以「亞」字命名的；又或者命名者希望以「亞」字提醒被命名者要低調，實踐老二哲學，不要強出頭的；最單純的以「亞」字命名的原因，在於「亞」字音近「ㄚ」、「阿」，在名字裡把它作為一個無義的但充滿親切感的虛詞來使用，意在拉近呼名者和被命名者之間的距離。

✦與本字組有關的好話

以下收錄與本字組有關的好話，除了方便自我介紹和介紹親友外，讀完也能增進詞語知識和相關的應用能力哦！

伯·伯歌季舞

兄弟一同唱歌跳舞；形容手足友愛和好。〔漢〕焦贛《易林·否之損》：「秋風牽手，相提笑語。伯歌季舞，燕樂以喜。」

·**伯樂相馬**

伯樂是歷史聞名的相馬師，他懂得觀察、品評馬的優劣；本句後來比喻有眼力者鑑別並薦舉人才。

·**伯仲之間**

比喻人或事物不相上下，很難分出高低。〔三國．魏〕曹丕《典論．論文》：「傅毅之於班固，伯仲之間耳。」

仲

·**一時伯仲**

伯仲指兄弟或同輩；這句是說條件相當的兩人，才能難分高下。〔清〕吳蘭馨《絳蘅秋．秋社》：「看這怡蕉客所作諸詩，可的是一時伯仲呢！」

·**管仲隨馬**

連管仲也得靠老馬帶路，比喻尊重前人的經驗。典故出自《韓非子．說林上》：「管仲、隰朋從於桓公而伐孤竹，春往冬反，迷惑失道，管仲曰：『老馬之智可用也。』乃放老馬而隨之，遂得道。」

叔

·**嫂溺叔援**

視實際情況而加以變通。典故出自《孟子．離婁上》：「男女授受不親，禮也；嫂溺，援之以手者，權也。」又作「以叔援嫂」。

·亞肩疊背

謂肩壓肩，背挨背。形容人多擁擠、熱鬧的樣子。《水滸傳·第二三回》：「武松在轎上看時，只見亞肩疊背，鬧鬧穰穰，屯街塞巷，都來看迎大蟲。」《水滸傳·第一〇二回》：「只見一簇人亞肩疊背的圍著一個漢子。」

中

·中西合璧

比喻在某種事物中中國和西洋的精華結合在一起。《孽海花·第二二回》：「那館房屋的建築法，是一座中西合璧的五幢兩層樓。」也可作「中外合璧」。

·中流砥柱

砥柱爲山名，屹立在黃河激流中；後來用以比喻堅強而能起支柱作用的人或集體。典故出自《晏子春秋·諫下二四》：「古冶子曰：『吾嘗從君濟於河，黿銜左驂以入砥柱之中流。』」也可作「中流底柱」。

·中流擊楫

指〔晉〕祖逖渡江擊楫、有志復興的壯烈氣概；後來用以形容繼絕存亡的志氣。出自《晉書·祖逖傳》：「仍將本流徙部曲百餘家渡江，中流擊楫而誓曰：『祖逖不能清中原而復濟者，有如大江！』」也可作「中流擊枻」。

第二篇。時序

春、秋

附：「夏」、「冬」

古字小常識：从，是「從」的本字，即起初的寫法。

本字組與相關諸字的歷史面貌和它們的造字本義

	春	日	屯	秋
甲骨文				
金文				
戰國文字				
小篆				

	秋	昆	*龜	火
甲骨文				
金文				
戰國文字				
小篆	（古文）			

	夏	冬
甲骨文		
金文		
戰國文字		
小篆		

● 「春」字的義符之一是「日」，也就是太陽。

● 「屯」字描繪植物長根的樣子。

「春」這個字，《說文解字》解釋道：「推也。从艸从日，艸春時生也；屯聲。」這個字是會意字兼聲，原从「艸」、「日」、「屯」，「屯」亦聲，本義即是四季中的「春天」。「春」的義符之一「日」，《說文解字》解釋道：「實也。太陽之精不虧」，是天文星辰的象形描繪，一般即為日間可以清楚觀看到的「太陽」。「春」的義符之二「艸」是會意字，从二「屮」，原意為草很多，引申而常被用做表示植物的義符（詳本書數序字組之二「茜」字）；「春」的義符之三「屯」為象形字，《說文解字》解釋道：「象艸木之初生。」全字描繪植物種子開始發根深紮而芽露的樣子。「春」字从「日」表示陽光始熾，植物（艸）得到能量得以發芽茁壯。「春天」是萬物、特別是植物用力生長的季節，所以全字便从「艸」、「日」、「屯」會意。

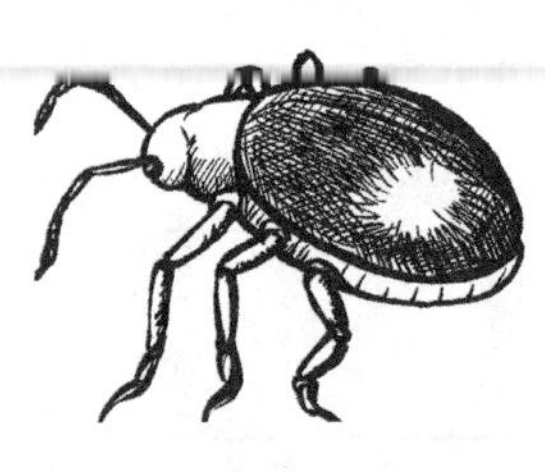

● 「禾」為象形字，描繪禾穗下垂的樣子。

● 「火」字是描摹火焰分岔上舉的樣子。

● 「昆」為象形字，描繪昆蟲形象。

「秋」這個字現在寫成从「禾」从「火」，指的是農作物成熟的季節，《說文解字》解釋道：「禾穀孰也。」不過它一開始的寫法是個从「火」从「昆」的會意字。「昆」是象形字，全字即昆蟲的具體描繪。為了要節省書寫空間，「秋」字裡才把「昆」給豎著寫；漢字裡很多表示昆蟲或動物的義符偏旁如：「虫」、「豸」、「犭」、「豕」，都習慣這樣處理。「秋」字从「火」表示以火燒害蟲的意思，本義即為四季中的「秋天」。為何「秋」字要从「火」這個義符？查「火」這個字，《說文解字》解釋道：「燬也……炎而上。象形。」這個字是個象形字，全字字像是火焰分岔上舉之形。

因為時序進入秋天，農作物即將豐收，擔心害蟲破壞一年的收成，所以必須在夜晚於田邊燃火，利用昆蟲的趨光性將田裡的害蟲給一把燒光。由於「秋天」為農作物準備收穫的季節，加上「昆」的筆畫多不好寫，於是後來將義符「昆」改从「禾」。「禾」為象形字，全字描繪稻禾穀穗飽滿下垂的樣子。

因為「秋」字仍然保留「火」形，而原來所从的「昆」和「龜」字形近而混。所以《說文解字》才會依照所蒐集到的古文

● 「夏」為象形字，描摹因為太陽高照，人們抬頭看太陽何時下山的樣子。

● 「冬」為指事字，原表示繩末的結。

「秋」字字形認為它應該是寫作从「禾」、「火」、「龜」，還進而強加解釋，認為秋天是進補的季節，要以火炙龜食用；這對「秋」字而言當然是很大的誤解。

「夏」字為象形字，全字描繪一人抬頭向天，本義即為四季中的「夏天」。全字還特別把人的頭以區部特寫的「頁」偏旁來表示，強調「抬頭面天」的這一個動作。到了戰國文字的「夏」字，字中還增加了「日」形，特別指出人們抬頭望天是因為夏天太陽很大的原故。大家都有大夏天在太陽下勞動或運動的經驗。動一動身體熱了，滿身汗濕了，很自然的就會抬頭看太陽何時要下山；從這個角度看，「夏」字造得可真動感、真貼切呀！

「冬」這個字，《說文解字》解釋道：「四時盡也。从仌从夂。夂，古文終字。」這個字是個指事字，表示繩子編好後要在終端加一個死結。如果繩子編好後沒在結尾的地方打死結，邊端的纖維就極易散開，繩子也就跟著不耐用；所以「冬」字原來是結繩之「終」字的初文。由於「冬」是繩索的終點，引申來說，一年之「終」的季節也便以「冬」字表示了。

以本字組取名命字的名人

「春」：明朝開國名將常遇春，臺灣作家黃春明、張大春、臺灣電視節目主持人沈春華、臺灣西點名師吳寶春。

「秋」：民國散文家梁實秋、香港藝人鄭少秋、黃秋生、夏春秋。

（「夏」：臺灣音樂家文夏、臺灣政治評論家創夏、大陸歌手胡夏。）

（「冬」：香港導演爾冬陞。）

以本字組取名命字的用意

「春」是季節的名稱，指農曆的正月至三月這段時間。一年十二個月分為春、夏、秋、冬四季，第一個季節就是「春」。由於春天萬物復甦，「春回大地」，所以「春」又有「生機」的意涵。依照四季的不同屬性，陰陽家將之與四方搭配：春—東；夏—南；秋—西；冬—北，所以「春」又能指稱「東方」（「東」字也有「活力」、「生氣」的意思）。以「春」字取命名字，一個可能是藉此字標誌被命名者的出生時間；一個可能是寄寓了命名者希望被命名者能無時無刻具有像春天那般有活力的用意。在臺灣，因為「春」字和臺語的「剩」字同音。如果被名命者的出生並不在家族的生育計畫之中，也有因此以「春」字的這個諧音意思來命名的。

「秋」是一年之中第三個季節名稱，為農曆的七到九月這段時間。搭配四方中的西方，為金行。這個季節通常在一穫的地區，莊稼作物都已成熟，可以收割，所以「秋」字又有收穫的意思。以

「秋」字取名命字，一個可能是藉此字標誌被命名者的出生時間；一個可能是被命名者命中缺金，所以以代表西方、金行的「秋」字來取命名字，加以救濟；一個可能是命名者希望被命名者能永遠處在「豐收」（不論物質或心靈上的）的幸福狀態。

「夏」是一年之中第二個季節名稱，為農曆的四到六月這段時間。搭配四方中的南方，為火行。後來假用指稱中原古部落名，「夏」也是中國歷史上第一個朝代名，所以相沿為中國人的稱呼。「夏」與「假」、「雅」音近，所以「夏」字也可以表示「寬假」、「文雅」這一類意思。以「夏」字取名命字，一個可能是藉此字標誌被命名者的出生時間；一個可能是被命者命中缺火，所以以代表南方、火行的「夏」字來取名命字，加以救濟；一個可能則是寄寓了命名者希望被命名者能揚名、稱霸華夏的用意，又或者希望被命名者能具備文雅、寬容大度的氣質。

「冬」是一年之中第四個季節名稱，為農曆的十到十二月這段時間。搭配四方中的北方，為水行。這個季節的植物已經凋萎，生物也都找地方避冬或就地冬眠，萬物靜寂。以「冬」字取名命字，一個可能是藉此字標誌被命名者的出生時間；一個可能是被命名者命中缺水，所以以代表北方、水行的「冬」字來取名命字。

與本字組有關的好話

以下收錄與本字組有關的好話，除了方便自我介紹和介紹親友外，讀完也能增進詞語知識和相關的應用能力哦！

春

·寸草春暉

子女難以報答父母養育之恩；典故出自〔唐〕孟郊〈游子吟〉：「慈母手中線，游子身上衣。臨行密密縫，意恐遲遲歸。誰言寸草心，報得三春暉！」

·如坐春風

〔宋〕朱熹《伊洛淵源錄．卷四》：「朱公掞見明道於汝州，踰月而歸。語人曰：『光庭在春風中坐了一月。』」後用以喻與品德高尚而有學識的人相處並受其薰陶。

·富於春秋

謂年少，年輕。《史記．曹相國世家》：「天下初定，悼惠王富於春秋，參盡召長老諸生，問所以安集百姓。」

秋

·平分秋色

典故出自《楚辭·九辯》：「皇天平分四時兮，竊獨悲此廩秋。」〔唐〕韓愈〈合江亭〉詩：「窮秋感平分，新月憐半破。」後以「平分秋色」喻雙方各得一半。

·一葉知秋

看見一片落葉，就知道秋天來臨；比喻從細微的跡象就能推知事物發展變化的趨勢。典故出自《淮南子·說山訓》：「以小明大，見一葉落而知歲之將暮，睹瓶中之冰而知天下之寒。」也可作「一葉報秋」。

·春花秋月

春天的花，秋天的月；指春秋佳景或泛指美好的時光。〔南唐〕李煜〈虞美人〉詞：「春花秋月何時了？往事知多少！」

夏

·夏雨雨人

喻及時給人以教益或幫助。〔漢〕劉向《說苑·貴德》：「管仲上車曰：『嗟茲乎，我窮必矣。吾不能以春風風人，吾不能以夏雨雨人，吾窮必矣。』」

·隨車夏雨

謂時雨跟著車子而降；比喻官吏施行仁政，及時爲民解憂。《後漢書·鄭弘傳》：「政有仁惠，民稱蘇息」，李賢注引〔三國．吳〕謝承《後漢書》：「弘消息繇賦，政不煩苛。行春天旱，隨車致雨。」

·冬溫夏清

冬溫被使暖，夏扇席使涼；形容侍奉長輩無微不至。典故出自《禮記．曲禮上》：「凡爲人子之禮，冬溫而夏清；昏定而晨省。」亦訛作「冬溫夏清」。

冬

·無冬無夏

不分寒暑地持續下去。〔清〕紀昀《閱微草堂筆記．灤陽消夏錄六》：「無間冬夏，讀書恒至夜半。」

年、世

古字小常識：从，是「從」的本字，即起初的寫法。

本字組與相關諸字的歷史面貌和它們的造字本義

	年	世
甲骨文	[古文字形]	
金文	[古文字形]	[古文字形]
戰國文字	[古文字形]	[古文字形]
小篆	[古文字形]	[古文字形]

● 「年」的字形像人頭頂著農作物的樣子。

「年」這個字，《說文解字》解釋道：「穀孰也。从禾千聲。」它是個會意字，原指一年的農作物收成，所以从「禾」這個義符；農作物收割完畢，就得由人頂著或扛著回去儲藏，所以「年」字从「人」這個義符。你看「年」的全字不就是動態的描摹農作物收成後，還要由人頭頂著運回去儲藏的樣子嗎？

之後「人」旁因為加了裝飾筆畫的原故而寫成「千」，就變成小篆那樣的構形。由於一年裡農夫要春耕、夏耘、秋收、冬藏，到了年底才能有好收成，所以「年」字後來才引申出包含四季運行的一個週期時段——「年」。

「世」這個字，《說文解字》解釋道：「三十年爲一世。从卅而曳長之。亦取其聲也。」這個字原為象形字，表示樹枝及上頭的葉子，它即是「葉」字的初文。由於植物的生長是先生枝後發葉，有如人的先有父兄才有子孫，「世」於是才引申有表達人事「世代」之「世」的意思。

● 「世」是象形字，描繪樹枝及上頭的葉子。

以本字組取名命字的名人

「年」：漢朝樂府都尉李延年、宋朝詩人石延年、臺灣史學家傅斯年、臺灣名企業家陳萬年、中國政治人物張萬年。

「世」：唐朝太宗李世民、明朝名臣王世貞、清朝武術家方世玉、清末民初軍事家袁世凱。

以本字組取名命字的用意

「年」這個字本義就是指五穀成熟，收割後由人頂著回家存放的意思，字義自然引申有「豐收」的意思；「豐收」後沒多久就要過農曆春節，所以「年」還可以指年節。在一年一穫的地區，「年」字還可以指四季一輪迴的總稱。因為古人算命常以一年為一個最小預測單位——「流年」，所以「年」隱含「命運」、「時運」的意思。以「年」字取命名字，或者是命名者希望被命名者能處處都有收穫；或者希望被命名者能長命百歲；又或者希望被命名者能平安順遂交好運哦！

「世」為「葉」之初文，後來假借為時間長度單位，古人稱三十年為一世，又稱父子相繼為一世；人的一生也可以稱「世」。另外「世」的「時段」義也引申可指某一個朝代、時代。以「世」字取名命字，寄寓了命名者希望被命名者可以揚名、稱霸某個世代的用意，又或者能夠順順利利的過一生。

與本字組有關的好話

以下收錄與本字組有關的好話，除了為方便自我介紹和介紹親友外，讀完也能增進詞語知識和相關的應用能力哦！

·年高德劭

劭，表示美好。本句指年紀大，德行好。〔漢〕揚雄《法言·孝至》：「吾聞諸傳：『老則戒之在得』，年彌高而德彌劭者，是孔子之徒與！」

·年富力強

年紀輕，精力旺盛。《論語·子罕》：「後生可畏」，〔宋〕朱熹解釋道：「孔子言後生年富力強，足以積學而有待，其勢可畏。」

·少年老成

謂年輕而穩重，有如閱歷多的年長者。語本〔漢〕趙岐《三輔決錄·韋康》：「韋元將年十五，身長八尺五寸，爲郡主簿。楊彪稱曰：『韋主簿年雖少，有老成之風，昂昂千里之駒。』」

世

·一世之雄

一個時代的英雄。《宋書·武帝紀上》：「劉裕足爲一世之雄。」

·世外桃源

〔晉〕陶潛〈桃花源記〉描述一個與世隔絕，未受戰亂破壞的理想社會：「自云先世避秦時亂，率妻子邑人來此絕境，不復出焉，遂與外人間隔。問今是何世，乃不知有漢，無論魏晉。」後以「世外桃源」借指不受外界影響或理想中的美好境地。

匡時濟世

匡救時世。〔唐〕元稹〈才識兼茂明於體用策〉：「故禹拜昌言而嘉猷罔伏，漢徵極諫而文學稍進。匡時濟俗，罔不率繇。」也可作「匡時濟俗」。

第三篇 天文地理

天、元

附：「昊」

古字小常識：从，是「從」的本字，即起初的寫法。

本字組與相關諸字的歷史面貌和它們的造字本義

	天	大	元	昊
甲骨文				
金文				
戰國文字				
小篆				

「天」這個字，《說文解字》解釋道：「顛也。至高無上，从一大。」「大」是象形字，就是一個人站得四平八穩的樣子；《說文解字》解釋道：「天大，地大，人亦大。故大象人形。」古人認為天大地大人亦大，所以畫一個舒展四肢、將四肢伸展到最大極限的人來表示「大」這個觀念。「天」在甲、金文字形裡，上面那個頭顯得特別大。其實這個字指的就是人的頭顛、頭頂。在這個階段的「天」字是象形字。那為什麼後來「天」有「天空」、「天上」的意思？這是因為人的頭頂就是天，

● 「昊」就是指人頭頂上廣大的天空。

● 「大」是描摹一個人站得四平八穩的樣子。

人人頭上都頂著一片天，意思是這麼來的。

後來由於寫這個「天」字還要畫圈圈，實在麻煩透頂，於是就把人頭給省成了一橫筆，整個字就變成了用「一」指代天空在「大」這個人頭頂的會意字囉！

「元」這個字，《說文解字》解釋道：「始也。从一从兀。」高鴻縉《中國字例》：「元、兀一字，意為人之首也」。它和「天」字一樣，原先指的也是人類的頭部，只不過「元」字寫起來像是一個側面站立的人。在這人形之上再加了兩橫，特別強調人的頭部。由於「元」字指稱「人頭」的這層意義特別強烈，所以也引申能指事情的起頭、初始。

「昊」這個字，《說文解字》解釋道：「春爲昦天，元气昦昦。从日、夰，夰亦聲。」用白話說就是元氣很廣大——天空很廣大的樣子。這個字放個「日」在「天」上，也就是指人頭頂上的天。人頂上的天除了太陽，什麼都沒有，那就叫「萬里無雲」。既是萬里無雲，天空看起來就很廣大了呀！

以本字組取名命字的名人

「天」：唐朝女皇武則天、宋朝殉國忠臣文天祥、清朝神童吏部尚書李天馥、民初鐵路專家詹天佑，臺灣文學家朱天心、朱天文姊妹。

「元」：唐朝散文家柳宗元、清朝大儒阮元、中華民國前總統黎元洪、中華民國教育家蔡元培，臺灣藝人鄭元暢、姚元浩，臺灣政治人物李應元。

（「昊」：西夏開國皇帝李元昊。）

以本字組取名命字的用意

「天」字本來指人頂上的天空，由於古時候的最高統治者——「皇帝」高高在上，所以也有以「天」加以稱呼的。人的額部在全身最上部，這個部分的人體也可以稱作「天」或「天庭」。因為天空有眾多星體運行，所以「天」也有「天體」或「天象」的意思，由此而引申出「自然」或「自然運行」的意思；再從這一層意思出發，引申出「天生」、「天性」的意涵。以「天」字取名命字，主要是命名者希望被命名者能夠聽從自己的天然善性，發揮天賦的才華，使得自己將來的成就或地位能夠如天空那般在眾人之上呀！

「元」字的本義原指「人頭」。由於人頭帶領身體其他部位行動，所以「元」字又引申有「首長」、「為首」的意思。為首者以身作則，都走在群眾的最前方，所以「元」字又有「第一」的意思。「元」字又通「原」字，所以它也有「原始」、「本原」、「基本」的涵義。以「元」字取名命字，一個是希望被命名者能成為眾人的領袖，不論有什麼表現，名次永遠都排在大家的前面；一個則是希望他能覺察天地萬物運行的本原之道，順道而為，成就大事業。

「昊」字原指廣大的天，以「昊」字取名命字，一個與取「天」字命名的用意相當；一個則是希望被命名者具備有如廣大之天那般的氣度與格局。

與本字組有關的好話

以下收錄與本字組有關的好話，除了方便自我介紹和介紹親友外，讀完也能增進詞語知識和相關的應用能力哦！

天・一統天下

統一全國。《尚書大傳・卷四》：「當其效功也，於卜洛邑，營成周，改正朔，立宗廟，序祭祀，易犧牲，制禮樂，一統天下。」

·人定勝天

人力可以戰勝自然。〔宋〕劉過〈襄陽歌〉：「人定兮勝天，半壁久無胡日月。」

·倚天拔地

倚天而立，拔地而起。極言魁偉雄奇。〔清〕陳廷焯《白雨齋詞話·卷七》：「至杜陵，負其倚天拔地之才，更欲駕《風》、《騷》而上之，則有所不能。」

元

·貞下起元

《易經·乾卦》：「元亨利貞」，尚秉和注解：「元亨利貞，即春夏秋冬，即東南西北，震元離亨兑利坎貞，往來循環，不忒不窮。」因此「貞下起元」可以表示天道人事的循環往復，周流不息。

·連中三元

科舉制度分別稱鄉試、會試、殿試的第一名爲解元、會元、狀元。合稱三元。「連中三元」指接連在鄉試、會試、殿試中獲第一名。《二刻拍案驚奇·卷一》：「〔王曾〕後來連中三元，官封沂國公。」

·元經秘旨

微妙的道理。〔清〕袁枚《續新齊諧·雁岩仙女》：「所説言語，都是元經秘旨，不能記憶。」

昊・昊天罔極

謂父母尊長養育恩德深廣，欲報而無可報答。《詩經・小雅・蓼莪》：「父兮生我，母兮鞠我……欲報之德，昊天罔極。」

陽、晶

附：「日」、「星」

古字小常識：从，是「從」的本字，即起初的寫法。

本字組與相關諸字的歷史面貌和它們的造字本義

	陽	晶	星	生
甲骨文				
金文				
戰國文字				
小篆				

「陽」這個字，《說文解字》解釋道：「高、明也。从阜昜聲。」它是個會意字，本指高明之處所。「陽」所从的義符「阜」，《說文解字》解釋道：「大陸，山無石者。象形」，指的是高低不平的小土丘；一說為崖上可供登高的連續階梯或腳窩。「陽」的另一個義符「昜」則為指示字，上从「日」，下方的筆畫像是日頭初升，四射的光線灑在地平線上的樣子；「昜」全字即為日出東山、大地光明的意思。「阜」的地勢較高，本來就容易被日

1. 

2. 

3. 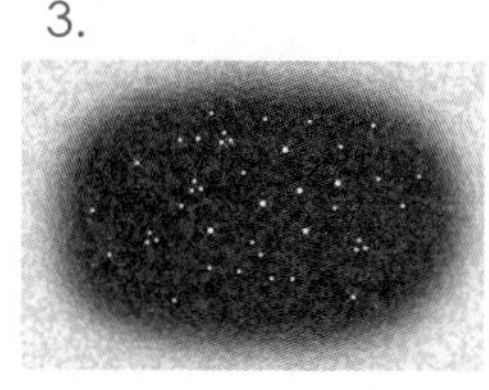

4. 

1.「阜」字一說是指連續的階梯。
2.「昜」表示日出東山，大地光明的意思。
3.「晶」字重複三個「日」，表示天上的星星衆多貌。
4.「生」字畫出植物冒出地表生長的樣子。

光所照到，所以「陽」字才从「阜」、「昜」會意；「陽」字也就因此引申可指常被陽光照到的山岳南面。

「晶」這個字，《說文解字》解釋道：「精光也。从三日。」它是個从三「日」的會意字，指的就是天上的星體，為「星」之初文。「日」這個字，一般即為日間可以清楚觀看到的「太陽」（詳參本書時序字組之一「春」字）；但也可表示夜間可以觀察到的遠方恆星。漢字造字規則中，凡是重複三個同樣偏旁就有「多」的意思，从三「日」的「晶」字即表示天上星羅密布的樣子。後來增加「生」字作為聲符，原來所从「晶」簡省成「田」或「日」，即成為今日「星」字的寫法。「星」這個字，《說文解字》解釋道：「萬物之精，上爲列星。从晶生聲。一曰象形。」「生」這個字，《說文解字》解釋道：「進也。象艸木生出土上。」它是個象形字，全字畫出植物從地表向上生長的樣子，後來在表示植物莖的筆畫上加一橫筆，才使「生」字下部看起來像「土」。不過這種訛變應該是有意的，如此使得植物從「土地」生出的形象更為鮮明。

以本字組取名命字的名人

「陽」：唐朝書法家李陽冰、明朝散文作家李東陽、臺灣詩人向陽、中國小說家高陽。

「晶」：臺灣藝人陶晶瑩、香港導演王晶、中國跳水選手郭晶晶，中國藝人何晶晶、孫晶，中國電視節目主持人和晶。

（「日」：唐朝經學家皮日休、臺灣名法醫楊日松。）

（「星」：辛亥革命烈士羅福星、香港藝人周星馳。）

以本字組取名命字的用意

「陽」字原指日出東山，大地一片光明的樣子，也可以作為「太陽」的專指。容易被太陽曬到的南面也稱「陽」。由於太陽給人強烈的溫暖，是地球上所有生命能量的來源，所以「陽」字也與「陰」字相對，可以指稱所有正面的、強烈的、凸出的、陽間的概念。以「陽」字取名命字，一個可能是經相命師指點，被命名者命屬極寒陰之人，於是以「陽」字為名加以救濟；一個可能是命名者希望被命名者具有強大生命力，個性陽剛、處事剛健、積極進取。「日」為太陽之象形，以「日」字取名命字的用意與取「陽」字相當。不過「日」除了可指太陽，它也可以指一個白天夜晚的時間長度，如此則以「日」為名，也寄寓了命名者希望被命名者能「日日新」、「日日是好日」的用意。

「晶」字為「星」字初文，指天上可以發出亮光到達地球的恆星或是星宿。後來擴大可用以形容像星光那般的亮光。以「晶」或「星」字取名命字，一個是希望被命名者如同天上星宿下凡，具有有別於一般凡人的天賦或能力，得以吐氣揚眉；一個是取「晶」或「星」字的發光形象，希望被命名者能夠發光發亮，讓世人都見識到他超凡的能力；一個可能取「流星」的形象，希望命名者能像流星那樣迅捷、帶給世人驚嘆！

與本字組有關的好話

以下收錄與本字組有關的好話，除了方便自我介紹和介紹親友外，讀完也能增進詞語知識和相關的應用能力哦！

陽·三陽開泰

《易經》以十月爲坤卦，純陰之象。十一月爲復卦，一陽生於下；十二月爲臨卦，二陽生於下；正月爲泰卦，三陽生於下；冬去春來，陰消陽長，有吉亨之象。故舊時以「三陽開泰」或「三陽交泰」爲歲首稱頌之語。

・**朝陽鳴春**

比喻品德出眾、正直敢諫之人。典故出自《詩經・大雅・卷阿》：「鳳凰鳴矣，於彼高岡，梧桐生矣，於彼朝陽。」

・**否極陽回**

猶言「否極泰來」。〔清〕陳夢雷〈丁巳秋道山募建普度疏〉：「禍盈業滿，否極陽回。」

晶

・**油光晶亮**

形容非常光滑明亮。

・**晶瑩剔透**

形容製工精美，薄可透光的樣子。

日

・**一日萬幾**

形容帝王每天處理政事極爲繁忙。典故出自《尚書・皋陶謨》：「兢兢業業，一日二日萬幾。」孔穎達解釋道：「幾，微也。言當戒懼萬事之微。」也可作「一日萬機」。

・**與日俱增**

隨著時間的推移而不斷增長，增加。

·來日方長

未來的日子還很長。表示事有可為；或勸人暫時不必急於從事某一活動。

星

·吉星高照

吉祥之星高照。舊時以為是萬事順遂的預兆，亦用於比喻交好運。

·星流霆擊

如同流星閃電；用來形容迅猛異常。〔漢〕司馬相如〈子虛賦〉：「乘遺風，射游騏，倏眒倩浰，雷動猋至，星流霆擊。」也可作「星流電擊」。

·景星鳳皇

傳說太平之世才能見到景星和鳳凰。後因以比喻美好的事物或傑出的人才。〔唐〕韓愈〈與少室李拾遺書〉：「朝廷之士，引頸東望，若景星鳳皇之始見也，爭先睹之為快。」也可作「景星鳳凰」。

雲、霞、雪、雯

古字小常識：从，是「從」的本字，即起初的寫法。

本字組與相關諸字的歷史面貌和它們的造字本義

	雲	雨	霞	叚
甲骨文				
金文				
戰國文字				
小篆				

	雪	彗	帚		雯
甲骨文				隸書	
金文				行書	
戰國文字				草書	
小篆				楷書	

文	
	甲骨文
	金文
	戰國文字
	小篆

● 「云」描繪出雲的形象，為象形字。

● 「雨」為象形字，描繪雨從天空降下來的樣子。

● 「霞」是形聲字，有彩雲的意思。

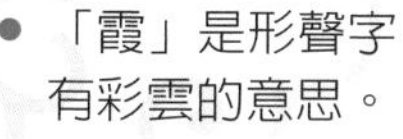

「雲」這個字，《說文解字》解釋道：「山川气也。从雨，云象雲回轉形。」它原本作「云」，為象形字，全字像天上雲氣迴旋成團團綿花似的樣子，後來加了義符「雨」以加強雲生雨降的意象，造成「雲」這個後起形聲字。「雨」作為義符，本身則是象形字。《說文解字》：「水从雲下也。」最上面一橫象天，冂象雲，一點一點向下的筆畫則表示水滴由天而降。「霞」這個字，《說文解字》解釋道：「赤雲气也。从雨叚聲。」它是個从「雨」「叚」聲的形聲字，因為字的意思指日出、日落前後天空及雲層上因日光斜照而出現的彩色光象或彩色的雲，所以从「雨」。它的聲符「叚」，《說文解字》解釋道：「借」，它是個會意字。字形先畫出一個「厂」，「厂」本身則是象形字，全字描繪懸崖的樣子，就是「崖」的初文。「叚」全字表示在

1.「厂」字描繪懸崖的形象。　2.「彗」像人手持掃除的樣子，為會意字。
3.「雯」是會意字，表示有花紋的雲彩。
4.「文」原指人體上的紋身。

「厂」下有兩隻「又」（手）在交付某些東西，本義即是「借用」——就是「假」的初文。為什麼要約在「厂」下交付呢？大概跟別人借東西（錢？）感覺不是一件光榮的事，所以要找個隱密之處來進行吧？

「雪」這個字，《說文解字》解釋道：「凝雨，說物者。从雨彗聲。」它是個形聲字，指的就是「雪花」。因為雨雲遇到冷空氣才會降雪，所以从「雨」這個意符。而聲符「彗」本身是會意字，象「又」（手）持帚或拂塵掃除的樣子。後來名詞化後引申可指掃具，所以《說文解字》才說它是「埽竹也」。「雪」為天上所降下之水氣結晶，為使出入方便本就應掃除。「彗」旁於字中既能表義，又有標音的作用，這層意象在甲骨文的「雪」字寫法裡表現的最為明顯。

「雯」這個字，《康熙字典》解釋道：「音文。《廣韻》：『雲文。』《集韻》：『雲成章曰雯。《古三墳》：『日雲赤曇，月雲素雯。』」它是個从「雨」、「文」會意的字。因為指的就是雲呈現出具有美感的紋理，因此从「雨」這個義符；「文」這個字，《說文解字》解釋道：「錯畫也。象交文。」是個象形字，本為人體交紋的樣子，即是紋身。「文」也就是「紋」的本字，後來引申有「文理」、「文采」的意思。「雯」既指雲文，當然从「文」這個義符囉！

以本字組取名命字的名人

「雲」：清末民初出版家王雲五，臺灣藝人白雲、潘越雲，香港藝人劉青雲。

「霞」：臺灣藝人銀霞、林青霞、江霞，香港藝人沈殿霞。

「雪」：清朝《紅樓夢》作者曹雪芹，臺灣藝人王美雪、劉雪華，香港藝人白雪、米雪，大陸藝人李雪健。

「雯」：臺灣藝人向麗雯、錦雯、詹雅雯、賈靜雯、連靜雯。

以本字組取名命字的用意

「雲」即是天空中凝結的成團水氣。在一般天氣裡，由於雲會阻擋、折射光線，所以雲的顏色以白色居多。以「雲」字取名命字，一個是取其高高在上的形象，希望被命名者能「平步青雲」；一個是取「雲」的潔白形象，希望被命名者遵守道德，努力使自己保持「潔白無瑕」。

「霞」字本指在日出或日落前後天空雲層因日光斜照而出現的彩雲。因為彩雲具有多種顏色，所以「霞」字又引申可指彩色。一般以「霞」字為女子取名命字的機會較高，這是因為命名者取「霞」字多彩的形象，希望被命名者的姿色和才藝有如「霞」那般美麗、繽紛。

「雪」字指的是雲中濕氣遇到零度以下空氣時所產生的白色結晶。因為結晶後重量變重，便從天空落下。以「雪」字取名命字，一是取「雪」字潔白的形象，希望被命名者能清清白白的愛護自己的名聲；一個則是「雪」、「冰」給人寒冷的感覺，可使人冷靜，進而做出理智的判斷；以「雪」字取名命字，也寄寓了命名者希望被命名者能「冰雪聰明」的用意。

「雯」字本來指成花紋的雲彩；也可以指雲彩上的花紋。由於這種花紋是雲遇到特殊天氣所自然產生，以「雯」字取名命字，寄寓了命名者希望被命名者能「麗質天生」的用意，「雯」字也因此多半用在女子的名字之中。

與本字組有關的好話

以下收錄與本字組有關的好話，除了方便自我介紹和介紹親友外，讀完也能增進詞語知識和相關的應用能力哦！

·直上青雲

形容官運亨通，直登高位。〔唐〕李白〈駕去溫泉宮后贈楊山人〉詩：「一朝君王垂拂拭，剖心輸丹雪胸臆。忽蒙白日迴景光，直上青雲生羽翼。」

·壯氣凌雲

豪壯的氣概高入雲霄。《水滸傳·第六一回》：「殺場臨敵處，衝開萬馬，掃退千軍，更忠膽貫日，壯氣凌雲。」

·叱吒風雲

形容聲勢、威力極大。《晉書·乞伏熾磐載記論》：「熾磐叱吒風雲，見機而動。」

霞

·雲興霞蔚

雲氣升起、彩霞聚集；形容景物絢麗多彩。〔南朝·宋〕劉義慶《世說新語·言語》：「顧長康從會稽還，人問山川之美，顧云：『千巖競秀，萬壑爭流，草木蒙籠其上，若雲興霞蔚。』」

·海懷霞想

〔唐〕李白〈秋夕書懷〉詩：「海懷結滄洲，霞想遊赤城。」本托意仙遊。後以「海懷霞想」謂遠遊隱居之思。

·霞姿月韻

比喻俊美清雅的儀態和風度。〔明〕程羽文〈鴛鴦牒〉：「張惠連霞姿月韻，春夢樓高。」

・映雪囊螢

〔晉〕孫康家貧，冬夜映雪光讀書；〔晉〕車胤家貧，夏夜練囊盛螢，借螢火蟲的微光讀書。事見《初學記・卷二》引《宋齊語》、《晉書・車胤傳》。後以「映雪囊螢」形容夜以繼日的苦學。

・冰雪聰明

形容人之聰穎。〔唐〕杜甫〈送樊二十三侍御赴漢中判官〉詩：「坐知七曜曆，手畫三軍勢。冰雪淨聰明，雷霆走精銳。」

・雪兆豐年

冬天大雪是來年豐收的預兆。《鏡花緣・第三回》：「武后因雪越下越大，不覺喜道：『古人云：「雪兆豐年。」朕才登極，就得如此佳兆。』」

山、峰（峯）

附：「地」、「田」

古字小常識：从，是「從」的本字，即起初的寫法。

本字組與相關諸字的歷史面貌和它們的造字本義

	山	峰（峯）	夆	丰
甲骨文				
金文				
戰國文字				
小篆				

	地	也（它）	田
甲骨文			
金文			
戰國文字			
小篆			

● 「止」是象形字，畫出腳掌的形象。

● 「峰」字指山峰的頂端。

● 「山」字描繪出山巒起伏的樣子。

「山」這個字，《說文解字》解釋道：「有石而高。象形。」它是個象形字，全字就是對山脈起伏的具體描繪——象山峰並立的樣子。先秦的「山」和「火」二字的寫法十分相似，在筆畫填實的金文裡尤難區分；但只要注意：「山」字的筆畫大部分都是填實，「火」字有時會保留空虛；山平立在地面，所以「山」字的下部較容易出現平筆，火焰從燃燒的中心點上冒，「火」字下部較容易寫成「U」形；「山」字筆畫抽象化後多寫作三筆，「火」字為表示火焰灰燼騰飛的樣子，有時字上會加幾個頓點來表示。

「峰」這個字，《說文解字》解釋道：「山耑也。从山夆聲。」它是個从「山」「夆」聲的形聲字，也可寫作「峯」，本義指山的頂端。「夆」从「夊」「丯」聲，「夊」和「止」是相對的觀念：「止」是象形字，全字是腳掌之形的簡要勾勒，它就是「趾」的初文。因為「腳掌」是用來行走的，所以「止」就引申有「前往」的意思，「夊」和「止」的字形剛好上下相反，就有「前往」的相反義：「往回走」的意思。至於「夆」的聲符「丯」本身是個象形字，全字描繪眾多玉石串在一起的樣子。串在一起的玉，一可用來供神，二可以做為君子的裝飾。由於「丯」是眾多玉石串

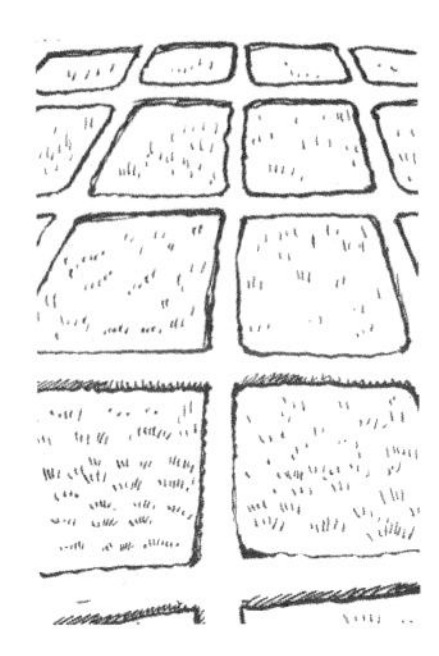

●「田」是象形字，描繪田中阡陌交橫的樣子。

●「它」為象形字，表示頭部巨大的蛇。

●「丰」字描繪出玉石成串的樣子。

在一塊兒，所以引申就有「豐富」的意思了；它也正是「豐」字的初文。而「夆」从「夂」「丰」聲，本意指「迎面走來」，「夆」也正是「逢」字的初文。

「地」這個字，《說文解字》解釋道：「元气初分，輕清陽爲天，重濁陰爲地。萬物所陳也。从土也聲。」這個字是個从「土」「也」聲的形聲字，本義就是「大地」，所以从「土」這個義符。聲符「也」和「它」是一字的分化，《說文解字》說：「它，虫也。从虫而長，象冤曲垂尾形。」它原是個象形字，全字描繪一個頭部巨大的蛇類（可能是飯匙倩），本義指的就是「蛇」。後來「它」字被借用為第三人稱，「也」字也被借為虛詞，於是另外造一個後起形聲字「蛇」來表示。

「田」這個字，《說文解字》解釋道：「陳也。樹穀曰田。象四口。十，阡陌之制也。」它是個象形字，全字即描繪田中阡陌交橫的樣子。將大家的田地劃成一格一格的，第一個好處是方便耕種或巡田，第二個好處是容易灌概，第三個是方便賦稅時用來計算課徵的田地面積。

以本字組取名命字的名人

「山」：唐玄宗朝亂臣安祿山、民初軍閥閻錫山、臺灣科學家沈君山、中國藝人趙本山。

「峰」：臺灣藝人凌峰、吳青峯、高山峰，香港導演杜琪峰、中國藝人馮紹峰。

（「地」：清康熙朝名臣李光地、民國作家許地山、臺灣導演林福地。）

（「田」：臺灣藝人葉啟田、黃西田，臺灣政治人物陳田錨。）

以本字組取名命字的用意

「山」字本指「山岳」，後來泛指一切高於地面的地形。所以墳頭也可稱「山」；垃圾成堆也可稱「山」，乃至家財萬貫也可稱「金山銀山」。由於「山」給人一種高聳入雲的印象，以「山」字命名，可能是命名者希望被命名者的視野能像登山望遠那樣的遼闊；也可能是希望被命名者所取得的成就能像山那樣的高聳；又或者希望被命名者能像山那樣文風不動，穩重有成。

「峰」字指的是「山的頂端」。由於「峰」字从「山」，以「峰」字命名一部分原因與取「山」字相同。另一個原因或是命名者希望被命名者能開創一番轟轟烈烈的事業，在生命裡不斷的登峰造極、超越顛峰。

「地」字指的就是「大地」，它與「天」的概念是相對的。地能生長化育萬物，所以常和天被併成為萬物的父母。因為地承載萬物，也就具有厚實、忍耐的形象。以「地」字取名命字，一個可能是經相命師指點，被命名者命中缺土，於是取从「土」旁的「地」字為名，加以救濟；「地」是最大的

「土」，救濟的效果當然也就最好！另一個可能是命名者希望被命名者能有像地那般提供他人溫暖和支持的性格，又具有艱忍不拔的特質。

「田」指的就是生長出民生物資的田地，「有土斯有財」。以「田」字取名命字，表示命名者希望被命名者能成為一輩子不愁吃穿的大地主之流。

與本字組有關的好話

以下收錄與本字組有關的好話，除了方便自我介紹和介紹親友外，讀完也能增進詞語知識和相關的應用能力哦！

山

・名山大川

著名的大山大河。《尚書・武成》：「所過名山大川。」傳：「名山，華岳；大川，河。」

・他山之石

《詩經・小雅・鶴鳴》：「它山之石，可以爲錯。」毛傳：「錯，石也，可以琢玉。舉賢用滯，則可以治國。」鄭玄解釋道：「它山喻異國。」又：「它山之石，可以攻玉。」毛傳：「攻，錯也。」本謂別國的賢才也可用為本國的輔佐，正如別的山上的石頭也可為礪石，用來琢磨玉器。

·山高水長

借由山高水長的形象來形容品格高潔，流傳久遠。〔宋〕范仲淹〈桐廬郡嚴先生祠堂記〉：「雲山蒼蒼，江水泱泱。先生之風，山高水長。」

·峰迴路轉

山勢曲折，道路隨之迂回；引申可形容事情經歷曲折後，出現新的轉機。〔宋〕歐陽修〈醉翁亭記〉：「峰迴路轉，有亭翼然臨於泉上者，醉翁亭也。」又作「峰回路轉」。

·登峰造極

造詣達到極高的境地。〔南朝·宋〕劉義慶《世說新語·文學》：「佛經以為祛練神明，則聖人可致。簡文云『不知便可登峰造極不？然陶練之功，尚不可誣。』」

·望峰息心

遙望山巒巍峨而塵念隨之平息；多指遁世隱居，也可指知難而止息。〔南朝·

梁）吳均〈與宋元思書〉：「鳶飛戾天者，望峰息心；經綸世務者，窺谷忘反。」

地．用天因地

利用天時，順應地利。《東觀漢記．公孫述傳》：「蜀地沃野千里，土壤膏腴……所謂用天因地，成功之資也。」

．上天入地

升上天空，鑽入地下。形容神通廣大。〔唐〕李復言《續幽怪錄．盧僕射從史》：「吾已得煉形之術也，其術自無形而煉成三尺之形，則上天入地，乘雲駕鶴，千變萬化，無不可也。」

．出人頭地

超出一般人；高人一等。〔明〕張寧《方洲雜言》：「黃素負氣，因與二公有隙，奮筆批予卷，有『大廷之對，必出人頭地』。」

田．龍德在田

《易經．乾卦》：「『見龍在田』，德施普也。」後因以「龍德在田」形容恩德廣被。

·田連阡陌

形容田地廣闊，一塊接著一塊。《漢書·食貨志上》：「富者田連阡陌，貧者亡立錐之地。」

·藍田生玉

比喻名門出賢子弟。典故出自《三國志·吳志·諸葛恪傳》：「諸葛恪字元遜，瑾長子也。少知名」，裴松之注引〔晉〕虞溥《江表傳》：「恪少有才名，發藻岐嶷，辯論應機，莫與爲對。權見而奇之，謂瑾曰：『藍田生玉，眞不虛也。』」

金、鋒、銘

本字組與相關諸字的歷史面貌和它們的造字本義

	金	今	鋒	銘
甲骨文				
金文				
戰國文字				
小篆				

	名	夕	口
甲骨文			
金文			
戰國文字			
小篆			

古字小常識：从，是「從」的本字，即起初的寫法。

● 「金」字的兩點表示金屬是從土中的礦物所提煉出來的。

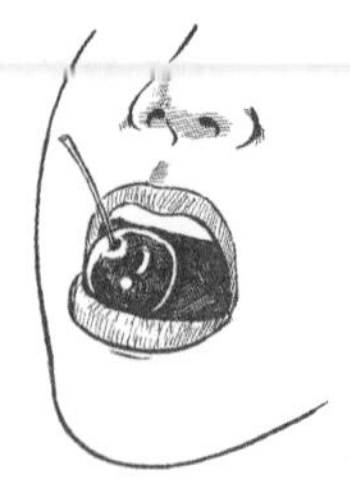

● 「今」為指事字，像口含東西的樣子。

● 「鋒」字指的是兵刃的邊緣。

「金」這個字，《說文解字》解釋道：「生於土，从土；左右注，象金在土中形；今聲。」這個字原本是個指事字，先寫個「土」，然後在「土」旁加二點，表示金屬是從土中的礦物所煉出來的，後來加了個「今」省形做為聲符，才變成了今日形聲字的寫法。它的聲符「今」，本身是個指事字，全字像是口中含有東西，它也就是「含」字的初文。

「鋒」這個字，《說文解字》解釋道：「兵耑也。从金逢聲。」這個字是個形聲字，指的是兵器的邊端，所以从「金」這個義符。「夆」作為聲符，本身是形聲字，是「逢」的初文（詳本書天文地理字組之四「峰」字）。由於兵器的邊端是最早遭逢敵人的地方，所以「鋒」字从「夆」這個聲符是有意義的。如果說「鋒」字从「金」从「夆」，「夆」亦聲也無不可。

「銘」這個字，《說文解字》解釋道：「記也。从金名聲。」這個字是會意兼聲字，本來指的是金屬器物上的文字，因此从「金」這個義符。金屬銘文的製作有二種工法，一種是在製作金屬的模範時，在模範上就先搞定相反字形和相反行文方向的文字，等到熔化的金屬灌澆到模範裡面時，金屬熔液自然流入這

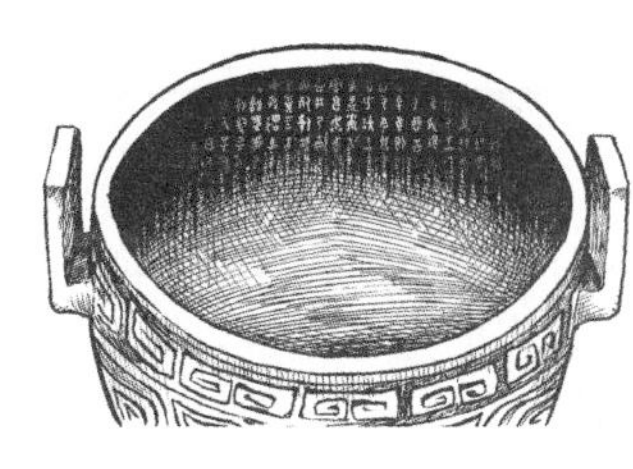

●「銘」表示金屬器上的刻文。

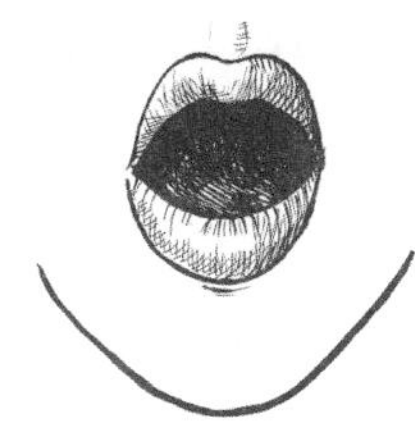

●「口」字畫出口的具體形象。

些文字形狀的溝痕，冷卻後敲掉模範，銘文就形成；另一種工法是先把金屬器物製作完畢，再於預先留白的地方，用更堅硬的刀具在它的表面刻上文字。

「銘」的聲符「名」，《說文解字》解釋道：「自命也。从口从夕。夕者，冥也。冥不相見，故以口自名。」它是個會意字。「名」所从的「夕」是象形字，《說文解字》解釋道：「莫也。从月半見」，全字把半個月亮給畫出來，它表示的是下午天色昏暗開始看得清月亮的這段時間——「暮」；「口」本身也是象形字，《說文解字》解釋道：「人所以言食也。象形」，它就是嘴巴的具體描繪。天色昏暗，看不清楚，必須得出「口」才能向別人說明自己的身分，這個身分也就是「名」了；所以「名」从「夕」从「口」會意。

以本字組取名命字的名人

「金」：清末民初上海名妓賽金花、民初作家巴金、臺灣音樂家溫金龍、臺灣藝人謝金燕、臺灣旅美職棒選手胡金龍、臺灣政治人物王金平。

「鋒」：臺灣職棒選手陳金鋒、香港藝人謝霆鋒、中國畫家謝鋒，中國藝人谷鋒、歐陽安鋒。

「銘」：清朝臺灣巡撫劉銘傳、臺灣雕刻家朱銘、臺灣名企業家郭台銘、臺灣藝人包偉銘。

以本字組取名命字的用意

「金」字原為「銅」之專指，所以青銅器又名「吉金」，青銅文字又名「金文」。後來「金」字字義轉移，專指「黃金」；另外也有字義擴大的用法，可以作為所有金屬的總名。由於古代貨幣質地的演進，有一段時間是以金屬製成，所以「金」字也具有「錢財」的這一層意思。又因為「金」的提煉在古時，工序十分繁鎖，所以只有少數人能夠在生活上使用到它，所以「金」又隱含「珍貴難得」的意思。同時「金」的質地堅硬，做為形容詞使用，和「堅固」意近。綜上，以「金」字取名命字，一個可能是經過相命師指點，被命名者命中缺金，於是取「金」字為名加以救濟。但也可能表示命名者一是希望被命名者能金銀財寶揣滿懷；二是希望被命者有如珍品一般得到他人的珍惜、珍視；三是希望被命者能堅挺於天地之間，不為他人的負面影響而動搖。

「鋒」字指的刀、劍等兵器的尖銳邊端，後來凡是器物的尖端都可稱作「鋒」。因為「鋒」在尖銳物的最前面，所以任何力量的「勢頭」也可稱作「鋒」。以「鋒」命名，除了可能是相命師指點出被命名者命中缺「金」，需要取個从「金」旁的字加以救濟外，也是希望被命名者能夠在各項表現都獨占鰲頭，成為人上人——最頂尖的人才。

「銘」字原作動詞用，指在金屬器物上澆鑄或鏤刻文字的這一個動作。作為名詞則指這一類澆鑄或鏤刻在金屬器物上的文字。由於這類文字不易磨損或遭到更改，所以後來「銘」字也可用來稱呼值得流傳久遠的文章。以「銘」字取名命字，一個可能是被命名者命中缺「金」，取個从「金」旁的「銘」字便可加以救濟；一個可能是希望被命名者能銘記一個值得一輩遵守的某種德行或門風；也一個可能是希望被命名者將來能成為偉人，讓世人永遠不忘他的功績。

與本字組有關的好話

以下收錄與本字組有關的好話，除了方便自我介紹和介紹親友外，讀完也能增進詞語知識和相關的應用能力哦！

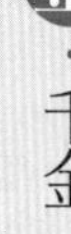

・千金一諾

十分守信用，所以不輕易許下承諾。《史記・季布欒布列傳》：「得黃金百斤，不如得季布一諾。」

・千金之家

富有的大户人家。《莊子．列禦寇》：「單千金之家，三年技成，而無所用其巧。」

・六朝金粉

吳、東晉、宋、齊、梁、陳六朝崇尚華靡，仕女妝扮以艷麗爲主；後來專指施了水粉的美女。〔元〕王實甫《西廂記．第二本第一折》：「香消了六朝金粉，清減了三楚精神。」

鋒

・及鋒而試

趁士氣高時用兵，後來引申可指趁人有可爲之時加以任用。《史記．高祖本紀》：「軍吏士卒皆山東之人也。日夜企而望歸，及其鋒而用之，可以有大功。」

・臨鋒決敵

在戰鬥的最前沿與敵人決一勝負。《後漢書．鄭太傳》：「孔公緒清談高論，噓枯吹生。並無軍旅之才，執銳之幹。臨鋒決敵，非公之儔。」

・鋒鋩畢露

原指書法在書寫時筆鋒、筆勢完全顯露出來；後來引申可說明一個人把才華完全表現出來。〔清〕姚衡《寒秀草堂筆記・卷三》：「此則鋒鋩畢露，神采如生，字存六百有餘，足爲尊古齋中副本也。」也可作「鋒芒畢露」。

・刻骨銘心

將一事牢牢記住，就像銘刻在骨頭和心上；多用來表示永遠不忘記別人施給的恩情。〔唐〕李白〈上安州李長史書〉：「深荷王公之德，銘刻心骨。」也可作「刻骨鏤心」。

・深銘肺腑

肺腑原指肺臟，在此指內心；本句表示深深銘記在心。《兒女英雄傳・第十八回》：「我合你三載相依，多承你與我掌持這小小門庭，深銘肺腑，容當再報。」

玉

附：「珊」、「瑜」、「玲」、「珍」、「瑄」、「玟」、「琪」、「瓊」、「瑤」

古字小常識：从，是「從」的本字，即起初的寫法。

本字組與相關諸字的歷史面貌和它們的造字本義

玉		珮		凡	
甲骨文		隸書		甲骨文	
金文		行書		金文	
戰國文字		草書		戰國文字	
小篆		楷書		小篆	

	珊	冊	刀
甲骨文			
金文			
戰國文字			
小篆			

	瑜	俞	玲	令	珍	瑄
甲骨文						
金文						
戰國文字						
小篆						

	宣	亘	玟		琪		其
甲骨文				小篆		甲骨文	
金文				隸書		金文	
戰國文字				行書		戰國文字	
小篆				草書			（《說文》籀文）

	瓊	目	穴	攴	瑤
甲骨文					
金文					
戰國文字					
小篆					

「玉」這個字，《說文解字》解釋道：「石之美。有五德……象三玉之連。丨，其貫也。」它是個象形字，全字把連成一串，用以獻神或掛在君子身上做為裝飾的玉石給畫出來。古人對玉的要求很低，只要是石頭中色澤或紋路漂亮的都可以稱作「玉」。因為「玉」字與「王」字後來寫得近，於是再加一點表示區別。

「玉」在中國文化中扮演著很特別的角色，最主要的原因在於古人認為「玉」是蘊藏在土裡的天地精華。所以重要場合中所用上的祭器、禮器，有很多都是用玉所製成。最典型的代表就是外方內圓的玉柱「琮」。古人以為世界就像是一個倒覆的碗扣在平方的大地上，所以琮的外方表示地、內圓表示天。「琮」是非常重要的、用來溝通天人意念的祭器。其他

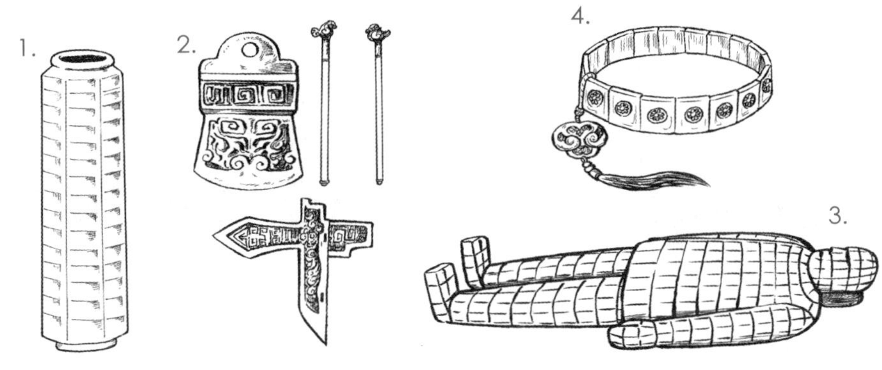

1.「琮」是一種外方內圓的禮器。 2. 作為禮器用途的玉鉞、玉仗和玉戈。
3. 金鏤衣是古代皇室貴族之家的陪葬品。
4.「珮」指的是玉腰帶。

像重大儀式常出現的玉鉞、玉仗、玉戈，也都不是實用的東西，全都是做為禮器使用。

由於玉被視為是天地精華，還能當祭神的祭品，慢慢的它也被賦予避邪的宗教功能，為了讓小孩平安長大，不受邪魔入侵，身上就得掛上玉佩。同時因為玉摸起來冰涼滑潤，古人直覺的認為它有使東西長保不腐的神效；古代皇室貴族之家寄望來世或死而復活，重享榮華富貴，侈靡的陪葬物裡就出現了包住屍體的金鏤衣這種產物。從生到死，中國人都離不開玉，對玉的鍾愛程度可說是所有民族的第一名了！因此，以「玉」或从「玉」之字來命名的風潮，歷久不衰。

「珮」這個字，《康熙字典》解釋道：「……音佩。《玉篇》：『玉珮也。』本作佩。或从玉。《廣韻》：『玉之帶也。』」它是個形聲字，从「人」「凬」聲，指的是玉腰帶或可懸掛的玉飾。而「凬」本身也是個形聲字，从「巾」「凡」聲。「凡」作為「凬」的聲符，本身是個象形字，全字描繪盤子的形狀，即是「盤」字的初文。「凬」中的「巾」最原先並非指「毛巾」之「巾」，而是一組玉珮的寫意勾勒，這個表示一組玉的

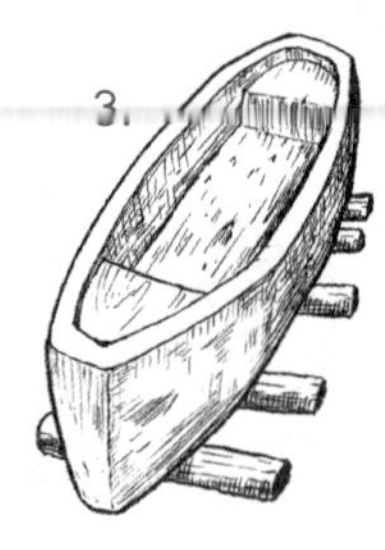

1.「凡」原是象形字，描繪盤子的形象。
2.「巾」原為一組玉珮的寫意勾勒。　3.「俞」表示刳木成舟，為會意字。
4. 古人以為「珊瑚」是一種玉，所以從「玉」偏旁。

「巾」其實就是「珮」的初文。

「瑜」這個字，《說文解字》解釋道：「瑾瑜，美玉也。从玉俞聲。」它是個从「玉」「俞」聲的形聲字，因為表示美玉，所以从「玉」這個義符。它的聲符「俞」是會意字，《說文解字》解釋道：「空中木爲舟也」，全字表示以刀挖木，指的是古代刳木製成獨木舟。這種獨木舟的建造方法十分簡單：先預估所需要的船內空間，再尋找粗細合適的木材，直接將中間挖去即成。由於建造容易，外表一體成形，也非常堅固。

「珊」這個字，《說文解字》解釋道：「珊瑚，色赤，生於海，或生於山。从玉，刪省聲。」這個字是個从「玉」「刪」省聲的形聲字，表示海中的一種可以石化的生物「珊瑚」。由於造山的作用，所以山上也能產「珊瑚」。古人不知道「珊瑚」是珊瑚蟲石化之後的結果，還以為是「玉」的一種，所以此字从「玉」。

「珊」的聲符「刪」，《說文解字》解釋道：「剟也。从刀、冊」，全字从「冊」从「刀」，是個會意字。「冊」為簡冊的象形。古時人們把文字書寫在竹簡上，以皮繩把竹簡編串起來

1.「冊」字具體地描繪出簡冊的象形。 2.「刀」為象形字，描繪出刀的形狀。
3.「卩」字畫出一個跪著的人。 4.「令」字表示向跪著的人發號命令。

成為「簡冊」，甲骨文、金文是以數條豎線表示竹簡，橫向的曲線是把竹簡編串起來的皮繩，小篆則將甲骨文、金文中表示皮繩的部分寫成兩條橫線。

由由於古人將文字抄寫於竹簡上，如果寫錯，一般是用刀片將之削去，所以「刪」字便从「刀」這個義符，「刀」本身是象形字，《說文解字》解釋道：「兵。象形」，全字就是一把刀的樣子；可以說削刀就像是古代的「修正帶」一樣。大陸的江陵漢墓就曾出土一組文具，裡頭除了笛、墨、硯、牘之外就是削刀。因為古代記事以削刀和筆相互配合，負責書寫的秘書、書記官，就叫「刀筆吏」。

「玲」這個字，《說文解字》解釋道：「玉聲。从玉令聲。」它是個从「玉」「令」聲的形聲字，表示玉相碰擊所發出的聲音，所以从「玉」這個義符。玉碰撞的聲音和金屬碰撞聲很相像，所以此字和「鈴」一樣从「令」這個聲符。作為「玲」聲符的「令」，本身則是個會意字，《說文解字》解釋道：「發號也」——字上方是倒過來的「口」，表示發施號令，下部的「卩」是一個跪在地上的人。「令」全字表示發號命令。

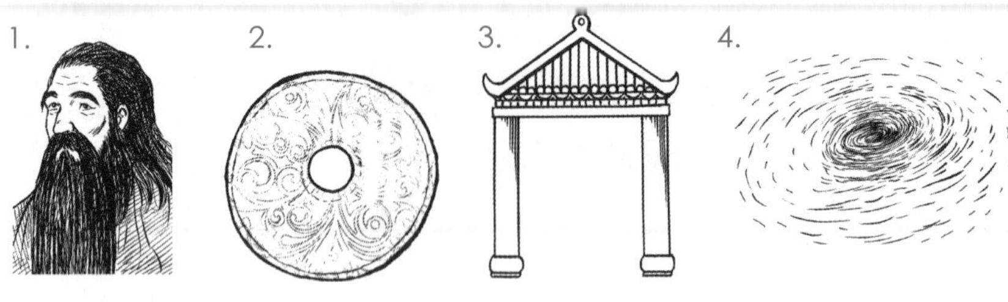

1.「㐱」字表示毛髮濃密的樣子。　2.「瑄」的本義指玉璧。
3.「宀」是象形字，畫出有屋頂的建築物。
4. 象形字「亘」以連接的漩渦表示連續不斷。

「珍」這個字，《說文解字》解釋道：「寶也。从玉㐱聲。」它是個从「玉」「㐱」聲的形聲字，因為指寶玉，所以从「玉」這個義符。「珍」的聲符「㐱」是個以「人」為構形根本的指事字，表示一個人頭部毛髮茂盛的樣子。

「瑄」這個字，《說文解字》解釋道：「璧六寸也。从玉宣聲」。它這個字是個從「玉」「宣」聲形聲字，因為本義指玉璧，所以从義符「玉」。「宣」作為聲符，《說文解字》解釋道：「天子宣室也」，本身指是天子宣布命令的宮殿處所，从「宀」「亘」聲。因為是宣布命令的處所，所以从「宀」這個義符，「宀」是象形字，全字描繪有屋頂的建築物。「亘」本身也是個象形字，以一二個接連的漩渦表示，它的本義就是迴旋或連續不斷的樣子。

「玟」這個字，《說文解字》解釋道：「一曰石之美者。从玉文聲。」它是個从「玉」「文」聲的形聲字，因為指美麗的石頭，所以从「玉」這個義符。它的聲符「文」，本指「紋身」，引申可指文采（詳參本書天文地理字組之三「雯」字）。從這裡看來將有美麗文采的石頭「玟」全字構形理解成从「玉」从

1. 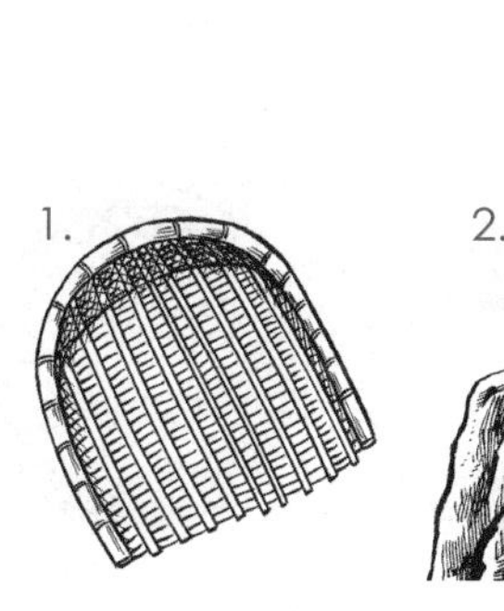

2. 

3. 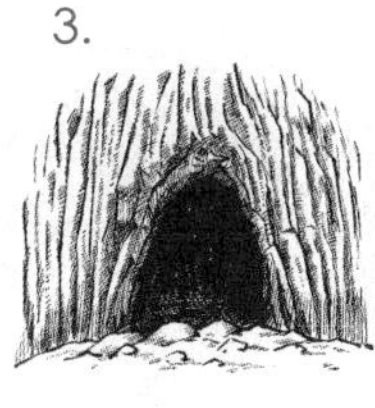
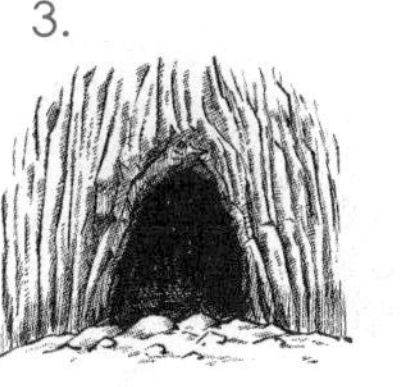

4. 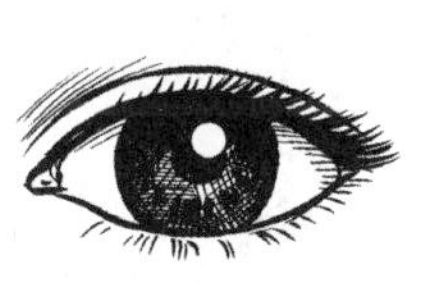

1.「其」字描摹出一個簸箕的形象。
2. 會意字「瓊」表示登高以手聚目遠望。
3.「穴」字看起來就是洞穴的形象。　4.「目」字勾勒眼睛的線條。

「文」，「文」亦聲也並無不可。

「琪」這個字，《康熙字典》解釋道：「……音其。《廣韻》：『玉也。』《集韻》：『玉屬。』《爾雅．釋地》：『東方之美者，有醫無閭之珣玗琪焉。』《註》：『玉屬。』」這個字是個从「玉」「其」聲的形聲字，指出於東方的美石，所以从「玉」這個義符。「其」作為它的聲符，一開始的文字構形是象形字，我們看它甲骨文的寫法很明顯的就是簸箕的全形，中間交叉的筆畫表示用竹條編成的意思。到了金文的寫法，下方增益「丌」這個聲符加以注音。後來「其」字假借為虛詞，為了還原本義，於是另造後起形聲字「箕」字來表示，所以《說文解字》才會說：「簸也。从竹𠀠。」

「瓊」這個字，《說文解字》解釋道：「赤玉也。从玉夐聲。」它是個从「玉」「夐」聲的形聲字，因為本指赤色玉石，所以从「玉」這個義符。聲符「夐」本身是個从「人」、「穴」、「目」、「攴」的會意字。「穴」和「目」都是象形字，「穴」字全字就是把洞穴全形給具體的畫出來。「目」字是把眼睛的線條給完整勾勒出來。「攴」字則是从「卜」从「又」

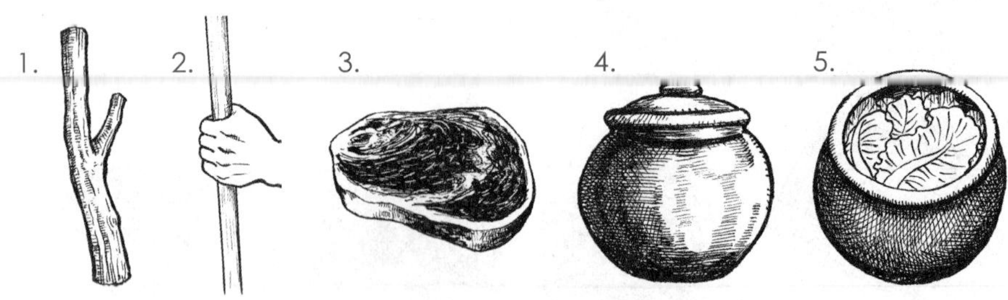

1. 攴所从的「卜」是木棒的寫意勾勒。　2.「攴」字像手持棒的樣子。
3.「肉」是畫出一塊具有紋理的肉。　4.「缶」是象形字，表示有蓋子的瓦器。
5.「䍃」字表示將醃肉裝罐保存。

的會意字；這裡的「卜」不是「卜問」之「卜」，而是一根木棒的寫意勾勒。它還同時可以標出「攴」字的字音；「攴」全字就像是一隻手拿著木棍的樣子。漢字的造字，只要意義相近的，在充當會意或形聲字的義符時都可以互用；所以在「瓊」字裡，从「攴」與从「又」或「手」的意思相同；「瓊」這個會意字指的就是一人站在巖穴高處，以手聚目遠望，所以「敻」的本義是「（看得）距離遠」的意思。

「瑤」這個字，《說文解字》解釋道：「玉之美者。从玉䍃聲。」它是個从「玉」「䍃」聲的形聲字，亦為玉石名，所以从「玉」這個義符。它的聲符「䍃」本身則是個从「肉」从「缶」的會意字。「肉」是象形，全字畫出一整塊肉和肉上的紋路。為了避免和「月」字發生混淆，「肉」字在書寫時特別強調肉紋的筆畫；「缶」也是象形，全字畫出一只有蓋的瓦器。「䍃」全字即表示將肉加以醃漬裝入瓦罐中，肉因為醃漬的這道手續就可以保存的更久。為了使放在瓦罐裡的裡肉可以均勻沾抹到醃漬物如鹽或香料等，必須以手持罐加以搖晃，所以「䍃」字其實就是「搖」的初文。

以本字組取名命字的名人

「玉」：宋名將韓世忠妻梁紅玉、明末代夫出征女將秦良玉、清朝樸學家段玉裁、清末國學大師羅振玉，臺灣藝人沈玉琳、龍千玉，香港藝人張曼玉。

「珊」：臺灣電視節目主持人葉樹珊、臺灣藝人金佩珊。

「瑜」：三國孫吳名將周瑜、臺灣政治人物宋楚瑜。

「玲」：民初作家張愛玲，臺灣藝人林志玲、黃乙玲，香港藝人劉嘉玲、中國藝人阮玲玉。

「珍」：清朝詩人龔自珍、清朝小說家李汝珍。

「瑄」：臺灣藝人趙文瑄、徐若瑄，臺灣職棒選手林哲瑄。

「玟」：臺灣藝人何妤玟、美籍華裔歌手李玟。

「琪」：臺灣藝人辛曉琪、江美琪、范瑋琪，香港藝人梁詠琪、麥家琪。

「瓊」：馬來西亞籍華裔藝人楊紫瓊、香港藝人苑瓊丹。

「瑤」：臺灣作家瓊瑤、臺灣藝人郭書瑤。

以本字組取名命字的用意

「玉」指的就是玉石，不過古代對玉的判定標準較低，只要具有溫潤光澤的美麗石頭，都可稱作玉。玉在中國先民的生活當中是應用極為廣泛的石材，除了可以做為建築材料，也能做成禮器或是祭器，表示對儀式或神明的尊重。由於玉被用來供奉神明，加上玉是產於土地中的特殊礦物，先民以為玉是天地的精華，帶有神聖的力量，也具有驅邪的效果。因為玉的碰撞聲十分清脆悅耳，既能發揮提醒作用，又不致於使人聽了不快，古時君子常在身上佩帶玉組，時時刻刻提醒自己要態度從容，不要莽莽撞撞，因此「玉」也就和君子形象產生連結。

「珮」字可指名詞性的「玉珮」或動詞性的「佩玉」；「珊」字指如同玉那般溫潤的珊瑚；「瑜」指美玉或玉之光采；「玲」字為玉器撞擊聲；「珍」指珠玉一類的珍寶；其他如「瑄」、「玟」、「琪」、「瓊」、「瑤」都是玉名。以「玉」及這些从「玉」之字取名命字，一個可能是希望被命名者能像玉那樣可以趨吉避凶；一個可能是希望被命名者具有如玉石那般溫潤的君子之德；一個可能是希望被命名者能顏如玉（姿色出眾）、玉潔冰清（重視節操。最後一種取名意圖，多半出現在為女子命名的情況之中）。

與本字組有關的好話

以下收錄與本字組有關的好話，除了方便自我介紹和介紹親友外，讀完也能增進詞語知識和相關的應用能力哦！

玉

・侯服玉食

穿王侯的衣服，吃珍美的食物；形容生活十分豪華奢侈。《漢書・敘傳》：「偪上並下，荒殖其貨。侯服玉食，敗俗傷化。」

・亭亭玉立

原指花木挺拔，後引申指美人身材修長。〔元〕無名氏〈醉高歌帶喜春來・詠玉簪花〉曲：「禁苑中試看花開，誰似他幽閑潔白，亭亭玉立琱軒外。」

・仙資玉質

具有仙人和美玉那般的資質；形容人的姿容清秀、品格高潔。《白雪遺音・馬頭調・梅雪爭艷》：「梅愛雪白，雪愛梅香，配合正相當。他兩家仙姿玉質從無上，壓倒群芳。」

珮

・倒冠落珮

冠、珮是官員正式服裝打扮，將它們掛起或脫下，表示辭官隱居。〔唐〕杜牧〈晚晴賦〉：「若予者則為何如？倒冠落珮兮，與世闊疏。敖敖休休兮，真徇其愚而隱居者乎！」也可作「倒冠落佩」。

瑜

・握瑜懷瑾

手握瑜、胸懷瑾；比喻具有高尚的品德和卓越的才能。《楚辭・九章・懷沙》：

「懷瑾握瑜兮，窮不知所示」，王逸注解：「言己懷持美玉之德。」

·瑕不掩瑜

一點玉上的瑕疵並不會掩蓋住玉瑜的美好；比喻小錯誤不會蓋過大優點。《禮記·聘義》：「昔者君子比德於玉焉……瑕不揜瑜，瑜不揜瑕，忠也。」也可作「瑕不揜瑜」。

·尺瑜寸瑕

大塊的美玉難免會有小瑕疵；比喻良才難免有小缺點。〔宋〕岳珂《寶眞齋法書贊·蔣觀文錢塘天府二帖贊》：「尺瑜寸瑕，工所不棄。」

玲

·玲瓏剔透

原指玉飾雕刻得精巧美好，薄可透光；後來引申形容一個人輕巧靈活，心裡明白。〔元〕吳昌齡《東坡夢·第二折》：「牡丹，你玲瓏剔透今何在？俊俏聰明莫謾誇。」

·八面玲瓏

原指玉飾八面都雕刻得極爲精巧；後來引申形容一個人夠圓活靈秀，可以應付各方人馬。〔清〕李漁《閑情偶寄·詞曲·音律》：「字字在聲音律法之中，言言無資格拘攣之苦，如蓮花生在火上，仙叟弈於橘中，始爲盤根錯節之才，八面玲瓏之筆。」

・**七竅玲瓏**

古人傳說聖賢的心有七竅；玲瓏則形容人的反應機靈。本句形容一個人既有才華，又聰明靈巧。

珍

・**八珍玉食**

泛指精美的餚饌。〔金〕董解元《西廂記諸宮調・卷三》：「八珍玉食邀郎餐，千言萬語對生意。」

・**楚璧隋珍**

原指和氏獻給楚王的寶璧與臣蛇爲了報恩所銜給隋侯的珍珠；後可用以比喻傑出的人才。〔明〕《金蓮記・偕計》：「『想天朝羅網收豪俊，獻皇家楚璧隋珍。』」

・**奇珍異寶**

特異又罕見的珍貴寶物。〔清〕周亮工《書影・卷二》：「自經變故以來，凡天府奇珍異寶，流散人間，泯泯無聞者，何可勝數。」

琪

・**琪花玉樹**

本指仙境中才會出現的有如玉質的花木；也可形容霜雪中的冰晶景色。〔明〕徐弘祖《徐霞客遊記．遊天台山日記》：「山高風冽，草上結霜高寸許，而四山迴映，琪花玉樹，玲瓏彌望。」

·**火樹琪花**

火光像樹那般長大、琪焰像花那般開展；形容燦爛的燈火或焰火。〔清〕曹雪芹《紅樓夢．第十八回》「只見庭燎燒空，香屑布地，火樹琪花，金窗玉檻。」也可作「火樹銀花」。

瓊

·**投木報瓊**

你送我木瓜，我回報瓊琚。《詩經．衛風．木瓜》：「投我以木瓜，報之以瓊琚。匪報也，永以爲好也。」後可以泛指回報他人對自己的感情。

·**仙山瓊閣**

海上的仙山和雲上的樓閣，即仙人的住所。〔唐〕白居易〈長恨歌〉：「忽聞海上有仙山，山在虛無縹緲間。樓閣玲瓏五雲起，其中綽約多仙子。」後可用來形容奇異不凡或美妙空幻的境界或景象。也可作「仙山樓閣」。

·**瓊漿玉液**

由玉瓊所煉出來的湯漿和酒液；比喻道家的仙藥。〔元〕喬吉《金錢記．第一摺》：「休道是酒，使是玉液瓊漿，我嚥不下。」

．瑤池女使

傳說西王母住在瑤池之上，由青鳥擔使者傳達神旨；本句後來引申泛指傳信的使者。

．瑤草奇花

如瑤玉的青草和奇特的花朵；此指仙境中的花草。《西遊記．第一回》：「瑤草奇花不謝，青松翠柏長春。」

．瑤臺銀闕

由瑤玉和金銀裝飾樓臺宮闕；多半指神仙所居之處。〔元〕高明《琵琶記．中秋望月》：「丹桂飄香清思爽，人在瑤臺銀闕。」

水、淵、源

附：「泉」

古字小常識：从，是「從」的本字，即起初的寫法。

本字組與相關諸字的歷史面貌和它們的造字本義

	水	淵	原（源）	泉
甲骨文				
金文				
戰國文字				
小篆				

「水」這個字，《說文解字》解釋道：「象眾水並流。」它是個象形字，全字用幾個筆畫簡單勾勒水流的樣子。「水」字的寫法很穩定，從甲骨文到小篆幾乎沒什麼改變。凡是和「水」、「濕」、「水文」（河流海洋等）、「洗」等觀念有關的字，幾乎都从「水」這個義符。

「淵」這個字，《說文解字》解釋道：「回水也。从水，象形。左右，岸也。中象水貌。」它是個从「水」从「𣶒」是會意字：因為指的是水流回轉停滯的地方，所以从「水」

1.

2.

3.

4.

1. 「水」為象形字，生動的描摹出水流的樣子。
2.「淵」字表示深谷中水流回旋的樣子。
3.「泉」是象形字，指泉水自穴中流出。
4.「原」是會意字，指出河流的起源。

這個義符；另外一個義符「𣶒」本身則是個象形字，它把深谷中水流回旋的樣子，用鳥瞰圖的方式給畫出來。「𣶒」其實就是「淵」字的初文，只是後來它的筆畫太抽象，怕人看不懂，才再累加「水」義符強調字義就是了。

「原」這個字，《說文解字》解釋道：「水泉本也。从灥出厂下。」它是一個从「泉」从「厂」的會意字。因為「原」指的是水流的根本，所以从「泉」這個義符。「泉」這個字，《說文解字》解釋道：「水原也。象水流出成川形。」它和「𣶒」一樣也是個象形字，全字描繪出泉水自洞穴流出的樣子，你看它甲骨文的寫法特別的寫真——外框像洞穴，內部點筆像水流、水滴。在這個泉水出口加上「厂」這個表示山崖的義符（詳參本書天文地理字組之三「假」字），就能明確指出「原」指的是河流在山上的「起源」，「原」也就是「源」字的初文。

以本字組取名命字的名人

「水」：宋朝思想家葉水心、臺灣抗日英雄蔣渭水，臺灣政治人物陳水扁、陳萬水。

「淵」：唐朝開國君王李淵、北朝前漢開國君王劉淵、宋朝思想家陸九淵、中國藝人柳淵。

「源」：元朝丞相從源、清朝史地學家魏源，臺灣藝人郜智源、黃品源，臺灣旅日職棒選手郭泰源。

（「泉」：臺灣日治時期名作家王井泉、中國藝人李泉。）

以本字組取名命字的用意

「水」字原本指的無色無味的透明液體，它是所有生物的必需物質，所以「水」便有了「生命力」的隱含意義。無論是農業或是工業，都需要水的幫助，所以民間信仰文化中認為「水」和「財」脫不了關係。水往低處流，因此給人一種「謙卑」的直覺，這也使得它和中國人陰陽觀念中的「陰性」產生連結，所以水也可以代表「陰柔」。由於水在常態下是流動的，能夠依照所處的空間改變形狀，因此「水」給人「善於適應」的印象。以「水」字取名命字，一個可能是經相命師指點，被命名者命中缺水，於是取「水」字為名加以救濟；一個可能是希望被命名者能夠謙沖自牧、樂於助人；一個可能是希望被命名者能像水一樣善於適應各種環境，一生平安順利，進而「遇水則發」、「大發利市」。

「淵」字原指水流深而回流之處，此處因地形低深而儲水量多。以「淵」字取命名字，一個可能是經過相命師指點，被命名者命中缺水，於是取从「水」旁之「淵」字加以救濟；一個可能是因為民間認為水代表財，深淵所積水量多，表示能給以「淵」字取名的被命名者積累更多好運、帶來更多財當。

「源」字本作「原」。指水流起頭的地方，後來引申，凡是一切事物的根本、因由，都可稱作「源」。以「源」字取名命字，一個可能是經過相命師指點，被命名者命中缺水，於是取从「水」旁之「源」字加以救濟；一個可能是希望被命名者的好運（包括財運）像水的源頭一樣源源不絕，終生衣食無虞。

「泉」字指的是從地下流出的水——「地下水」，也可以指水的源頭。由於錢幣的流通像泉水流動一樣，所以古時也有以「泉」字指稱錢幣的。「泉」字為「源」字所从；以「泉」字取名命字的用意與取「源」字相當，但隱喻「財運」的強度又要較其他从「水」之字強哦！

與本字組有關的好話

以下收錄與本字組有關的好話，除了方便自我介紹和介紹親友外，讀完也能增進詞語知識和相關的應用能力哦！

・不避水火

不迴避水火的威脅；形容不畏凶險。《史記・貨殖列傳》：「壯士在軍，攻城先登，陷陣卻敵，斬將搴旗，前蒙矢石，不避湯火之難者，爲重賞使也。」也可作「不避湯火」。

・乘高決水

憑藉著較高的地勢決口放水，水必然奔流而下；用來比喻花費的力氣小但收效卻很大。〔宋〕司馬光〈言爲治所先上殿札子〉：「陛下誠能行此二者……後日之政，如順風吹毛，乘高決水，可以不勞而成功矣。」

・水到渠成

大水沖到，自然形成渠道；比喻條件成熟後，事情自然成功。〔宋〕蘇軾〈答秦太虛書〉：「度囊中尚可支一歲有餘，至時別作經畫，水到渠成，不須預慮。」

淵・淵清玉絜

像水淵那樣清澈，像美玉那樣潔白；形容一個人的品德高尚。《三國志・魏志・陳矯傳》：「淵清玉絜，有禮有法，吾敬華子魚。」

· **山峙淵渟**

高山聳立，山下必有流水聚停；多用來形容一個人舉止端莊，所以風度穩重。《世說新語．賞譽上》：「謝子微見許子將兄弟」，劉孝標注引《海內先賢傳》：「〔許劭〕山峙淵渟，行應規表。」

· **鑠懿淵積**

形容德行美好顯目，學問淵博精深。〔明〕張居正〈素庵戴公墓志銘〉：「然其鑠懿淵積，庇於後來者遠矣。」

源

· **左右逢源**

學問工夫到了一定境界，不論另外再學習什麼，都能觸類旁通而更得益處；引申指做事得心應手。《孟子．離婁下》：「資之深，則取之左右逢其原。」也可作「左右逢原」。

· **正本清源**

從事物的根源上進行整頓和清理。《晉書．武帝紀》：「思與天下式明王度，正本清源。」

· **源遠流長**

河流的源頭很遠，水自然流得很長；後來用以形容歷史悠久，根深底厚。〔唐〕

白居易〈海州刺史裴君夫人李氏墓志銘〉：「夫源遠者流長，根深者枝茂。」

·**氣決泉達**

像氣之決口逸出，像泉水之流瀉通達；形容事情進行得非常順利。〔漢〕蔡邕〈袁滿來碑銘〉：「氣決泉達，無所凝滯。」

·**飲泉清節**

《晉書·良吏傳·吳隱之》記載，隆安年間，吳隱之出任廣州刺史，經過石門，聽說當地有一口泉名叫「貪泉」，喝過的人都變得貪得無厭。吳隱之不信邪，試喝了一口，並寫下一首詩：「古人云此水，一歃懷千金。試使夷齊飲，終當不易心。」到任後，吳刺史對自己的操守更加自我要求。後遂以「飲泉清節」形容廉正清白、不受外在誘惑而改變初衷的節操。

江、河、海、洋

附：「川」

古字小常識：从，是「從」的本字，即起初的寫法。

本字組與相關諸字的歷史面貌和它們的造字本義

	江	工	河
甲骨文			
金文			
戰國文字			
小篆			

	可	何（荷）*	海
甲骨文			
金文			
戰國文字			
小篆			

	每	母	女	洋	羊	川
甲骨文						
金文						
戰國文字						
小篆						

「江」這個字，《說文解字》解釋道：「水。出蜀湔氐徼外崏山，入海。从水工聲。」這個字是個从「水」「工」聲的形聲字，原來專指「長江」，所以从「水」這個義符。後來字義引申可泛指大水。「江」的聲符「工」本身則是象形字，本義指的就是生活中派得上用場的工具，因此「工」全字描繪出折尺或夯土石錘這類的工具。「河」這個字，《說文解字》解釋道：「水。出焞煌塞外昆侖山，發原注海。从水可聲。」這個字是個从「水」「可」聲的形聲字，原來專指「黃河」，所以从「水」這個義符，後來引申可泛指大水。它的聲符「可」本身是個後起形聲字，从「丁」「口」聲，「丁」本為人肩上所擔荷的鋤或鍬一類耕具，「丁」是表示「負荷」的「何」（荷）字初文一部分。後來加了「口」作為加強字義的兼聲義符，便分化成為

1. 

2. 

3. 

4. 

1. 本專指「長江」的江，後來泛指大水。
2.「工」字描繪出折尺或夯土的工具。
3.「丁」的偏旁表示肩頭所擔著的耕具。 4.「每」字畫出婦女泌乳的形象。

表示「允可」的「可」字了。

「海」這個字，《說文解字》解釋道：「天池也。以納百川者。从水每聲。」它是個从「水」「每」聲的形聲字，指的是百川所灌注的地方，所以从「水」這個義符。它的聲符「每」本身是「母」字的分化字，全字為一蹲坐而頭上戴有裝飾品的泌乳婦女。女子生產之後，為了哺育下一代，乳腺會開始分泌乳汁，最多可以分泌數年。所以「母」字及其分化字「每」字在書寫時特別於字形象徵胸部的部分點上二點，用來強調它與「女」字的不同。从「水」「每」聲的「海」字，在古時候可以指大湖，或是靠近岸邊、比「洋」小的鹹水海域。中國大陸東臨東海，南臨南海，北方貝加爾湖古稱北海，西方青海湖古稱西海，這四個水域所包圍起來的空間概念，就是古代中國「四海之內」的地理範圍。

「洋」這個字，《說文解字》解釋道：「水。出齊臨朐高山，東北入鉅定。从水羊聲。」這個字是個从「水」「羊」聲的形聲字，本為山東瀰河之專指，所以从「水」這個義符，後來借指鹹水海之外的分隔所有大陸的水域。「洋」的聲符「羊」，本身則是象形字，全字描繪一個羊頭的樣子，《說文解字》解釋

● 「川」字描繪出流水彎曲的線條。

● 象形字「羊」生動的呈現羊頭的樣子。

道：「象頭角足尾之形」，寫的時候還特別著重它彎曲羊角的樣子。

「川」這個字，《說文解字》解釋道：「貫穿通流水也。」它是個象形字，簡要的以三條曲線將河流的線條給勾勒出來，全字真實描繪出彎彎曲曲的、貫穿地形的河流。後來引申也可指河川所沖積出來的平原——「平川」。

以本字組取名命字的名人

「江」：宋朝俠盜宋江、清朝書畫鑑賞家潘江、臺灣政治人物林江義、香港藝人曾江。

「河」：清朝旅臺作家兼官員郁永河，臺灣藝人陳楚河、黃河，香港藝人陳山河。

「海」：臺灣哲學家殷海光、臺灣名作家林海音、日本籍臺裔圍棋名將林海峰、臺灣藝人趙樹海、臺灣新聞主播陳海茵、香港藝人周海媚、中國藝人王海珍。

「洋」：臺灣名企業家王文洋、臺灣藝人殷正洋、臺灣前職棒選手黃平洋、臺灣政治人物林洋港。

（「川」：臺灣舞台劇作家賴聲川。）

以本字組取名命字的用意

「江」字本為長江之專指，後來用來廣泛的指稱大河流；「河」字本為黃河之專指，後來也用來廣泛的指稱大河流。以「江」或「河」字取名命字，一個可能是經過相命師指點，被命名者命中缺水，於是以从「水」旁的「江」或「河」字命名，加以救濟；一個可能是希望被命名者的好運或生命力，像大江大河的水勢那樣源源不絕；另一個可能是在民間信仰中，水與財運有關（水是生命必需物質。農作物需要水來灌溉，才得以長成賣錢；工業製造過程需要水做為中介→水＝錢），以「江」或「河」字命名，主要在希望被命名者能財運亨通。

「海」字本來指承受江河流水的陸地上大面積水域；後指鄰接大陸而小於洋的水域。由於海對生活在陸地上的人來說是一望無際的，以「海」字取名命字，一個可能在希望被命名者擁有像海那般寬廣的格局，能夠包容萬有；另一個可能則是經過相命師指點，被命名者命中缺水，於是以从「水」旁的「海」字命名，加以救濟。

「洋」字原為山東瀰河之專指，後來指稱地球表面上被水覆蓋的廣大面積。因為「洋」字常疊用構成狀詞「洋洋」，表示寬舒自得貌，所以「洋」字又有「舒徜」的意思。由於洋對生活在陸地上的人來說也是廣闊無邊的，所以以「洋」字取名命字，一個可能在於希望被命名者擁有像洋那般寬廣的格局；一個可能則是經過相命師指點，被命名者命中缺水，於是以从「水」旁的「洋」字命名，加以救濟；還有一個可能是希望被命名者一生都「其樂洋洋」、「喜洋洋」，快樂過一生。

「川」字原本指彎彎曲曲的河道，後來也可以指河川沖積後所形成的平坦陸地（平川）。以「川」字取名命字，其用意與以「江」、「河」、「海」、「洋」相近；又因為「川」引申有平坦的意思，以此取名命字，也寄寓了命名者希望被命名者能一生平坦順遂的用意！

與本字組有關的好話

以下收錄與本字組有關的好話，除了方便自我介紹和介紹親友外，讀完也能增進詞語知識和相關的應用能力哦！

江

．不廢江河

江河在此比喻時間的長流；本句指在時間的長流中，卓越的文學作品將流傳不朽。〔唐〕杜甫〈戲爲六絕句〉之二：「王楊盧駱當時體，輕薄爲文哂未休。爾曹身與名俱滅，不廢江河萬古流。」

．江翻海沸

水勢浩大，像江海之水翻騰滾沸一樣；後來引申用以形容力量或聲勢壯大。《三國演義・第十二回》：「州衙中一聲砲響，四門烈火，轟天而起；金鼓齊鳴，喊聲如江翻海沸。」

・錦繡江山

如同錦繡那般美好的國土。〔元〕白樸《梧桐雨・第二折》：「統精兵直指潼關，料唐家無計遮攔，單要搶貴妃一個，非專爲錦繡江山。」

河

・口若懸河

說話就像河水從高處瀉下，滔滔不絕。多用來形容人之能言善道。〔南朝・宋〕劉義慶《世說新語・賞譽》：「王太尉云：『郭子玄語議如懸河瀉水，注而不竭。』」也可作「口似懸河」、「口如懸河」。

・河沙世界

佛教用語，指多如恒河沙數的佛世界。《金剛經・一體同觀分》：「是諸恒河所有沙數，佛世界如是，寧爲多不？」

・海清河晏

黃河水由黃轉清，滄海面由波轉平；常用來形容國家安定、天下太平。〔唐〕顧況〈八月五日歌〉：「率土普天無不樂，河清海晏窮寥廓。」

·四海承風

好的政令和教化風行於四海之內。《孔子家語·好生》：「舜之爲君也，其政好生而惡殺，其任授賢而替不肖。德若天地而靜虛，化若四時而變物也。是以四海承風。」

·四海昇平

四海之內太平無事。〔唐〕張說〈大唐封祀壇頌〉：「一、位當五行圖籙之序，二、時會四海昇平之運，三、德具欽明文思之美：是謂與天合符，名不死矣。」

·人山人海

人聚集得像山像海那樣多。《水滸傳·第五一回》：「每日有那一般打散，或有戲舞，或有吹彈，或有歌唱，賺得那人山人海價看。」

洋

·峨峨洋洋

原本用來形容音樂高亢奔放，後亦可用來形容歡樂的樣子。《列子·湯問》：「伯牙善鼓琴，鍾子期善聽。伯牙鼓琴，志在高山，鍾子期曰：『善哉！峨峨兮若泰山。』志在流水，鍾子期曰：『善哉！洋洋兮若江河。』」

·其喜洋洋

非常得意或開心的樣子。〔宋〕范仲淹〈岳陽樓記〉：「登斯樓也，則有心曠神怡，寵辱皆忘，把酒臨風，其喜洋洋者矣。」也可作「喜氣洋洋」。

・洋洋灑灑

形容創作或談話的內容連續而豐富。〔清〕陳鼎《八大山人傳》：「如愛書，則攘臂搦管，狂叫大呼，洋洋灑灑，數十幅立就。」

川

・百川朝海

所有河川流水奔流向大海；多用來比喻將無數分散的事物集中到一處。〔漢〕焦贛《易林・謙之無妄》：「百川朝海，流行不止，道雖遼遠，無不到者。」也可作「百川歸海」。

・巖居川觀

居於巖穴，臨高觀賞川流；用來形容隱居生活的悠閑自得。《史記・范雎蔡澤列傳》：「君何不以此時歸相印，讓賢者而授之，退而巖居川觀。」

・山止川行

如山岳穩穩的阻擋，又像是河水必然下行那般；常用來形容決心已定，不會動搖。〔清〕唐甄《潛書・兩權》：「誠能自固如是，是山止川行之勢也；以戰必勝，以攻必取者也。」

火、炎

古字小常識：从，是「從」的本字，即起初的寫法。

本字組與相關諸字的歷史面貌和它們的造字本義

炎	
甲骨文	[illegible]
金文	[illegible]
戰國文字	[illegible]
小篆	[illegible]

「火」這個字是個象形字，全字像是火焰分岔上舉之形（詳參本書時序字組之一「秋」字）。而「炎」這個字，《說文解字》解釋道：「火光上也。从重火。」它疊用了二個「火」，是個會意字，表示火勢很大、火頭很猛的樣子。漢字的造字，要表示比較級的更多、更強意思，同常會用疊用同一個字的方式再造另一個會意字；像「木」疊為「林」（聚木），「火」疊為「炎」（火大）即是。若是表示最高級的最多、最強意思，則三疊或甚至四疊同一個字來造出另一個會意字；像「石」

疊為「磊」（石多），「水」疊為「淼」（水廣）即是。

以本字組取名命字的名人

「火」：臺灣畫家葉火城、臺灣哲學家林火旺、臺灣名企業家吳火獅、中國作曲家曹火星。

「炎」：清末樸學大師章太炎、臺灣刻偶大師徐炎卿、臺灣篆刻大師柳炎辰、臺灣名企業家李炎松、臺灣跆拳道選手朱木炎。

以本字組取名命字的用意

「火」字本義指物體燃燒時所產生的光和焰。因為低溫「火」偏向橘色、赤紅色，所以「火」字也帶有「赤紅色」的意思。大火燃燒，勢不可擋，因此「火」又能隱喻「旺盛」。以「火」字取名命字，一個可能是「火」為五行之一，在命相師的指點之下，被命名者命中缺火，於是取「火」字為名加以救濟，希望被命名者能平安順遂；一種可能是表示命名者希望被命名者能強運——運勢強盛、好運旺旺來。「炎」字疊二「火」而寫成，特別強調「火」的「火焰」義和「火勢強勁」義，以「炎」字取名命字，所發揮的功效可以說是「火」字的加強版了。

與本字組有關的好話

以下收錄與本字組有關的好話，除了方便自我介紹和介紹親友外，讀完也能增進詞語知識和相關的應用能力哦！

火

．救民水火

將人民從如同洪水和火災那樣的苦難中拯救出來。《孟子．滕文公下》：「救民於水火之中，取其殘而已矣。」

．洞若觀火

能洞悉事物的細節，就好像看火那般清楚。〔明〕林潞〈江陵救時之相論〉：「又諭以朝意，當以某辭入告，某策善後，勇怯強弱，進退疾徐，洞若觀火。」也可作「洞如觀火」。

．眞金烈火

眞的黃金熔點較高，不怕大火來燒；本句主要用來形容能經過重大考驗而品質不變。〔明〕徐渭《雌木蘭．第二齣》：「非自獎眞金烈火，儻好比濁水紅蓮。」

炎・赫赫炎炎

火勢非常熾盛。《漢書・敘傳下》：「勝廣熛起，梁籍扇烈。赫赫炎炎，遂焚咸陽。」

炎・辨日炎炎

古代傳說中幼童辯論太陽遠近之事，後用來形容年紀幼小就很聰明。《列禦寇・湯問》：「一兒曰：『日初出，大如車蓋，及日中，則如盤盂，此不為遠者小而近者大乎？』一兒曰：『日初出，滄滄涼涼，及日中，如探湯，此不為近者熱而遠者涼乎？』孔子不能決也。」

第四篇

動植物

龍、麟、虎、彪

古字小常識：从，是「從」的本字，即起初的寫法。

本字組與相關諸字的歷史面貌和它們的造字本義

	龍	麟	鹿
甲骨文			
金文			
戰國文字			
小篆			

	粦	虎	彪
甲骨文			
金文			
戰國文字			
小篆			

● 「龍」表示一種頭上有冠或角的爬蟲類動物。

● 龍的形象其實匯合了各大氏族的圖騰。

「龍」這個字，《說文解字》解釋道：「鱗蟲之長。能幽，能明，能細，能巨，能短，能長；春分而登天，秋分而潛淵。」這個字到了小篆寫法被拆成左右二半，但它原本是個象形字，全字描繪一種身上有鱗的爬蟲類動物。這種動物的頭上可能有冠或有角。後來這個字的寫法發生變形，原本表示冠或角的筆畫變形聲化成為「童」省形，整個字就變成了形聲字了。

「龍」被視為中國人的象徵，中國人也自稱是「龍的傳人」。這是因為今日「龍」的形象匯合了中華大地上幾個勢力比較大的氏族圖騰。龍的鬃毛和長臉來自北方的馬圖騰、龍的觭角來自中原的鹿圖騰、龍的身體來自西南的蛇圖騰、龍的長嘴來自東南的鱷魚圖騰、龍的腳爪來自南方的鳳鳥圖騰，結合中國境內各民族崇敬圖騰形象的龍，很容易的就擄獲大家的心，成為華人崇拜的對象！

「麟」這個字，《說文解字》解釋道：「大牝鹿也。从鹿粦聲。」它是個从「鹿」「粦」聲的形聲字，因為指的是大母鹿，所以从「鹿」這個義符。「麟」和「麒」常組合成為一個複詞，泛指這一類的動物。「麒」這個字，《說文解字》解釋道：「麒，仁獸也，麋身牛尾一角；麐（麟），牝麒也。」牠和「麟」相對，指的

1.「鹿」是象形字。　2.明朝人認為長頸鹿就是麒麟。
3.「麒麟」有祥瑞的涵義。　4.「粦」字的四點表示人死後產生的燐火。

是大公鹿。

「鹿」字作為「麟」的義符，本身是個象形字，《說文解字》解釋道：「獸也。象頭角四足之形。」全字就「鹿」這種動物的整體象形，不信你看它的筆畫明顯勾畫出大眼、歧蹄、短尾，還特別強調鹿角的分岔之形。

《春秋．哀公十四年》記到魯哀公西狩獲麟，杜預解釋：「麟，仁獸也。」「麟」的出現被視為是一種祥瑞或吉兆，相傳只有太平盛世或大人物出現才會看到牠；所以小孩出生時我們會說：「喜獲麟兒」。麟也和龍、鳳、龜合稱「四靈」。

古代打獵得鹿就可保證整個部落各個有肉可吃，於是「鹿」這種動物就帶有吉祥的涵義——「福祿」的「祿」字原本就寫作「⿰礻鹿」。「麟」从「鹿」這個義符也能交帶牠祥獸的身分。麒麟到底是什麼生物？〔明〕永樂十二年鄭和下西洋，到了東非，帶回兩隻東非進貢的長頸鹿回燕京，並認為這就是麒麟，閩南話也稱長頸鹿叫「麒麟鹿」。不過這和我們印象中帶有鱗片的麒麟長得挺不一樣的。

「麟」字的聲符「粦」，本身是個指事字，《說文解字》解釋

●「虎」字畫出老虎的具體形象。

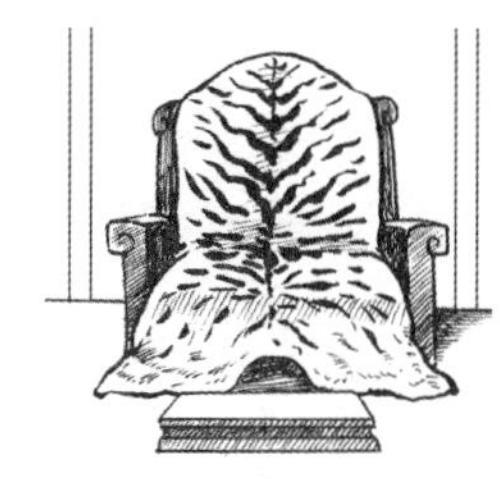

●「皋比」是指鋪上虎皮大座。

●「彪」字本指老虎的斑紋。

道：「兵死及牛馬之血爲粦。粦，鬼火也。」全字从「大」再加四個點，那四個點表示人死後身上所產生的燐火，全字像是一個人躺在地上，數個點則表是燐火，「粦」也就是「燐」的初文。後來的「粦」字的寫法特別加強寫出死者的那雙腳，這有可能是因為人們認為人死了通常就是「兩眼一瞪，兩腿一伸」的關係。「燐火」又稱「鬼火」。動物死後之所以產生燐火，這是因為原本存在於骨骼內的「磷」被釋放出來的原故。由於磷的燃點很低，一接觸到空氣便會燃燒。為何「燐火」又稱「鬼火」？因為燐火常出現在墳區或傷亡慘重的戰區；燐火燃燒時多飄浮於半空中，人若行經，即會在身後產身氣旋，將燐火吸入，看起來就好像跟著人走似的。由於這種發生在墳區或戰區的現象十分恐怖，有如鬼追人，於是燐火就被附會而稱鬼火了。

「虎」這個字，《說文解字》解釋道：「山獸之君。……象形。」它是個象形字，全字就是把一隻老虎給完整畫出來。字中還特別強調虎口中的尖牙，以和其他動物用字做為區分，甲骨文的寫法裡更另外將老虎身上的斑紋給仔細畫出來哩！由於「虎」給人勇猛的印象，古代將軍武臣最愛牠，軍帳裡常見的「皋比」指的就是舖有虎皮的大座。「彪」字則是在「虎」上多加了「彡」的一個會意字。「彪」，《說文解字》解釋道：「虎文也。从虎，彡象其文也。」「彡」，《說文解字》解釋道：「毛飾畫文也。象形」，它有「花紋」的意思，像講文章辭采的「彣」也从這個偏旁、講光鮮色澤的「彩」也是从這個偏旁。从「虎」从「彡」的「彪」字指的也就是老虎身上的紋理。

以本字組取名命字的名人

「龍」：先秦思想家公孫龍、明末東林黨領袖高攀龍、清初清官于成龍，臺灣名企業家許文龍、黑幼龍，臺灣藝人馬如龍、美籍華裔武術家李小龍、香港藝人成龍。

「麟」：清末武術家黃麒英、清末革命義士徐錫麟、民初教育家蔣夢麟、臺灣藝人徐乃麟、香港藝人譚詠麟。

「虎」：清朝回亂首領白彥虎、臺灣藝人蔡小虎、中國導演管虎、中國藝人高虎。

「彪」：東漢史學家班彪、西晉史學家司馬彪、香港藝人元彪、中國政治人物林彪。

以本字組取名命字的用意

「龍」原為傳說中的神異動物，它集所有民族的主流圖騰形象於一身，是中華民族共同信奉的神獸。由於其在華人的心目中具有神聖崇高的地位，所以後來被用為君王或皇帝的象徵。除了皇宮和皇族，也只有神明所居住的宮殿和宗教一應器物可以使用龍的圖案。以「龍」字取名命字，一個原因則是取其祥瑞，另一個原因是命名者期待被命名者能像龍一樣一飛沖天，成為「人中之龍」。

「麟」單說是母麟，也可以泛指麒麟這類傳說中的神獸。因為稀奇罕見，所以一旦出現，便被視為是祥兆，代表將有好事發生。以「麟」字取命名字，除了取其祥瑞的意思，命名者還希望被命名者也能為他人帶來好運，成為人見人愛的對象。

「虎」字為貓科猛獸的專名。因虎的前額有類似「王」字斑紋，加上利牙巨口，在森林中幾乎找不到對手，所以被封為「森林之王」。以「虎」字取命名字，一個是希望被命名者能身體強健，如虎一般勇猛；一個是希望被命名者在人生的各種表現場合，能虎虎生風、技壓群雄，順利地出人頭地。至於「彪」字，原指老虎身上的斑紋，後來也能喻指老虎。以「彪」字取名命字的用意除與取「虎」字相當外，也有期許被命名者除了武力，也要有文采的用意。

與本字組有關的好話

以下收錄與本字組有關的好話，除了方便自我介紹和介紹親友外，讀完也能增進詞語知識和相關的應用能力哦！

·蛟龍得水

蛟龍得到了水的幫忙，就能興風作浪。原來用以比喻統治者得到民心就能有所作爲；後來用以比喻有能者獲得施展抱負的機會，得以一展拳腳。《管子·形勢》：「人主待得民，而後成其威，故曰：蛟龍得水，而神可立也，虎豹得幽，而威可載也。」

·舞鳳飛龍

如同龍飛鳳舞的姿態那樣；主要用來形容氣勢奔放雄壯的樣子。〔宋〕張孝祥〈鷓鴣天·贈錢橫州子山〉詞：「舞鳳飛龍五百年，盡將錦繡裹山川。」

·生龍活虎

像活動力強的龍或虎那般生氣勃勃；主要用來形容人或文章生動活潑。《朱子語類·卷九五》：「只見得他如生龍活虎相似，更把捉不得。」

麟

·龍驤麟振

龍驤，爲龍昂舉騰躍的樣子；麟振，典故出自《詩經·周南·麟之趾》：「麟之趾，振振公子，於嗟麟兮」，毛傳：「麟，信而應禮，以足至者也。振振，信厚也」，指麟足振地有信的樣子；本句主要用來形容領兵者恩威兼備。

· **蟬衫麟帶**

薄絹製成、有如蟬翼的衣衫與有近似麟文的衣帶；合指既飄逸又華美的衣服。〔唐〕溫庭筠〈舞衣曲〉：「蟬衫麟帶壓愁香，偷得鶯簧鎖金縷。」

· **鳳毛麟角**

鳳凰的毛和麒麟的角；形容珍貴而稀少的人才或事物。〔明〕何良俊《四友齋叢說·文》：「康對山之文，天下慕向之，如鳳毛麟角。」

虎

· **燕頷虎頭**

像燕那般的頷頦與像虎那樣的頭形；形容相貌堂堂、十分威武。《東觀漢記·班超傳》：「超問其狀。相者曰：『生燕頷虎頭，飛而食肉，此萬里侯相也。』」

· **虎步龍行**

踏著龍虎一樣的穩健步伐；形容帝王那般不凡的儀表。柳棄疾〈寄少華甬上即效其體〉詩之二：「虎步龍行屬寄奴，一時瑜亮有黃鬚。」

· **與虎添翼**

給老虎添上了翅膀；比喻協助才能本來就很強大的人，使其變得更強大。《三國演義·第二七回》：「丞相待關某甚厚，今彼不辭而去，亂言片楮，冒瀆鈞威，其罪大矣。若縱之使歸袁紹，是與虎添翼也。」

彪・弸中彪外

內在充實有才華的人，他的文采一定表現在外。〔漢〕揚雄《法言・君子》：「或問：『君子言則成文，動則成德，何以也？』曰：『以其弸中而彪外也。』」李軌注解：「弸，滿也；彪，文也。積行內滿，文辭外發。」

鳳、鵬、鴻、燕

古字小常識：从，是「從」的本字，即起初的寫法。

本字組與相關諸字的歷史面貌和它們的造字本義

	鳳	鴻	鵬
甲骨文			
金文			
戰國文字			
小篆			（古文）

	朋	燕
甲骨文		
金文		
戰國文字		
小篆	（古文）	

● 「鳥」是象形字，小篆字形栩栩如生的描摹出鳥的外形。

● 古人對鳳凰的描述接近今日的孔雀。

「鳳」這個字，《說文解字》解釋道：「神鳥也。天老曰：『鳳之象也，鴻前麐後，蛇頸魚尾，鸛顙鴛思，龍文虎背，燕頷雞喙，五色備舉。……』从鳥凡聲。」這個字是個形聲字，因為指的是一種祥禽，所以从「鳥」這個義符。「鳥」，《說文解字》解釋：「長尾禽總名也。象形。」它本身就是個描繪鳥類全形的象形字。按照古籍對鳳這種鳥類的描述：頭上有冠、翅有鳳眼，身上有好多美麗的花紋，牠應該最接近今日的孔雀。「孔」有「大」的意思；「雀」即鳥：「孔雀」即「大鳥」，「鳳」也是大鳥。

依照時間較早的古文字形來看，「鳳」字一開始並沒加「凡」這個聲符，全然是一個象形字，字形重點在描繪與眾不同的鳥冠和鳥羽。但今日的「鳳」字則寫成从「鳥」、「凡」聲的形聲字。「凡」作為「鳳」的聲符，本身是個象形字，即「盤」字初文。（詳參本書天文地理字組之六「珮」字）

「鵬」這個字，《康熙字典》解釋道：「《玉篇》：『大鵬鳥也。』《集韻》：『大鵬，鵾屬。』《莊子．逍遙遊》：『鯤之大，不知其幾千里也，化而為鳥，其名為鵬。』」「鵬」這個

●「朋」字在甲骨文中看起來像兩串貝。

字指的也是大鳥，所以从「鳥」這個義符。不過「鵬」字本身其實也是個後起的形聲字，它最早的寫法是不加「鳥」形而直接寫作「朋」的——「朋」本身是象形字，全字勾勒出一隻斂著大羽的鳥，這個形象在《說文解字》所收的古文「朋」字形裡最為明顯。不加「鳥」形的「朋」和「鳳」字初文根本就是同一個字（互為異體字）！只不過「鳳」字初文著重描繪這種鳥的「冠」和「羽」；「朋」字則特別聚焦在牠的羽毛之豐美。為何後來「朋」字用為「朋友」之朋？《說文解字》解釋道：「鳳飛，羣鳥从以萬數，故以為朋黨字。」這種大鳥習慣群居，所以鳥名之「朋」就引申而有「朋黨」的意思了！

不過另外還要說明的是表示大鳥的「朋」字作為「朋友」之「朋」的時間較晚。早先在金文和甲骨文裡的「朋」字以象形造字，全字畫出「兩串貝」，「貝」是上古的貨幣，所以這個早出的「朋」字指的是一種貨幣單位。《康熙字典》就說：「《易經．損卦》：『或益之十朋之龜』，《詩經．小雅》：『錫我百朋』，《傳》：『五貝為朋。』《前漢書．食貨志》：『元龜岠冉，長尺二寸，直二千一百六十，為大貝十朋』，《註》：『蘇林曰：「兩

1.「鴻」字是指大型的水鳥。　2.「燕」的字形具體畫出燕子的樣子。
3. 燕子常在人家的門廊下築巢。

貝爲朋，朋直二百一十六，元龜十朋，故二千一百六十也。」』」一朋為五枚貝所串成；一朋的價值是二百一十六個最小貨幣單位。

「鴻」這個字，《說文解字》解釋道：「鴻鵠也。从鳥江聲。」它是個从「鳥」「江」聲的形聲字，本指水鳥鴻鵠，所以从「鳥」這個義符；「江」作為聲符，本指長江或是大水（詳本書「天文地理字組第八」）。「鴻」是大雁、鵠是黃鵠，二者都是在水邊很常看到的大水鳥，體型都不小。從這類水鳥的棲息地來理解「鴻」字，說它是個从「鳥」从「江」，「江」亦聲的會意兼聲字也是可以的。古人禮尚往來，很常選擇鴻雁作為回禮的牲品（《儀禮》），「鴻」因此多了一層「知禮」的隱喻；詩序說《詩經．鴻鴈（雁）》：「美宣王也。萬民離散，不安其居，而能勞來還定，安集之。至于矜寡，無不得其所焉」，「鴻」之棲也有「安居」的形象。

「燕」這個字，《說文解字》解釋道：「玄鳥也。籋口，布翄，枝尾。象形。」它是個象形字，全字描繪出燕鳥之形，甲骨文的寫法仔細地描繪出燕鳥之頭、身、尾、雙翅，非常的寫實。燕子是候鳥，春來秋去，可以說是春天的信使。燕子又愛築巢家戶門廊下，在選擇居所時基於動物的本能，牠會挑選安靜、闔家和樂融融的人家來落腳；慢慢的燕子築巢即成為有德者居處的代表。燕子也是人類少數能接受一起生活在同個屋簷下的野生禽類。

以本字組取名命字的名人

「鳳」：清朝臺灣阿里山通事吳鳳、清末名妓朱莜鳳（小鳳仙），臺灣藝人林鳳嬌、陳美鳳，香港藝人林鳳。

「鵬」：臺灣文獻學家龔鵬程、臺灣政治人物葉耀鵬、中國藝人李亞鵬、中國政治人物李鵬。

「鴻」：東漢名士梁鴻、清末中興名臣李鴻章、清末武術家黃飛鴻、民初名畫家徐悲鴻、臺灣政治評論家李鴻禧。

「燕」：漢成帝皇后趙飛燕，臺灣藝人張小燕、謝金燕，香港藝人薛家燕、新加坡籍華裔藝人孫燕姿。

以本字組取名命字的用意

「鳳」和「鵬」都是同一類的大鳥，這一類的大鳥常出現在古代傳說中。由於美麗、稀有，被視為是吉祥的象徵。後來其圖案花紋甚至只有皇室的貴族才能使用。大鳥在中國文化中具有如此崇高的地位，與商朝的「玄鳥」祖先崇拜及南方的「朱雀」信仰很有關係。「玄鳥」最早出現在《詩經》，《商頌．玄鳥》寫到：「天命玄鳥，降而生商。」《史記．殷本記》也提到：「殷契，母曰簡狄，有氏之女，為帝嚳次妃。三人行浴，見玄鳥墮其卵，簡狄取吞之，因孕生契。」商是源於黃河中下游地區的古部落。另一個同樣起源於這一地區的嬴秦，也有個古老傳說提到女修吞食了玄鳥卵而生了秦的先祖。可見玄鳥不但是商民族之祖，而且是黃河中下游地區許多古老部落的共同宗祖和崇拜對象。玄鳥究竟是什麼動物？有人引《廣雅．釋言》：「玄，天也」，玄鳥即是天上降下來的神鳥，也就是「鳳」、「鵬」了。後來這個流行於黃河中下游的崇拜，隨著楚的華夏先祖向南方傳播，結合五行中南方之行的「火」，微變成具有浴火鳳凰的「朱雀」形象。並和北方的玄武（龜）、東方的青龍、西方的白虎合稱「四靈」或「四獸」。以「鳳」或「鵬」字取名命字，一方面是取其吉祥的象徵，再方面是因為鳳及鵬都能一飛沖天，以之命名也是希望被命名者能揚眉吐氣，名揚天下。

「鴻」字指的是天鵝、大雁、黃鵠一類的水棲禽鳥。這類禽鳥飛行姿態優閒而高雅，給人一種遺世獨立的感覺。牠的翅膀十分有力，也能一飛沖天。以「鴻」字取命名字，主要寄寓命名者希望被命名者有「鴻」的優雅和高度的視野，進而能建立一番功業。

「燕」為人類居住地區常見的鳥類。牠是候鳥，秋去春來。所以燕子來了也表示春天近了，因此「燕」字具有「春天的腳步近了」的隱含意義。春天萬物復甦，生意盎然，也因此「燕」字多了吉祥、生氣蓬勃的意思。以「燕」字取名命字，就是取其「春意」之義。另外「燕居」為有「德者之居」、「燕」字又能通「晏」，表示安樂，所以以「燕」字為名也寄寓了命名者希望被命名者能生活安樂、成為有德之人的用意。

與本字組有關的好話

以下收錄與本字組有關的好話，除了方便自我介紹和介紹親友外，讀完也能增進詞語知識和相關的應用能力哦！

鳳

・丹鳳朝陽

鮮紅羽色的鳳凰朝向太陽；形容有才者得到明君賞識。《詩經・大雅・卷阿》：「鳳凰鳴矣，於彼高岡。梧桐生矣，於彼朝陽。」〔明〕朱善《詩解頤・卷三》：「鳳皇者，賢才之喻；高岡者，朝廷之喻；梧桐者，賢君之喻；朝陽者，明時之喻也。」

・馭鳳驂鶴

駕著鳳騎著鶴；比喻得道飛升成仙。《太平廣・卷九七》引〔唐〕皇甫枚《三水小牘・從諫》：「唐武宗嗣曆，改元會昌，愛馭鳳驂鶴之儀，薄點墨降龍之教。」

・吉光鳳羽

吉祥的光照與鳳凰的毛羽；主要用來形容難得的藝術珍品。〔明〕王世貞《題三吳楷法十冊之六》：「吾所綴集，皆待詔中年以後書，真吉光鳳羽，緝而成裘，後人其寶守之。」

鵬

・鳳翥鵬翔

像鳳或鵬那般振翅高飛；形容奮發而有所作爲。〔清〕陸隴其〈與李枚吉婿書〉：「吾婿英年有志，前程遠大，苟發憤力學，將來鳳翥鵬翔，何可限量。」

・萬里鵬程

如同鵬一般振翅即可高飛萬里；形容前程遠大。〔明〕馮惟敏〈桂枝香・春怨〉曲：「拼著你萬里鵬程，撇下俺一腔春恨。」也可作「鵬程萬里」。

鴻

・鴻鵠之志

像鴻鵠大鳥飛向遠方的大志向。《呂氏春秋・士容》：「夫驥驁之氣，鴻鵠之志，有諭乎人心者誠也。」

・鉅學鴻生

鉅和鴻都有大的意思；此指學識淵博之人。典故出自〔漢〕揚雄〈羽獵賦〉：「於茲乎鴻生鉅儒，俄軒冕，雜衣裳，脩唐典，匡《雅》《頌》，揖讓於前。」

．業峻鴻績

建立的功業高、成績大。〔南朝．梁〕劉勰《文心雕龍．原道》：「夏后氏興，業峻鴻績，九序惟歌，勳德彌縟。」周振甫注解：「業峻鴻績：即業峻績鴻，功業高，成績大。」

燕

．燕雀相賀

燕和雀因爲大廈落成，有棲身之處而互相慶賀，後來用作賀人新屋落成的吉祥話。《淮南子．說林訓》：「湯沐具而蟣蝨相弔，大廈成而燕雀相賀，憂樂別也。」

．鶯歌燕舞

鶯兒啼歌，燕兒飛舞；這是春天才有的景致，所以本句主要用來形容春光明媚，萬物歡悅。後來引申可形容形勢大好。〔宋〕盧炳〈滿江紅．賀趙縣丞〉詞：「日麗風和薰協氣，鶯吟燕舞皆歡意。」也可作「鶯吟燕舞」。

．新婚燕爾

燕通晏，表示安樂。本句形容新婚極爲歡樂的樣子。〔元〕賈固〈醉高歌過紅繡鞋．寄金鶯兒〉曲：「樂心兒比目連枝，肯意兒新婚燕爾。」

林、森、樹

古字小常識：从，是「從」的本字，即起初的寫法。

本字組與相關諸字的歷史面貌和它們的造字本義

	林	木	森
甲骨文			
金文			
戰國文字			
小篆			

	樹	寸
甲骨文		
金文	（石鼓文）	
戰國文字		
小篆		

● 「木」字畫出樹木的樣子。

● 「林」字疊用二「木」表示衆木成林。

● 「樹」字的本義表示種植樹木。

「林」這個字，《說文解字》解釋道：「平土有叢木曰林。从二木。」這個字是個从二「木」的會意字。「木」本身是象形字，象樹木的樹幹、樹枝、樹根之形，疊用二個「木」表示樹木成林之處，這樣就造成了會意字「林」。

「森」這個字，《說文解字》道：「木多貌。从林从木。讀若曾參之參。」它疊用三「木」，三代表多數，所以「森」字的意思就是樹木很多啦！

「樹」這個字，《說文解字》解釋道：「生植之總名。从木尌聲。」它是個从「木」「尌」聲的形聲字，因為本義指「種樹」，所以从「木」這個義符。至於它的聲符「尌」，《說文解字》解釋道：「立也。从壴从寸，持之也。」它是個从「寸」、「木」，「豆」聲的形聲字，本意就是「樹立」、「種植」。「寸」作為義符，本為指事字，先畫一隻手，再把手腕處點一上點。古代度量長度由指尖到腕口差不多就是一寸，「寸」也就是「吋」的初文；古人造字，字義相近的字在做為義符時可以交互使用，在字裡从「又」（手）和从「寸」意義差別不大。「尌」的聲符「豆」，本

●「豆」為象形字，是一種高腳的器皿。

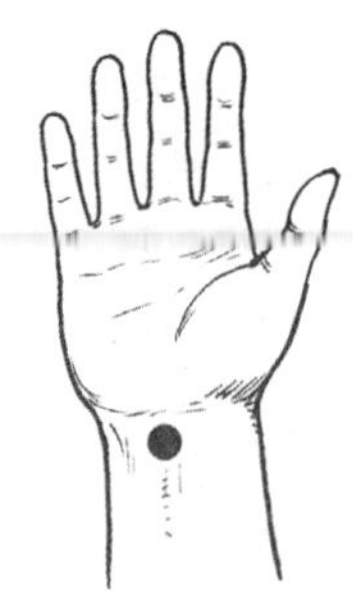

●「寸」為指事字，指用手腕位置表示一寸。

身是象形字，全字勾勒一種高腳器皿，它是先人常用的食器，今日隆重的宗教慶典也很常用它來裝擺祭祀的供品；用作植物種子稱謂，那是後來的假借用法。具有聲符「豆」的「尌」，从「寸」扶「木」而種，它也就是「樹」的初文。

以本字組取名命字的名人

「林」：清末民初學者沈林一、民國語言學家季羨林，臺灣藝人秦祥林、楊林，中國藝人張鐵林。

「森」：清朝訓詁學家孔廣森、民初國民政府主席林森、臺灣史學家王泛森、臺灣電視節目主持人董智森、香港導演吳宇森。

「樹」：民初作家周樹人（魯迅）、臺灣名慈善家陳樹菊，臺灣電視節目主持人葉樹珊、趙樹海。

以本字組取名命字的用意

「林」字原本指成片的木本植物叢聚，後來引申可指人或事物的會聚之處；作為形容詞則能形容眾盛的樣子。以「林」字取名命字，一個可能是經過命相師的指點，被命名者命中缺木，所以取其為名加以救濟；以「森」、「樹」等從「木」或「艸」旁字為名的，也有類似的目的；一個可能是希望被命名者能享有或具備有某種吉祥、才華、德行，並希望這些吉祥、才華、德行能如林會聚於被命名者的身上。

「森」字原來用以形容樹木高聳繁密的樣子，後來引申可形容眾多貌。因為植物生長茂密，底下便會失去光照而有陰森幽暗的感覺，所以「森」又隱約可指「陰森」的氣氛。既然植物長得茂密，一定很難從中通過，所以「森」也可以用來形容戒備嚴謹，密不透風的樣子——「森嚴」。以「森」字為名，一個原因是被命名者五行缺木；一個可能是希望被命名者能很有生氣，像佈滿植物的森林那般生機無限。

「樹」字原本作動詞用，表示「種植」這一個動作；由於興建建物需要樹立梁柱，所以「樹」字後來也引申出「建立」這一層意思。以「樹」字為名，一個原因是被命名者五行缺木；一個原因是命名者希望被命名者能夠建立起好的名聲、成就一番事業。

與本字組有關的好話

以下收錄與本字組有關的好話，除了方便自我介紹和介紹親友外，讀完也能增進詞語知識和相關的應用能力哦！

林

·聲振林木

聲音的振波振動了樹林；主要用來形容樂聲或歌聲激昂。《列子·湯問》：「薛譚學謳於秦青，未窮青之技，自謂盡之，遂辭歸。秦青弗止，餞於郊衢，撫節悲歌，聲振林木，響遏行雲。」

·林下風氣

林下原爲士人交遊吟和的處所；後可用來形容人具有悠閒飄逸的氣質。〔南朝·宋〕劉義慶《世説新語·賢媛》：「王夫人神情散朗，故有林下風氣。」

·杞梓之林

杞和梓都是良木；本句比喻人材眾多。〔唐〕李庾〈西都賦〉：「殷廟羞瑚璉之器，楚材慚杞梓之林。」

・森羅萬象

森指林木聚集處，羅上則有許多網洞；本句用來比喻天下各種事物所展現出的各種氣象。〔南朝・梁〕陶弘景〈茅山長沙館碑〉：「夫萬象森羅，不離兩儀所育；百法紛湊，無越三教之境。」

・雲屯森立

如雲朵屯積和聚木林立的樣子；指眾多而整齊。〔清〕侯方域〈爲司徒公贈萬將軍序〉：「以張公節制三方，其部下熊羆之士，雲屯森立，而特屬望將軍，其必有以取之矣。」

・壁壘森嚴

用來防禦的土壁和堡壘工事堅固，戒備和守衛像長滿樹木的森林般嚴密。

樹

・樹德務滋

建立良好的德政，首要之務在使它不斷增益延續下去。《尚書・泰誓下》：「樹德務滋，除惡務本。」

・一樹百穫

種一次就能收穫百次；主要用來形容培植人才就能獲益長遠。《管子・權修》：「一年之計，莫如樹穀；十年之計，莫如樹木；終身之計，莫如樹人。一樹一穫者，穀也；一樹十穫者，木也；一樹百穫者，人也。」也可作「十年樹木，百年樹人」。

·樹俗立化

樹立良好風俗、進行有效教化。《鶡冠子．王鈇》：「世莫不言樹俗立化，彼獨何道之行以至於此？」

松、柏、榕

附：「容」、「蓉」

本字組與相關諸字的歷史面貌和它們的造字本義

	松	公	八	私
甲骨文				
金文				
戰國文字				
小篆				

	柏		榕		蓉	容
甲骨文		隸書		甲骨文		
金文		行書		金文		
戰國文字		草書		戰國文字		
小篆		楷書		小篆		

古字小常識：从，是「從」的本字，即起初的寫法。

1.「松」為形聲字。　2.「厶」描摹人彎起手臂的樣子。
3.「柏」為形聲字。
4. 在墓前種松柏是中國人的傳統，希望祖先能保佑子孫長長久久，像長青的松柏那樣。。

「松」這個字，《說文解字》解釋道：「木也。从木公聲。」它是個从「木」「公」聲的形聲字，因為指的是一種針葉長壽長綠樹種，所以从「木」這個聲符。「公」作為聲符，本身為指事字，表示把某物分得很平均，這個觀念就叫「公」。甲骨文「公」字上部是「八」，它是指事字，左右兩筆平均，本義指「平分」；「公」字下部並非是勾勒嘴巴外框的「口」字，而是表示將要被平分的物品；「公」的全字就是以平分物品來表示公平、公正的意思。到了小篆的寫法，則將原來象徵物品的「口」部件寫成像鉤的形狀；如此一來它就成了「厶」。「厶」是將手臂朝自己彎的樣子，它是個象形字，就是「肱」的初文。因為只有拿了東西自私不分享，把它揣在懷裡才會出現這個動作，所以「厶」又引申出「自私」的意涵——它同時也是「私」字的初文。自此，小篆「公」字的寫法就從指事字變成了「背私為公」（《說文解字》）的會意字了。

「柏」這個字，《說文解字》解釋道：「鞠也。从木白聲。」它是個从「木」「白」聲的形聲字，也是指一種長綠的針葉樹種，所以从「木」這個義符。聲符「白」本指拇指，後

● 古人穴居，會把物資儲放在洞穴中。

● 地方上的「大樹公」很多都是榕樹。

● 「榕」是形聲字。

借為「白色」之「白」（詳參本書數序字組之四「伯」字）。

「松」和「柏」都是長青的樹種，如果人的壽命能像松柏那樣，便是長壽。所以中國人流行在祖先的墓葬旁廣植松柏，希望祖先能保佑家族基業及後代子孫長長久久。

「榕」這個字，《康熙字典》解釋道：「……音容。《玉篇》：『木名。』《三體詩註》：『初生如葛藟緣木，後乃成樹，生於南方。』嵇含《草木狀》：『榕葉如木麻，其蔭十畝。』《榕城隨筆》：『閩中多榕樹，因號榕城。枝葉柔脃，榦既生枝，枝又生根，垂垂如流蘇，少著物即縈繫。或本榦自相依附，若七八樹叢生者，多至數十百條，合幷爲一，蝩蜷樛結，柯葉蔭茂。』」它是個从「木」「容」聲的形聲字，「榕」、「松」一聲之轉，「松」的某一個品種也有叫「榕」的，所以「榕」也是指一種長綠長壽的植物，因此从「木」這個義符。榕的生命力強，氣根可以吸收空氣中的濕氣並長成樹幹外，地下根的貫竄力也很強，所以包括墓園在內的建築物並不適合種植。由於榕的生命力強，枝葉蔭蓋性高，很多地方上長成神木一般的大樹公就是榕樹。「榕」的聲符「容」，《說文解字》解釋道：「盛也。……」它是個指事字，全字表示

● 水芙蓉。　　● 木芙蓉。

「穴」中有物入內，有「容納」的意思。古人穴居而野處，洞穴既是居住的地方，當然也是儲存物資的地方；「容」指的就是把物資容入儲放到洞穴裡。

「蓉」這個字，《說文解字》解釋道：「芙蓉也。从艸容聲。」它是個从「艸」「容」聲的形聲字，指的就是「芙蓉」，所以从「艸」這個義符；「容」在字中發揮的是聲符的功能。「芙蓉」有二指，一為木芙蓉，開在樹上，一為水芙蓉，是水生植物，這二種芙蓉都清美大方，十分可愛。所以「蓉」字也常被用來取名命字。

以本字組取名命字的名人

「松」：清朝《聊齋誌異》作者蒲松齡、臺灣名法醫楊日松、臺灣音樂製作人包小松、香港藝人劉松仁。

「柏」：清朝《朱子治家格言》作者朱柏廬，臺灣音樂製作人包小柏、臺灣藝人陳柏霖、潘瑋柏、錢柏渝、臺灣名企業家蔣友柏、臺灣政治人物郝柏村、香港藝人張柏芝。

「榕」：臺灣民運人士鄭南榕、臺灣政治人物林柏榕、臺灣藝人張榕容、香港藝人梁家榕。

（「容」／「蓉」：臺灣藝人李倩蓉、臺灣藝人陳德容、臺灣政治人物郭婉容。）

以本字組取名命字的用意

「松」、「柏」、「榕」都是長青的木種，枝葉青蔥翠綠，給人富有生命力的感覺。「松」、「柏」、「榕」長青不枯，也讓人容易聯想到「長壽」。以「松」、「柏」、「榕」等字取名命字，一個可能是經相命師的指點，被命名者命中缺木，於是取从「木」旁的「松」、「柏」、「榕」等字為名，加以救濟；一個可能是取「松」、「柏」、「榕」的「長壽」意義，希望被命名者如「松」、「柏」、「榕」一樣長久樹立於天地之間。

「容」字原為穴中納物的意思，後來假借為「面容」的「容」。以「容」字取名命字，一個是命名者希望被命名者具有大肚量，能接納別人的各種建議，「有容乃大」；一個是命名者希望被命名者能有姣好的面容長相。後一種取名意圖多半出現在為女子命名的情況之中。

「蓉」字既可指木芙蓉，也可指水芙蓉。不論指的是那種花，它們給人的都是雍容美艷的感覺。所以「蓉」字常被用來為女子取名命字。以「蓉」字為名，一個是希望被命名者能有「出水芙蓉」那般的美貌；另一個可能是經相命師指點，被命名者命中缺木，於是取从「艸」（「草」，廣義的植物）旁的「蓉」加以救濟。

與本字組有關的好話

以下收錄與本字組有關的好話，除了方便自我介紹和介紹親友外，讀完也能增進詞語知識和相關的應用能力哦！

松·玉潔松貞

像玉一樣純潔、像松一樣堅貞；用來形容節操之高潔。〔唐〕皇甫枚《三水小牘·步飛煙》：「飛煙執象手曰：『今日相遇，乃前生因緣耳。勿謂妾無玉潔松貞之志，放蕩如斯。』」

·餐松飲澗

吃松實喝澗水，指的就是一種隱居的生活。〔南朝·梁〕沈約〈善館碑〉：「達人獨往之事，志非易立，餐松飲澗之情，理難輕樹。」

松柏·松柏之茂

松和柏都是長青的樹種；能像松柏那樣茂盛，也就是長壽不衰了。《詩經·小雅·天保》：「如松柏之茂，無不爾或承。」鄭玄解釋道：「如松柏之枝葉常茂盛，青青相承，無衰落也。」

·**松柏之志**

形容具有像松柏那般堅貞不移的志節。〔宋〕葉廷珪《海錄碎事·人事》：「宗世林薄曹操爲人，不與之交。後操作司空，總朝政，問宗曰：『可以交未？』答曰：『松柏之志猶存。』以忤旨見疏，位不配德。」

·**餐松啖柏**

食用松柏的葉實，表示過著和修仙學道的人一樣的超塵脫俗生活。〔元〕無名氏《翫江亭·第二摺》：「俺出家人閑來坐靜，悶來遊訪，尋仙問道，飡松啖柏。」

·**松柏寒盟**

在寒冷的天氣裡仍像松柏樣不忘交情；形容雙方是患難之交。〔清〕李漁《憐香伴·齋訪》：「雖則是梅花冷淡，也甘守松柏寒盟。」

蓉

·**出水芙蓉**

水面上初放的芙蓉花；可以用來形容詩文的清新或女子的清麗。〔宋〕洪咨夔〈沁園春·用周潛夫韻〉：「濂溪家住江湄，愛出水芙蓉清絕姿。」

・休休有容

有氣度而從容的樣子。《尚書・秦誓》：「其心休休焉，其如有容。」

・雍容閒雅

神情從容大方，舉止溫雅得體。《史記・司馬相如列傳》：「相如之臨邛，從車騎，雍容閒雅，甚都。」也可作「雍容爾雅」或「雍容大雅」。

・月貌花容

女子的容貌像月亮和花朵一樣姣美。《醒世恒言・賣油郎獨占花魁》：「〔秦重〕這一夜翻來覆去，牽掛著美人，那裡睡得著。只因月貌花容，引起心猿意馬。」

梅、蘭、菊、竹、蓮

本字組與相關諸字的歷史面貌和它們的造字本義

	梅	某	甘	蘭
甲骨文				
金文				
戰國文字				
小篆				

	闌	門	柬	菊
甲骨文				
金文				
戰國文字				
小篆				

古字小常識：从，是「從」的本字，即起初的寫法。

車	行	連	蓮	竹	匊	
						甲骨文
						金文
						戰國文字
						小篆

「梅」這個字，《說文解字》解釋道：「柟也。可食。从木每聲。」這個字是個从「木」「每」聲的形聲字，本義指的就是可以食用的「柟」果，所以从「木」這個義符。它或不从「梅」而寫作从「某」得聲，作「楳」。「梅」的聲符「每」是「母」的異體字，全字為一泌乳女子跪坐於地的樣子（詳參本書天文地理字組之八「海」字）；「梅」的異體字「楳」，它的聲符「某」為會意字，从「甘」在「木」上；「甘」本身是指事字，《說文解字》解釋道：「美也。从口含一」，全字表示一甘甜食物吃進口中，本義即「美味」。「某」字表示長在樹上吃來味久不散的酸果子，即「梅」無誤——「某」也正是「梅」和「楳」的初文。

「蘭」這個字，《說文解字》解釋道：「香艸也。从艸闌聲。」它是個从「艸」

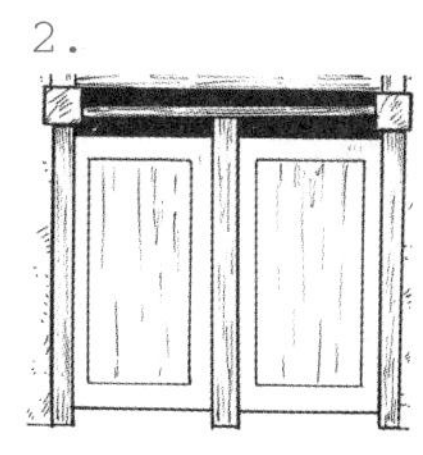

1.「甘」表示甜食在口中。　2.「門」為象形字，具體描摹出兩扇門板。
3.「个」字畫出竹葉下垂的形象。　4.「菊」字指的是蘧麥。

「闌」聲的形聲字，本義指的是一種性喜陰濕的香草，因此从義符「艸」。而「闌」作為聲符，《說文解字》說它：「門遮也」，本身是個从「門」从「柬」的會意字，指把可以把不允許進入的人或野獸阻攔在外。

「闌」的義符之一「門」是個从二「戶」的象形字，全字就是把有二扇門板的大門給畫出來，「戶」就是單扇門板。一般人家出入口只要用單扇門板就足夠遮擋，所以「戶」字後來引申出「家戶」之「戶」的意思。「闌」的義符之二「柬」是個指事字，全字从「束」外加點；「束」是個象形字，具體描繪一個包囊；包囊之中二點表示所包裹的是被揀擇過的東西；「柬」即是「揀」之初文。「闌」字从「門」从「柬」表示要進入「門」必須經過身分的過濾才行；「闌」即是「欄」或「攔」字的初文。

「竹」這個字，《說文解字》解釋道：「冬生艸也。象形。」它是個會意字，从二「个」，這個「个」並不是「個」的簡體字，它是竹葉下垂的具體描繪，由於竹子一枝多葉，所以从二「个」，就能表現出竹子竹葉聚多的特色。

「菊」這個字，《說文解字》解釋道：「大菊，蘧麥。从艸匊

● 「行」描繪出十字路口的樣子。

● 「車」是象形字。

● 「匊」是「掬」的初文，表示兩手掬捧。

聲。」它是個从「艸」「匊」聲的形聲字，本義指的就是蘧麥，所以从「艸」這個義符。「匊」作為聲符，本身是個从「勹」（人有懷抱之形）从「米」的會意字，《說文解字》解釋道：「在手曰匊」，全字像人以將米加以「掬捧」，它也就是「掬」的初文。我們常形容一個人「笑容可掬」——笑容多到可以用手捧起來，那是把他的笑容給具體化了，這和我們說一個人「臉上堆滿了笑容」的意思是相當的。

「蓮」這個字，《說文解字》解釋道：「芙蕖之實也。从艸連聲。」它是個从「艸」「連」聲的形聲字，本義指的就是「水蓮」，所以从「艸」這個義符。而其聲符「連」，本身是個从「辵」从「車」的會意字。「車」字是個象形字，全字完整地描繪車廂和車輪。「辵」从「行」省从「止」，「行」是描繪十字路口的象形字。「止」即腳掌之象形（詳本書天文地理字組之四「峰」字）。結合這二者而成的會意字「辵」就含有行走於街道的意思。由於古代車輛的動力來源是獸力，必須將車連接上人或動物加以駄拉，車子才能前進，所以「連」字的本義就是「連接」。

以本字組取名命字的名人

「梅」：清末民初粵劇名角陳皮梅、臺灣名廚傅培梅，臺灣藝人曾心梅、吳申梅，中國藝人向梅。

「蘭」：清朝詩人徐蘭、民初京劇名角梅蘭芳、臺灣歌仔戲名角陳亞蘭、臺灣藝人錢幽蘭、中國藝人石蘭。

「竹」：臺灣藝人戴君竹、張瑞竹、盛竹如、林庭竹。

「菊」：臺灣名慈善家陳樹菊，臺灣政治人物陳菊、葉菊蘭、中國政治人物黃菊。

「蓮」：清末宦官李蓮英、臺灣政治人物呂秀蓮，香港藝人林憶蓮、吳倩蓮。

以本字組取名命字的用意

「梅」字指的是枏、楠一類木種；也可指梅樹所結的果子本身。梅樹開花結果在冬季，所謂「愈冷它愈開花」，因此梅樹給人一種在刻苦環境下仍然不放棄的形象，梅花也是中華民國的國花。以「梅」字取名命字，一個可能是經相命師的指點，被命名者命中缺木，於是取从「木」的「梅」字為名，加以救濟；一個可能是命名者希望被命名者能像梅樹那般堅忍不拔，逆境之中依然堅持理想；另一個具有強烈時代意義的理由是，以國花「梅」字取名命字，是希望被命名者能有愛國的情操。

「蘭」字既可指蘭草，也可指其所開出來的蘭花。蘭性喜陰濕之處，長四散香氣，大半在秋末開花。由於《楚辭》裡面的文章常以蘭花等香草借代有德的君子，所以「蘭」也被視為是君子的象徵。以「蘭」字取名命字，一個可能是經相命師的指點，被命名者命中缺木，於是取从「艸」的「蘭」字為名，加以救濟；更大的原因是取「蘭」字的君子形象，期待被命名者如同蘭那般芳香宜人、德澤惠人。

「竹」字指禾本科多年生常綠植物，莖中空有節，常被採來做為建築物和器物（特別是樂器）的原料。竹子枝葉經過嚴冬不會凋零，所以和一樣歷冬不凋的「松」、「梅」合稱「歲寒三友」。竹子既有長青的形象，也因為中空有節，和君子的「謙虛」、「節操」品行特色相符，因而給人如同君子一般的感覺。以「竹」字取名命字，一個是希望被命名者有如竹子那般長青長壽；一個是希望被命名者有如竹子那般高風亮節、謙虛待人；還有一種可能是因為古代樂器慣稱「絲竹」，以「竹」字為名或許表示命名者希望被命名者具有音樂藝文方面的才華。

「菊」字就是「大菊」（蘧麥）。大菊因花瓣數量多，給人富麗華貴的感覺；大菊因為是多年生草本植物，也因此蘊涵有長青的意思。漢代以後，重陽舉家出遊登高、佩茱萸、飲菊花酒的習俗漸漸形成，「菊」也因此隱含親慈愛護、思念家人的意義。以「菊」字取名命字，一個可能是經相命師的指點，被命名者命中缺木，於是取从「艸」的「菊」字為名，加以救濟；一個是希望被命名者（通常是女子）能青春永駐，姿色出眾，雍容華貴；一個是希望被命名者能重視家庭、孝老慈幼。

「蓮」字一指水生荷花所結種子，即蓮子，一指荷花本身。由於佛在宗教的形象中是坐擁蓮花，所以「蓮」因此也可以喻指佛所居世界或境界。〔宋〕周敦頤曾著〈愛蓮說〉，以「蓮」比喻出淤泥而不染的君子，自此「蓮」也可以指稱有德的君子。以「蓮」字取名命字，一個可能是經相命師的指點，被命名者命中缺木，於是取从「艸」的「蓮」字為名，加以救濟；一個是希望被命名者有像「觀音坐蓮」那樣洞觀世事的清涼境界；一個可能是期待被命名者能有蓮花那般不同流合汙的君子氣節。

與本字組有關的好話

以下收錄與本字組有關的好話，除了方便自我介紹和介紹親友外，讀完也能增進詞語知識和相關的應用能力哦！

梅・鹽梅相成

鹽味與梅子的酸味互相調和；比喻能折衝各方勢力的賢臣。〔宋〕羅大經《鶴林玉露・卷十二》：「竊意二老（太公、伯夷）受文王之養，平居暇日，同堂合席，念王室之如燬，固欲起而救亂；思冠冕之毀裂，又恐因而階亂，故水火相濟，鹽梅相成，各以一事自任。」

・雪胎梅骨

天生雪一般的玉潔、梅一般的堅貞。〔清〕李漁《憐香伴・香詠》：「小姐這等詩眞有雪胎梅骨，冷韻幽香。」

・妻梅子鶴

以梅爲妻、以鶴爲子，表示一無所求的清高修爲。〔清〕徐釚《詞苑叢談・卷三》：「林處士（林逋）妻梅子鶴。」也可作「梅妻鶴子」。

蘭

・蘭薰桂馥

像蘭花或桂花那般的清香；形容德澤流芳，歷久靡衰。〔唐〕駱賓王〈上齊州張司馬啓〉：「常山王之玉潤金聲，博望侯之蘭薰桂馥，羽儀百代，掩梁竇以霞搴；鐘鼎一時，罩袁楊而岳立。」

・蘭質蕙心

具有像蘭與蕙這些香草般淑世的善良氣質。〔唐〕楊虞卿〈過小妓英英墓〉詩：「蘭質蕙心何所在？焉知過者是狂夫。」也可作「蕙心紈質」或「蕙質蘭心」。

・桂子蘭孫

形容別人的子孫像桂花或蘭花那般淑世善良；是對他人子孫的美稱。〔明〕湯顯祖《紫簫記・就婚》：「作夫妻天長地遠，還願取桂子蘭孫滿玉田。」

竹

・松茂竹苞

像松樹一樣茂密，像竹林開滿竹苞；形容興盛繁榮。《詩經・小雅・斯干》：「秩秩斯干，幽幽南山。如竹苞矣，如松茂矣。」

・竹馬之好

年紀還輕、騎著竹馬打鬧所結下的交情。〔南朝・宋〕劉義慶《世說新語・方正》：「（諸葛靚）與武帝有舊……帝曰：『卿復憶竹馬之好不？』靚曰：『臣不能吞炭漆身，今日復睹聖顏。』因涕泗百行，帝於是慚悔而出。」

・品竹調絃

吹奏管樂器、彈奏弦樂器；廣義的說即演奏樂器。〔元〕張壽卿《紅梨花・第四摺》：「往常我樽前歌宛轉，席上舞蹁躚；生疏了品竹調絃，不承望侍歡宴。」也可作「品竹調絲」。

菊

・春蘭秋菊

春天開出蘭花，秋天開出菊花；形容物各有其優點。《楚辭・九歌・禮魂》：「春蘭兮秋菊，長無絕兮終古。」洪興祖補注解：「古語云：春蘭秋菊，各一時之秀也。」

・柳腰蓮臉

腰如柳枝、臉似蓮花；用來形容女性美好的姿色。〔唐〕韓偓〈頻訪盧秀才〉詩：「藥訣棋經思致論，柳腰蓮臉本忘情。」

・步步生蓮

典故出自《雜寶藏經・鹿女夫人緣》故事：鹿女每步跡皆生有蓮花，後來成爲梵豫國王第二夫人，生千葉蓮花，一葉有一小兒，得千子，爲賢劫千佛。後來引申可用來形容女子步姿優美。

芬、芳、英、華（花）

古字小常識：从，是「從」的本字，即起初的寫法。

本字組與相關諸字的歷史面貌和它們的造字本義

	芬	分	芳
甲骨文		[illegible]	
金文		[illegible]	
戰國文字		[illegible]	[illegible]
小篆	[illegible]	[illegible]	[illegible]

	方	英	央
甲骨文	[illegible]		[illegible]
金文	[illegible]		[illegible]
戰國文字	[illegible]	[illegible]	[illegible]
小篆	[illegible]	[illegible]	[illegible]

	華	化		花
甲骨文			隸書	
金文			行書	
戰國文字			草書	
小篆			楷書	

「芬」這個字，《說文解字》解釋道：「艸初生，其香分布。从艸从分，分亦聲。」這個字是個从「艸」「分」聲的形聲字，本義是草初生所散發的植物香味，所以从「艸」這個義符。它的聲符「分」，本身是個从「八」从「刀」的會意字，《說文解字》解釋道：「別也。从八从刀，刀以分別物也。」「八」有平分的意思（詳參本書動植物字組之四「松」字），「刀」這個象形字就像是一把刀（詳參本書天文地理字組之六「珊」字），「分」全字表示用刀將一物分為二段。

「芳」這個字，《說文解字》解釋道：「香艸也。从艸方聲。」這個字是個从「艸」「方」聲的形聲字，本義是香草，所以从「艸」這個義符。它的聲符「方」本身則是個指事字，全字先寫一個「刀」，再把刀子的「柄」這部分用筆畫給特別加強——「方」即

1.「分」有「以刀平分」的意思。　2.「枋」表示刀的護手。
3.「央」為指事字，像人以扁擔挑物的樣子。
4.「華」表示植物枝葉茂密的樣子。

「枋」（護手）的初文。

「英」這個字，《說文解字》解釋道：「艸榮而不實者。一曰黃英。从艸央聲。」它是個从「艸」「央」聲的形聲字，本義指開花不結果的花，所以从「艸」這個義符。它的聲符「央」本身是個指事字，全字像是一個正面站立的人，在肩膊的位置寫上代表扁擔的部件筆畫，表示人用扁擔挑物。由於擔物時人要在扁擔中間，取得平衡才比較不會摔跤，所以《說文解字》才說：「央，中央也」；「央」字的本義也就是「中間」。

「華」這個字，《說文解字》解釋道：「榮也。从艸从𠌶。」這個字是個从「艸」从「𠌶」的會意字，但它原來的寫法並不从「艸」，單是「𠌶」本身就已經象形地完整表現出枝葉長得茂密、花開得繁榮的樣子了。加了「艸」頭的「華」算是後起形聲字，「華」除了能表示枝葉茂密的意思，也和「花」字互為異體。「花」字，《康熙字典》解釋道：「音譁。《正字通》：『草木之葩也。』歐陽修《花品·序》『洛陽人稱花曰某花某花，稱牡丹則直曰花。』」它是個从「艸」「化」聲的形聲字，指的就是花朵本身，所以从「艸」。它的聲符「化」是個从

「人」和倒「人」的會意字，全字由兩個相反的人形組成；由正立人形變成倒立人形，字的本義就是「變化」。

以本字組取名命字的名人

「芬」：清末思想家馮桂芬，臺灣藝人陸小芬、李毓芬、梅嫦芬，香港粵劇名角芳艷芬。

「芳」：漢末地方割據勢力首領盧芳，臺灣藝人萬芳、方芳、方芳芳、郁芳，香港藝人蕭芳芳、梅艷芳。

「英」：帝舜之妻女英、明朝畫家仇英，臺灣藝人劉若英、文英，中國藝人那英。

「華」（花）：明鄭大臣陳永華、清末民初上海名妓賽金花，臺灣藝人周華健、趙永華，臺灣政治人物俞國華，香港藝人劉德華、任達華。

以本字組取名命字的用意

「芬」字指草初生時所產生的香氣，後來引申可用來指稱一切香氣。「芳」字原指花香，後來泛指植物所發出的香氣。自從《楚辭》頻繁的使用許多香草隱喻有德君子之後，「芬」、「芳」也能由香味襲人進而比喻以德潤人。以「芬」、「芳」取名命字，一個可能是經相命師指點，被命名者命中缺木，於是取从「艸」的「芬」或「芳」字為名，加以救濟；一個可能是希望被命名者能成為有德君子，像植物芬芳香氣那般受人歡迎，讓遇到的人都樂於親近。

「華」字原指植物枝葉及花開疊疊的樣子；「花」字為其異體字。因為「華」、「花」在授粉後會結出果子，所以「華」、「花」就給人一種「生命延續」的印象；「華」、「花」為了吸引蜜蜂前來取蜜授粉，顏色必須特別的鮮艷，「華」、「花」也就因此和「美麗」、「多采多姿」劃上等號。古人用「妙筆生花」來形容一個人的文筆好到筆上筆下都像開出花來，「花」字多少也隱含了「文采」這層意義。我國古稱華夏，後來也單以「華」字稱代全民族。綜上可知，以「華」或「花」字取名命字，一個可能是經相命師指點，被命名者命中缺木，於是取从「艸」的「華」或「花」字為名，加以救濟；一個可能是希望被命名者能延續香火，子孫綿延；一個可能是期待被命名將來能具有出眾的美貌或文采；一個可能是希望被命名者能熱愛自己的民族「中華」。

與本字組有關的好話

以下收錄與本字組有關的好話，除了方便自我介紹和介紹親友外，讀完也能增進詞語知識和相關的應用能力哦！

・遺芬餘榮

遺留下來的花香和花瓣；比喻前人所留下來的美名和功績。《宋書・禮志三》：

「爰洎姬漢，風流尚存，遺芬餘榮，綿映紀緯。」

・百世流芬

美名將長傳於後世。〔明〕徐霖《繡襦記・逼娃逢迎》：「賤人不思忖，良家且淫奔。你既落煙花寨，休思百世流芳也。」也可作「百世流芳」

・遺芬賸馥

芬和馥都是花香；此指前人所留下的好文章。〔明〕李東陽〈聚芳亭卷・跋〉：

「而詩書圖史，遺芬賸馥，在其子孫者，其來未艾，謂非少保公之賢而致然哉！」

芳

・芳蘭竟體

蘭花香味遍滿全身；這裡用來形容一個人的人品高雅脫俗。《南史・謝覽傳》：

「覽意氣閑雅，視瞻聰明。武帝目送良久，謂徐勉曰：『覺此生芳蘭竟體。』」

・跗萼聯芳

形容兄弟之間就像花跗萼那般互相照應，後來也都富貴顯榮。〔唐〕王〈謝弟縉新授左散騎常侍狀〉：「不材之木，跗萼聯芳。斷行之雁，飛鳴接翼。」

·言芳行潔

言語清新、行爲高潔。〔清〕方文〈贈別周穎侯〉詩：「言芳行潔師古人，白玉不肯汙纖塵。」

英

·蜚英騰茂

所做所爲和人所盛譽的程度相當；即名實相符。《史記·司馬相如列傳》：「蜚英聲，騰茂實。」司馬貞索隱引胡廣曰：「飛揚英華之聲，騰馳茂盛之實也。」

·英姿颯爽

姿態英武，神采豪爽。〔唐〕杜甫〈丹青引贈曹將軍霸〉：「褒公鄂公毛髮動，英姿颯爽來酣戰。」

·含英咀華

英和華在此都用以借代好文章；本句主要形容仔細品味詩文的精華。〔唐〕韓愈〈進學解〉：「沈浸醲郁，含英咀華。」也可作「含菁咀華」。

華

·（花） 銜華佩實

華爲外在，實爲內涵；本句形容文章的形式和內容十分搭配。〔南朝·梁〕劉勰《文心雕龍·徵聖》：「然則聖文之雅麗，固銜華而佩實者也。」

・踵事增華

踵益其事，增加其華；指繼續原來的成就，使它更加昌盛。〔南朝・梁〕蕭統《文選・序》：「若夫椎輪爲大輅之始，大輅寧有椎輪之質，增冰爲積水所成，積水曾微增冰之凜，何哉？蓋踵其事而增華，變其本而加厲，物既有之，文亦宜然。」

・物華天寶

聚集了萬物的精華和天生的珍寶。〔唐〕王勃〈滕王閣序〉：「物華天寶，龍光射牛斗之墟；人傑地靈，徐孺下陳蕃之榻。」

第五篇 人德

倫、道、德

古字小常識：从，是「從」的本字，即起初的寫法。

本字組與相關諸字的歷史面貌和它們的造字本義

	倫	侖	道	首
甲骨文				
金文				
戰國文字				
小篆				

	德	悳	直	心
甲骨文				
金文				
戰國文字				
小篆				

● 頭的方向指出前進的道路，所以「道」字從「首」「辵」。

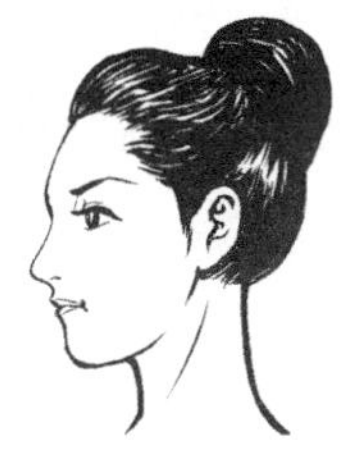

● 「首」是象形字。描繪人頭和毛髮。

● 「侖」描摹出口吹排笛的樣子。

「倫」這個字，《說文解字》解釋道：「輩也。从人侖聲。一曰道也。」它是個从「人」「侖」聲的形聲字，本義為人類社會中的輩分和衍生出來的秩序，所以从「人」這個義符。「侖」作為聲符，本身則是個从倒「口」吹「冊」（排笛）的會意字。因為排笛照著長短來排組，所以「侖」本身也有「秩序」的意思；從這裡看來，視「倫」字為从「人」、「侖」，「侖」亦聲的會意兼聲字也不算錯。

「道」這個字，《說文解字》解釋道：「所行道也。从辵从首。一達謂之道。」它是個从「辵」从「首」的會意字，因為表示要前去的方向或地方，所以从「辵」這個義符。它的另一個義符「首」是個象形字，本意就是頭，全字畫出一顆頭和頭上的毛髮，頭所向的地方即是要前去行走的道路，所以「道」从「辵」、「首」會意。由於「道」有「將前行之道路」義，後來才再引申出「將採用的解決之道」或「人生的處事之方」等抽象的意思。

「德」這個字是個从「彳」「悳」聲的形聲字。从「彳」有行走義，在這裡表示「德」就是人得去實踐的德行。「悳」則是

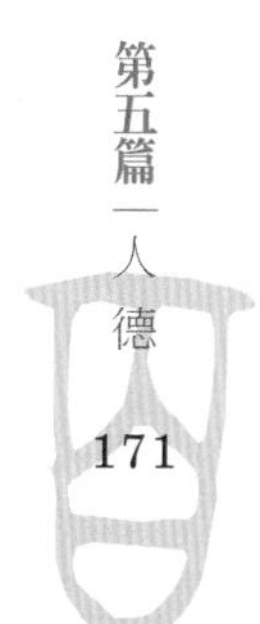

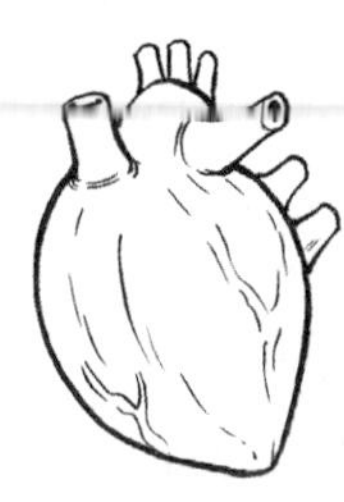

● 「心」是象形字，描繪出心臟的樣子。

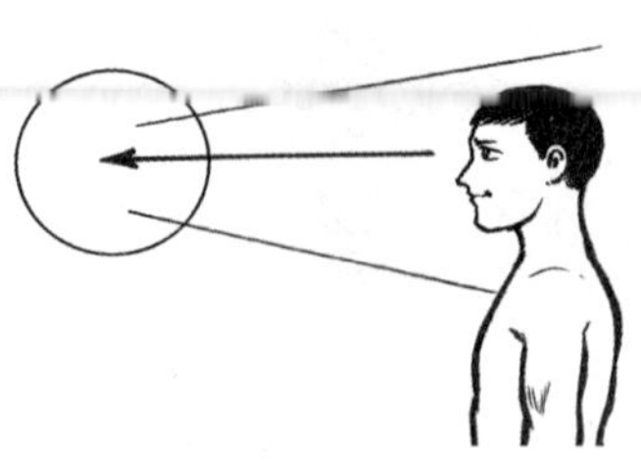

● 「直」字表示視線所及的直線。

個从「直」从「心」的會意字。「心」是象形字，全字具體描繪動物的心臟，全字筆畫清晰畫出心室、心房。「悳」的另一個義符「直」則是個从「目」从「丨」的會意字，表示是視線所及的那條直線，字義引申而有「正直」的意思。「悳」从「心」从「直」會意，表示「心中正直」，它就是「德」的初文。

古人認為心是思考的器官，而非腦，這大概是因為心肺的生理反應與思維息息相關的原故——生氣時呼吸急，心跳快，高興時心跳亦快；心理放鬆時呼吸緩，心跳變慢等等。所以凡是和思考、情緒有關的字，如「悲」、「怒」、「怨」、「怡」、「恨」、「懂」等，都是从「心」這個義符。

以本字組取名命字的名人

「倫」：漢朝工藝家蔡倫、宋朝山東農民軍領袖王倫、臺灣藝人蘇慧倫、臺灣政治人物朱立倫、香港藝人馮德倫。

「道」：宋朝詞人晏幾道、南宋主和派大臣賈似道、明末殉國忠臣黃道周、臺灣藝人明道。

「德」：唐朝史學家令狐德棻、唐朝經學家陸德明、清朝文學家沈德潛、臺灣政治人物施明德，香港藝人杜德偉。

以本字組取名命字的用意

「倫」字指的是輩分或同類。由於東方極重視社會關係中不同輩分的上下關係，所以「倫」又可以指規範不同輩分關係的「倫常」或「倫理」。以「倫」字取名命字，或是表示命名者希望被命名者能安於自己的輩分和地位，做個安分守己的人；或是命名者希望被命名者能好好的遵守倫常和社會的秩序。

「道」字原指人所前往的方向或地方，後來可以指稱「道路」。遇到問題有很多方法可以解決，就像是想去一個地方未必只有一條道路可以到達，於是「道」字又可指稱「方法」；天地運行的方法和規則也因為這層因素而被先秦的道家稱作「道」。之後「道」字引申而有「人所遵循的所有約定俗成的約束」，那個約束也可以稱作「德」。「德」原指心中正直的念頭，引申可指稱所有德行的總名。

以「道」取名命字，一個是希望被命名者在人生的道路上，遇到任何困難都能迎刃而解；一個是希望被命名者能去領會天地運行的大道，順應這大道而行，養生全身；一個是希望被命名者能時時刻刻實踐「道德」，成為一個有大德行的人。

與本字組有關的好話

以下收錄與本字組有關的好話，除了方便自我介紹和介紹親友外，讀完也能增進詞語知識和相關的應用能力哦！

倫

・無可比倫

沒有可以相比得上的。〔唐〕李翱《卓異記・序》：「皇〔唐〕帝功，瑰特奇偉，前古無可比倫。」

・超世絕倫

傑出不凡，勝過世上可見的同類。〔元〕劉祁《歸潛志・卷十二》：「自非堅剛不拔之志，超世絕倫之人，其遇憂患、遭廢絀而不變易者，鮮矣哉！」

・語妙絕倫

言語精妙，無人可以相比。〔清〕梁紹壬《兩般秋雨盦隨筆・科場對》：「又姚秋農總憲典順天鄉試，有用《尚書》『率循大卞』者，則批云：『「大卞」二字，疑「天下」之誤。』是科蔣秋吟侍御分校，有用《尚書》『不率大戛』者，則批云：『「大戛」二字不典。』因對云：『蔣徑荒蕪，大戛含冤呼大卞。姚墟榛莽，秋農一笑對秋吟。』語妙絕倫。」

道

·直道而行

按照正直之道而行事。《論語．衛靈公》：「斯民也，三代之所以直道而行也。」朱熹解釋道：「直道，無私曲也。」

·得道多助

行正道的人能得到很多幫助。典故出自《孟子．公孫丑下》：「得道者多助，失道者寡助。寡助之至，親戚畔之；多助之至，天下順之。」

·仙風道格

具有仙人那樣的風格。〔宋〕蘇舜欽〈朝奉大夫天章閣待制王公行狀〉：「公襟上高爽，有仙風道格，日與二三逸人，放意於江山之間。」也可作「仙風道骨」。

德

·厚德載物

擁有厚實的德行，可以助益萬物。《易經．坤卦》：「《象》曰：地勢坤。君子以厚德載物。」

・同心同德

眾人的思想和行動完全一致。《尚書・泰誓中》：「予有亂臣十人，同心同德。」

・名德重望

有好的名譽和聲望。〔明〕李贄〈與弱侯焦太史書〉：「所幸菩薩不至終窮，有柳塘老以名德重望爲東道主。」也可作「德高望重」。

聖、賢、哲（喆）

本字組與相關諸字的歷史面貌和它們的造字本義

	聖	耳	*廷	賢
甲骨文				
金文				
戰國文字				
小篆				

	臤	貝	哲	折
甲骨文				
金文				
戰國文字				
小篆				

古字小常識：从，是「從」的本字，即起初的寫法。

	斤	手	吉	士
甲骨文				
金文				
戰國文字				
小篆				

「聖」這個字，《說文解字》解釋道：「通也。从耳呈聲。」它是個从「耳」、「口」、「壬」的會意字。「口」是象形字，全字描繪嘴巴的外框。「耳」也是象形字，全字就是把主管聽覺的單隻耳朵給畫出來。所以《說文解字》才說，「耳，主聽也。象形。」「壬」字則像一人挺立在土地上，為「挺」字初文。「聖」字从「耳」，表示此人的智慧可以明白的辨別聽到的消息；从「口」，表示此人可以明確的下達對所率人民最有利的命令；从「壬」，表示此人挺拔於天地之間。具備以上所有條件的人，當然就是「聖人」了！

「賢」這個字，《說文解字》解釋道：「多才也。从貝臤聲。」這個字為从「臤」从「貝」的會意字，本義指的就是具有多種才能的人；因為「賢人」是國家不可或缺的寶貝，所以此字从「貝」。「貝」本身是個象形字，

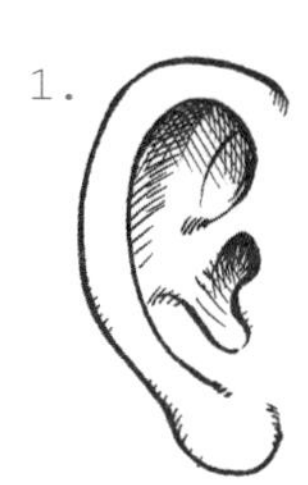

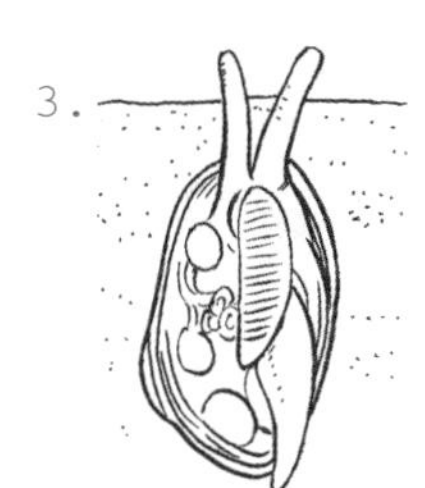

1.「耳」為象形字，描摹出耳朵的形象。
2.「壬」字像人挺立在地上。 3.「貝」字描繪一種雙殼類軟足動物。
4. 古人會用鐐銬限制奴隸行動。

全字具體描繪雙殼類軟足動物。由於以前輔佐君王的賢人有很多都是從奴隸群中挑選出來的人才（《孟子》：「舜發於畎畝之中，傅說舉於版築之間，膠鬲舉於魚鹽之中，管夷吾舉於士，孫叔敖舉於海，百里奚舉於市」），所以「賢」字才取「臤」這個从「臣」「又」的會意字做義符。「臤」就是用手將眼給戳瞎的意思；古時代的奴隸主擔心奴隸跑掉，所以會殘害他們的視力、行動力，又或者加上鐐銬限制他們的行動，因此，大部分出身奴隸身分的人才，才會用从「臤」的「賢」字加以稱呼。

「哲」這個字，《說文解字》解釋道：「知也。从口折聲。」這個字是個从「口」「折」聲的形聲字，本義指「具有知識」。它原本的寫法从「心」這個義符，表示心中懂得不少事；因為心中懂事，別人未必知道，後來才改从「口」這個義符，表示此人懂得不少事，口才便給，一副很有智慧的樣子。至於「哲」的聲符「折」，《說文解字》說：「斷也」，它是會意字，最原本的寫法从斷「木」从「斤」，「斤」是斧斤的象形描繪，一般用以砍木，與斧相似，但比斧小且刀刃方向是橫的，和鋤頭反倒有點相像。「折」全字像是斤斧將樹折砍成二半的樣

1.「斤」是斧斤的象形。　2.「折」表示用斧砍樹成兩半。
3.「士」為象形字，描摹斧頭一類的工具。
4.「吉」字本指鑄造工藝優良的器物。

子，後來砍成二半的「木」和二「屮」產生訛混，相疊的二「屮」又誤連而訛成「手」形，才寫成現在从「手」从「斤」的會意字「折」。至於「喆」字，《玉篇》解釋道：「同哲」，它是「哲」的異體字，从二「吉」會意。「吉」這個字，《說文解字》解釋道：「善也。从士、口」，它是個从「士」从「口」會意字。「士」為象形字，《說文解字》解釋道：「事也」，它是斧頭一類工具的象形描寫，後來指執握這類工具的人。能執「士」就表示一技在身，所以它的字義後來又引申指讀書人「士」。「口」在「吉」字中則指鑄金澆灌金水的模具入口。「吉」本來是鑄造工藝優良器物，由於器物製造優良可供長久使用，於是衍生出「吉利」的意思。明哲之人可以為大家解決生活的問題，為大家帶來很大的吉祥和便利，因此「哲」才衍生出疊用二個「吉」的異體字「喆」。

以本字組取名命字的名人

「聖」：清朝文學批評家金聖歎、民初教育家葉聖陶、臺灣政治人物陳學聖、中國藝人黃聖依。

「賢」：臺灣教育家戴傳賢、臺灣導演侯孝賢，臺灣藝人任賢齊、王祖賢、王識賢，臺灣職棒選手李家賢。

「哲」（喆）：臺灣科學家李遠哲、臺灣醫學家涂醒哲、臺灣韓裔藝人李玖哲、美籍臺裔藝人陶喆、臺灣職棒選手林哲瑄。

以本字組取名命字的用意

「聖」字原指無所不通，能夠做出正確判斷又多才多藝的人。後也專指在某個領域得到重要成就的人。能夠對德行有良好的實踐，那也是聖人。百姓期待國家出現明主，也希望在位的正是明主，所以慣用「聖」字稱呼皇帝，如此「聖」字便產生了神聖的意涵，引申擴大之後，宗教裡的神明也可以用「聖」來形容。以「聖」字取名命字，一是希望被命名者能有像聖人那般的能力和品德，一則是希望被命名者因為良好的道德實踐，能得到像皇帝或神明那樣的崇高地位。

「賢」字本指具有特殊才華的國家輔臣，後來凡是具有特殊才能或德行的都能以「賢」稱之。以「賢」取名命字，其用意與以「聖」字類似，只是強度較弱——未必要像「聖」那樣高高在上，樣樣搶頭香、拿第一就是了！

「哲」字原指有知慧，口才出眾、能折服眾口（之人）。口才要好，腦筋也要夠清楚才行，所以後來「哲」字也能泛指賢明之人。以「哲」字取名命字，其用意與以「賢」字相類似，只是「哲」字和「賢」字相較，更多出「機敏」的涵義。

與本字組有關的好話

以下收錄與本字組有關的好話，除了方便自我介紹和介紹親友外，讀完也能增進詞語知識和相關的應用能力哦！

聖

・聖神文武

聖是全知的境界，神是預知的能力，文是懂得所有知識，武是具運用知識的能力；本句主要用來稱頌統治者或傑出人物。《尚書．大禹謨》：「帝德廣運，乃聖乃神，乃武乃文。」

・神功聖化

建立了神一般的功績，成就了聖人才能達到的教化；本句主要用來頌揚統治者。〔宋〕秦觀〈任臣策下〉：「興利除害甚於嗜欲，攘擊姦惡如報私讎，首尾數年之間遂成冠古之治，雖神功聖化敏妙自然，亦此曹獻替可否之力也。」

・出聖入神

出入都是聖人神人的境界；用來形容神奇高妙的程度。〔明〕李贄《四書評．孟子·盡心下》：「中問六語最喫緊，正是出聖入神眞口訣，凡具善信根基者佩服之。」

賢

·君聖臣賢

君上聖明，臣下賢良；形容君臣相互配合，使得政治清明。〔元〕宮天挺《范張雞黍·楔子》：「今日君聖臣賢，正士大夫立功名之秋，爲此來就帝學。」

·簡賢任能

選用賢能的人來任事。〔後晉〕劉昫《舊唐書·郭子儀傳》：「委諸相以簡賢任能，付老臣以練兵禦侮，則黎元自理，寇盜自平，中興之功，旬月可冀。」

·十室容賢

只有十戶人家的小地方也能出賢人。《弘明集·正誣論》：「且十室容賢，而況萬里之廣！重華生於東夷，文命出乎西羌，聖哲所興，豈有常地？」

哲

·（喆）知人則哲

能鑑知人的品行才能，可稱得上明智。《尚書·皋陶謨》：「知人則哲，能官人。」曾運乾正讀：「哲，智；官，任……言知人則能器使。」

·聰明叡哲

聰敏又有智慧；古代常用來頌揚帝王。《逸周書·謚法》：「聰明叡哲曰獻。」

・允哲允謀

既睿智又有富謀略。〔晉〕陸雲〈祖考頌〉：「明明邵侯，允哲允謀，叡心昭德，淑問宣猷。」

仁、孝、慈、群、友

附：「有」

本字組與相關諸字的歷史面貌和它們的造字本義

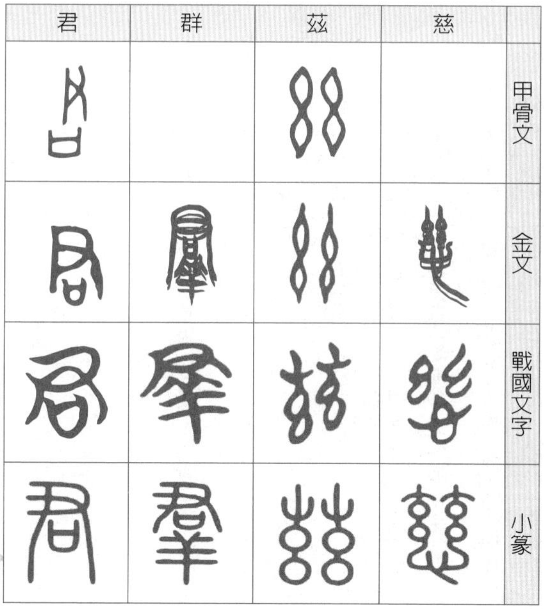

	仁	孝	老	子
甲骨文				
金文				
戰國文字				
小篆				

	慈	茲	群	君
甲骨文				
金文				
戰國文字				
小篆				

古字小常識：从，是「從」的本字，即起初的寫法。

	尹	友	有
甲骨文			
金文			
戰國文字			
小篆			

「仁」這個字，《說文解字》解釋道：「親也。从人从二。」這個字是個會意字，从「二」「人」，表示二人相親相愛。從另外一個角度來說，「仁」這個德行，必須要有二人以上才能實踐。

「孝」這個字，《說文解字》解釋道：「善事父母者。从老省，从子。子承老也。」這個字是個从「老」省从「子」的會意字，表示子孫侍奉老人，態度要謙卑和順的意思。「孝」字所从的義符「老」，本身則是個象形字，全字畫出一手上持杖之人，還在筆畫裡特別強調他頭上的毛髮與眾不同（白髮），所以《說文解字》才說：「老……言須髮變白也。」至於「孝」字的另一個義符「子」是個象形字，全字描繪襁褓中露出二隻小手的嬰

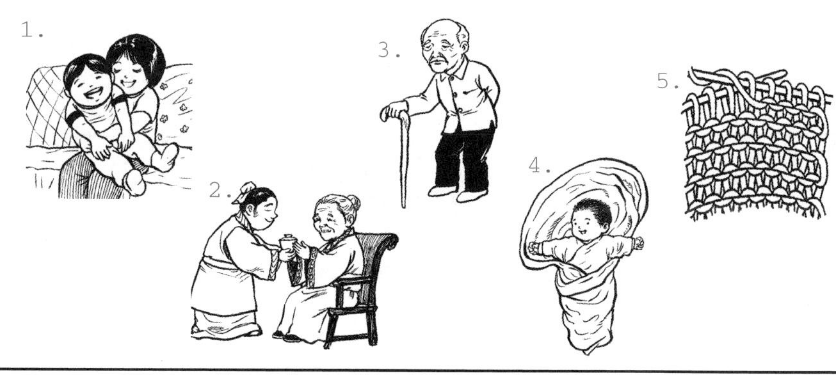

1.「仁」表示兩個人相親相愛，為會意字。
2.「孝」字表示子孫侍奉老人，態度謙卑和順。
3.「老」為象形字，全字畫出持杖的老人。
4.「子」是象形字，描摹襁褓中露出小手的嬰兒。
5.「茲」字描摹出纖維交纏的樣子。

兒，本意指的就是小孩子，後來引申可指稱後代子孫。

「慈」這個字，《說文解字》解釋道：「愛也。从心茲聲。」這個字是個从「心」「茲」聲的形聲字，本義為「愛」。「茲」字本義就是「絲」，全字像是絲的纖維交纏的樣子。

「群」這個字，《說文解字》解釋道：「輩也。从羊君聲。」這個字是個从「羊」「君」聲的形聲字。因為羊是群居型動物，所以此字从「羊」。「君」作為聲符，《說文解字》解釋道：「尊也。从尹。發號，故从口」，它是個从「尹」从「口」的會意字。「尹」，《說文解字》解釋道：「治也。从又、丿，握事者也。」所以「君」全字就是以「又」持權杖而「口」出命令，這個人就是大家的領袖——「君」。

「友」這個字，《說文解字》解釋道：「同志爲友。从二又。相交友也。」這個字以二「又」（手）為義符，表示兩手合作的意思。由於朋友會互相輔助、合作，所以「友」字才从二「又」會意。

- 「有」以手握珍貴的肉，表示擁有、可以享用。
- 同志為友，「友」表示兩手相互合作之義。
- 「君」表示手持權杖的領袖。

「有」這個字，《說文解字》解釋道：「从月又聲。」這個字其實是从「又」「肉」的會意字。手部的線條勾勒造成「又」字；「肉」字則為一整塊肉的象形（詳參天文地理字組之六「瑤」字）。「肉」在古時是珍貴難得的食物，手中牢牢握有稀罕的肉，自然是擁有它、可以享用它了。

以本字組取名命字的名人

「仁」：唐朝名將薛仁貴、武則天名臣狄仁傑、宋朝名畫家米友仁、明朝思想家王守仁、韓國籍臺裔藝人黃仁德、香港藝人劉松仁。

「孝」：宋朝詞人張孝祥、明朝殉國忠臣方孝孺，臺灣導演侯孝賢、左孝虎，臺灣甲骨學家李孝悌、臺灣藝人朱孝天。

「慈」：漢末方士左慈，臺灣藝人吳佩慈、曾沛慈、劉香慈。

「群」：臺灣藝人金超群、李立群，臺灣政治人物侯冠群、香港滑浪風帆運動選手周群達。

「友」：元末漢王陳友諒、臺灣政治評論家張友驊、臺灣藝人謝友偵（豬哥亮）、臺灣政治人物侯友宜，香港藝人陳友、張學友。

（「有」：清末新政推行者康有為、臺灣名藝人蘇有朋。）

以本字組取名命字的用意

「仁」這個字在儒家的思想裡可以是所有德行的全稱。做為名詞，則指親愛他人之心，以「仁」為本所做的一切體貼人的行為，就叫做「恕」。由於對人親善，必會施予恩惠，所以名詞性的「仁」也包含了「恩澤」這一層意思。以「仁」字取名命字，這是命名者希望被命名者能具有「仁德」，又或者能朝修道成「仁」的這條路上努力。

「慈」是「愛」的一種，它是長輩對晚輩的愛，所以可以用「慈」形容父母尊長，但不能用來形容下屬晚輩。後來「慈」字的使用在發展上窄化，比較常用來形容女性長輩的性格；所以謙詞中的「家嚴」指的是父親，「家慈」指的便是母親。以「慈」字取名命字，表示命名者希望被命名者能愛護弱小、具有同情同理心。

「友」也是「愛」的一種，但它只存在平輩之間，表示平輩之間關係融洽，合作愉快，可以用來形容包括兄弟姐妹在內平輩間的融洽感情。做為名詞使用即「朋友」的意思。以「友」字取名命字，寄寓了命名者希望被命名者能與平輩相處融洽，進而得到朋友、貴人之助的用心。

「群」原本三個以上的獸畜相聚而成的集體，後來引申可指稱朋輩或集團。理想的朋輩或集團相處必然融洽，所以「群」字因此又多了一層「友愛」的意思出來。以「群」字取名命字，表示命名者希望被命名者能合群、和朋友打成一片，進而得到朋友的弼助。

「有」字和「無」字的觀念相對，本義指「取得」。既然取得，必然擁有，所以「有」字又引申出「具有」、「富有」的意思。以「有」字取名命字，表示命名者希望被命名者能在物資上充裕無虞，或祝福被命名者具有某種德行、能力。

與本字組有關的好話

以下收錄與本字組有關的好話，除了方便自我介紹和介紹親友外，讀完也能增進詞語知識和相關的應用能力哦！

仁・仁言利博

謂有德行的人所說的話對大家都很有幫助。典故出自《左傳・昭公三年》：「君子曰：『仁人之言，其利博哉！晏子一言而齊侯省刑。』」也可作「仁言利溥」。

・成仁取義

爲了正義而犧牲性命。〔元〕脱脱等《宋史・文天祥傳》：「天祥臨刑殊從容……其衣帶中有贊曰：『孔曰成仁，孟曰取義，惟其義盡，所以仁至。讀聖賢書，所學何事，而今而後，庶幾無媿。』」

・仁者能仁

有身分、有修爲的人，做出來的事總是合乎情理。〔元〕王實甫《西廂記・第五本第三折》：「賣弄你仁者能仁，倚仗你身裡出身。」

慈

・慈明無雙

慈爲上對下的仁愛，明是通達事理；本句通常用來讚揚同輩中德行最優良的人。《後漢書・荀爽傳》：「爽字慈明，一名諝。幼而好學，年十二，能通《春秋》、《論語》。太尉杜喬見而稱之，曰：『可爲人師。』爽遂耽思經書，慶弔不行，徵命不應。潁川爲之語曰：『荀氏八龍，慈明無雙。』」

・大慈大悲

佛教語，表示佛菩薩對廣大眾生的無邊慈善心和憐憫心。《大智度論・卷二七》：「大慈大悲者，四無量心中已分別，今當更略説：大慈與一切眾生樂，大悲拔一切眾生苦。」後形容人心腸慈善。

群

・心慈面軟

因爲心地慈祥而板不起臉來。《紅樓夢・第六八回》：「待要不出個主意，我又是個心慈面軟的人，憑心撮弄我，我還是一片癡心。」

・群而不黨

和以處眾而不私愛。《論語・衛靈公》：「君子矜而不爭，群而不黨。」何晏集解引孔安國曰：「黨，助也。君子雖眾，不相私助，義之與比。」朱熹解釋道：「和以處眾曰群，然無阿比的意思，故不黨。」

・普濟群生

廣泛的濟助眾生。〔明〕無名氏《慶長生・第一折》：「九幽拔苦消災障，普濟群生佑下方。」也可作「普度眾生」。

・獨鶴雞群

像鶴站在雞群之間，顯而易見；形容一個人的才能或儀表出眾。〔清〕錢謙益〈客途有懷吳中故人周吏部景文〉詩：「獨鶴雞群自寡儔，三間老屋日西頭。」也可作「鶴立雞群」。

友

・玉昆金友

玉和金都是珍貴之物；本句爲同輩兄弟的美稱。〔唐〕李延壽《南史・王銓傳》：「銓雖學業不及弟錫，而孝行齊焉。時人以為銓錫二王，可謂玉昆金友。」也可作「玉友金昆」。

‧歲寒三友

三友指的是松、竹、梅。松、竹耐寒而長青，梅則愈冷愈開花；三者有如冬季之友互相映襯。〔宋〕葛立方〈滿庭芳‧和催梅〉詞：「梅花，君自看，丁香已白，桃臉將紅，結歲寒三友，久遲筠松。」

‧霞友雲朋

只與雲霞作朋友；比喻避世隱居。〔宋〕葉適〈朝請大夫提舉江州太平興國宮陳公墓志銘〉：「或棲連崗，或泛長流；霞友雲朋，造物與遊。」

有

‧左宜右有

不論向左或向右，都可以有適宜的作為和成就；比喻君子才德兼備，不論怎樣都能有很好的發展。《詩經‧小雅‧裳裳者華》：「左之左之，君子宜之；右之右之，君子有之。」也可作「左宜右宜」。

‧善有善報

行善到最後會有好回報。《瓔珞經‧有行無行品》：「又問目連：『何者是行報耶？』目連白佛言：『隨其緣對，善有善報，惡有惡報。』」

匹夫有責

國家強盛，這是每個國人的責任。語本〔清〕顧炎武《日知錄·正始》：「保天下者，匹夫之賤，與有責焉耳矣。」

義、宜、禮、敬

古字小常識：从，是「從」的本字，即起初的寫法。

本字組與相關諸字的歷史面貌和它們的造字本義

	義	我	宜	禮
甲骨文				
金文				
戰國文字				
小篆				

	示	豊	敬
甲骨文			
金文			
戰國文字			
小篆			

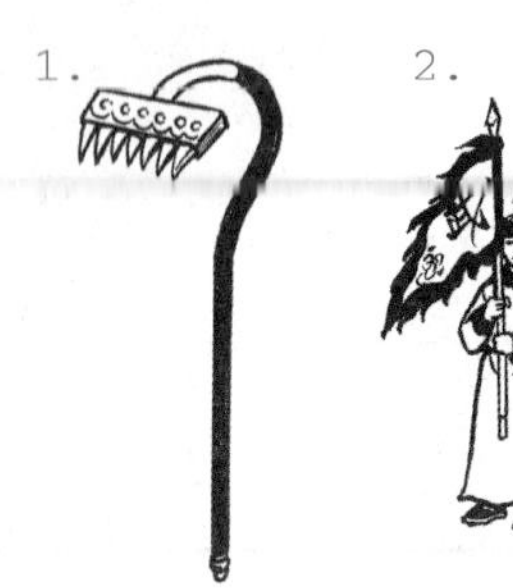

1.「我」字本指有鋸齒的兵器。
2.「義」的本義是「儀仗」，後來引申「儀式」。
3.「示」表示神主牌，為象形字。　4.「宜」為象形字，描繪出多層的容器。

「義」這個字，《說文解字》解釋道：「己之威儀也。從我、羊。」它是個从「我」「羊」聲的形聲字，本義指的是儀式進行中所執的兵器儀仗，所以从「我」這個義符。「我」本來是具有鋸齒的兵器，後來假借為第一人稱，本義就慢慢的不見。「羊」作為聲符，全字是象羊頭的象形字（詳參本書天文地理字組之八「洋」字）。在莊嚴的場合，兩旁列隊的人會手持兵器以增強儀式之盛重和嚴肅氣氛，「義」也就是「儀」字的初文。「義」的本義是儀杖，後來引申可指「儀式」；因為儀式的進行有其固定要遵守的流程，於是又引申出「儀節」的意思來。

「宜」這個字是個象形字，全字描繪一組用來分層盛裝食物的容器。因為容器裡有肉，所以字寫得便像肉被分放在「宜」裡各層的樣子，這麼謹慎裝盛的食物主要用來祭神。由於不同的神祇祭品規格有所不同，必須挑選適宜的祭牲才行，所以「宜」字後來就引申出「合宜」、「適合」的意思。

「禮」這個字，《說文解字》解釋道：「履也。所以事神致福也。从示从豊，豊亦聲。」它是個从「示」从「豊」的會意字，「豊」還兼作聲符。「禮」所从的「示」本身是個象形字，

● 「豊」字指放滿貴重祭品的豆形容器。

全字表示祭祀的對象，也就是神主牌。「豊」也是象形字，《說文解字》說：「行禮之器也。从豆，象形。」它是放滿貴重祭品的深容量豆形容器。對著神主牌「示」虔敬的將「豊」給奉上，這也就是祭神之「禮」了。起初先民以行禮之器「豊」代表用禮，它也是「禮」字的初文。

「敬」這個字，《說文解字》解釋道：「肅也。从攴、茍。」這個字是會意字，本義為「警肅」。全字像是有人手持武器「攴」從背後靠近身著華麗衣冠之人「䒑」，所以必須出「口」提醒小心，它也就是「警」的初文。因為字意含有「提防小心」的意思，後來引申有「警戒」的意義。由於警戒情形之下，不管做什麼事都特別謹慎，所以「敬」字後來更發展出「敬事」這一層意思來。

以本字組取名命字的名人

「義」：南朝宋《世說新語》編者劉義慶、臺灣名企業家林義守、臺灣超跑選手林義傑、臺灣職棒選手林義信，臺灣政治人物林義雄、吳敦義，新加坡籍華裔藝人黃義達。

「宜」：臺灣導演馬宜中，臺灣藝人謝宜君、李康宜、李婷宜，臺灣政治人物江宜樺、段宜康、侯友宜。

「禮」：三國曹魏大臣孫禮、臺灣名企業家陳啟禮、臺灣藝人韋禮安、香港導演唐季禮、香港藝人關禮傑。

「敬」：五代後晉開國君王石敬瑭、明末名說書家柳敬亭、清朝《儒林外史》作者吳敬梓、臺灣藝人蕭敬騰。

以本字組取名命字的用意

「義」字本義同「儀」，所以具有「儀杖」、「儀節」、「儀式」的意思。遵守這些禮節規範，做出合宜的行為便是「義」。後來「義」作為某一種道德的專稱，可以表示「正派」、「公正」，也能表示為了公益所做的犧牲——「捨生取義」。以「義」字取名命字，主要在希望被命名者能行為舉止合乎典範，從而做為一個正正當當、為大局著想的人。

「宜」字本指祭神的菜餚盛具，後來引申有「適宜」的意思。「宜」是行「義」之後所表現出來的態度，也可以是一種隨和的、能適應任何人的一種修為。以「宜」字取名命字，一個原因和取「義」字的用意相當；另一個用意在於希望被命名者能具有隨和的氣質，以順應生命中各種不同的挑戰。

「禮」字原指敬神祈福、獻上祭品的儀式過程。由於這類儀式都有固定的流程必須遵守，所以「禮」字後來便泛指一切社會中的行為準則和道德規範。以「禮」字取名命字，一個原因是希望神靈降福、保佑被命名者；一個原因是希望被命名者能遵守社會規範，成為一個彬彬有禮的君子。

「敬」字本義與「警」字同。由於「警戒」必然在精神上「敬謹」，所以「敬」字又延伸出「敬事」的意思。以「敬」字取名命字，其用意在希望被命名者對人對事都能恭敬有禮，還要時時刻刻戒慎恐懼、自我警惕，以較高的道德標準要求自己成為一個有德之人。

與本字組有關的好話

以下收錄與本字組有關的好話，除了方便自我介紹和介紹親友外，讀完也能增進詞語知識和相關的應用能力哦！

義

．含仁懷義

具備仁義的德行。〔漢〕劉向《說苑．辨物》：「故麒麟麕首牛尾，圓頂一角，含仁懷義。」

．大義凜然

爲了維護正義而顯現出嚴肅不可侵犯的樣子。〔清〕顧炎武《日知錄．孫氏西齋錄》：「孫樵所作《西齋錄》，乃是私史，至於起王氏已廢之魂，上配天皇；條高后擅政之年，下繫中宗，大義凜然。」

・**仗義執言**

伸張正義，講幾句公道話。〔清〕繆荃孫《京本通俗小說・馮玉梅團圓》：「此人姓范名汝爲，仗義執言，救民水火。」

宜

・**擇福宜重**

如果福澤可以選擇，當然要選擇大吉利。典故出自《國語・晉語六》：「擇福莫若重，擇禍莫若輕。」意如兩利相權取其重。

・**各得其宜**

人事物都被安排到適當的位置。《荀子・正論》：「聖王在上，圖德而定次，量能而授官，皆使民載其事而各得其宜。」

・**因時制宜**

根據不同時空背景來制訂適宜的作法。〔唐〕房玄齡等《晉書・劉頌傳》：「所遇不同，故當因時制宜，以盡事適今。」

禮

・**克己復禮**

約束自己，使得言行能合乎禮。《論語・顏淵》：「克己復禮爲仁。」

·卑禮厚幣

態度謙恭，但所贈幣帛卻更豐厚；這是招攬人才的做法。《史記·魏世家》：「惠王數敗於軍旅，卑禮厚幣，以招賢者。」

·至心朝禮

誠心誠意地朝拜禮敬。孫錦標《通俗常言疏證·釋道》：「〔唐〕房玄齡等《晉書·王嘉傳》：『人候之者，至心則見之，不至心則隱形不見。』按，道經云『至心朝禮』，本此。」

敬

·敬老慈幼

尊敬年老的人，慈愛幼兒孩童。《孟子·告子下》：「敬老慈幼，無忘賓旅。」也可作「敬老慈稚」或「敬老慈少」。

·敬終慎始

待人處事自始至終都很謹慎。典故出自《禮記·表記》：「事君慎始而敬終」。

·敬天愛民

敬奉天命，愛護人民。〔明〕宋濂等《元史·釋老傳·丘處機》：「及問為治之方，則對以敬天愛民為本。」

智、曉

附：「知」

古字小常識：从，是「從」的本字，即起初的寫法。

本字組與相關諸字的歷史面貌和它們的造字本義

	智	于	知
甲骨文			
金文			
戰國文字			
小篆			

曉	堯

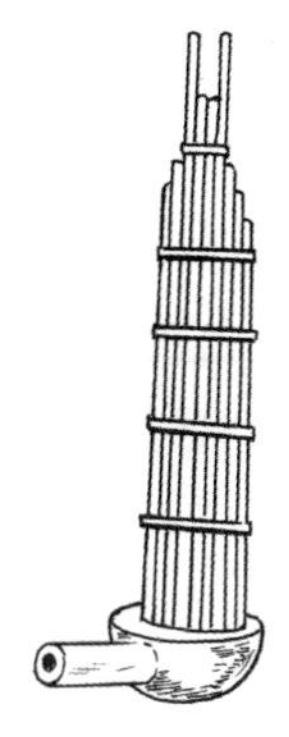

● 「竽」是一種古代樂器，初文寫作「于」。

● 「垚」的本義是黃土積疊成的高地。

「智」這個字，《說文解字》解釋道：「識詞也。」這個字原本从「知」从「甘」，是個會意字，表示智慧之人對別人的勸說，使他人也如醍醐灌頂那般得到智慧。它的義符「知」本身也是個會意字，《說文解字》解釋道：「詞也。从口从矢。」全字从「口」从「矢」，表示一個人的辯才無礙，反應和箭射出一般快；能有這樣的反應，可見這個人是很有知識的。後來「知」、「智」字中的「矢」或訛為「大」形，或加了「于」旁。「于」為樂器「竽」之初文。加了義符「于」，又賦予「知」字另一層哲理：知者的話聽來應如「竽」那樣地怡心悅耳。

「曉」這個字，《說文解字》解釋道：「明也。从日堯聲。」它是個从「日」「堯」聲的形聲字，本義是太陽剛爬上山頭、天剛亮，後來引申出把話說明白、把道理說清楚的意思。「曉」字从「日」，表示太陽升起而天明；而道理說清楚之後也像掛在天空的太陽那般明白。至於「曉」字的聲符「堯」，本來指的就是三皇五帝裡的帝堯。因為帝堯和他的部族活動區域都在黃土高原，所以他的名字「堯」字从「人」从「垚」；「垚」从三「土」，《說文解字》解釋道：「土高也。从三土」，本義也就是黃土疊積而成的高地，以从三「土」的義符「垚」來給活動在黃土高原的帝堯取名，可說是名實相符了！

以本字組取名命字的名人

「智」：明末清初科學家方以智、臺灣職棒選手林智勝，臺灣政治人物許智傑、謝瑞智，香港藝人葉智強。

「曉」：臺灣聽障名模王曉書，臺灣藝人林曉培、周曉涵，臺灣政治人物應曉薇，香港藝人陳曉東、中國藝人劉曉慶、黃曉明。

（「知」：唐朝詩人賀知章。）

以本字組取名命字的用意

「智」字原本指的是辯才無礙，能用語言明白表示自己意思的能力。凡是口才好的腦筋也必然清楚，所以「智」字引申而有「智慧」、「聰明」的意思。以「智」字取名命字，寄寓了命名者希望被命名者能擁有「智慧」、「機智」、「辯才」的用意，同時也是希望被命名者能以此能力幫助自己通過未來的重重考驗。

「曉」字原本指天剛亮的意思，引申為將道理說明清楚，或明白了事理。以「曉」字取名命字，表示命名者希望被命名者能夠像天際放光明那樣通曉許多道理，也期許被命名者將來能成為一個正大光明的人。

「知」字原本作動詞用，意為「明白」、「理解」；「知」字同時也可以通「智」字。以「知」字取名命字，或者取「智」字的用意，或者希望被命名者能明白、體會，進而實踐某種人生道理。

與本字組有關的好話

以下收錄與本字組有關的好話，除了方便自我介紹和介紹親友外，讀完也能增進詞語知識和相關的應用能力哦！

智

·智周萬物

對於萬物沒什麼不知道的。典故出自《易經．繫辭上》：「知周乎萬物而道濟天下。」

·大智如愚

才智極高的人，因爲不炫耀自己，所以看來好像很愚笨。〔宋〕蘇軾〈賀歐陽少師致仕啓〉：「大勇若怯，大智如愚。」

·智勇兼全

同時兼有智慧和勇氣。〔明〕張鳳翼《紅拂記·奸究覬覦》：「我一向頗有窺西京的意思，叵耐楊素那老兒威名甚重，智勇兼全，故此掩甲休兵，未遂所願。」也可作「智勇雙全」。

曉

·家喻戶曉

每家每户都明白；形容人盡皆知。《論語·泰伯》：「民可使由之，不可使知之」，朱熹集注引〔宋〕程頤曰：「聖人設教，非不欲人家喻而户曉也，然不能使之知，但能使之由之爾。」也可作「家諭户曉」。

知

·樂天知命

樂於順從天道的安排，安守命運的本分。《易經·繫辭上》：「樂天知命，故不憂。」

·先知先覺

比別人先察覺、先曉得。《孟子·萬章上》：「天之生此民也，使先知覺後知，使先覺覺後覺也。」

知・眞知灼見

眞正知道，確實看見；形容具有智慧，可以洞悉一切。《警世通言・王安石三難蘇學士》：「眞知灼見者尚且有誤，何況其他！」

信、忠、勇

本字組與相關諸字的歷史面貌和它們的造字本義

	信	言	忠
甲骨文			
金文			
戰國文字			
小篆			

	勇	力	甬
甲骨文			
金文			
戰國文字			
小篆			

古字小常識：从，是「從」的本字，即起初的寫法。

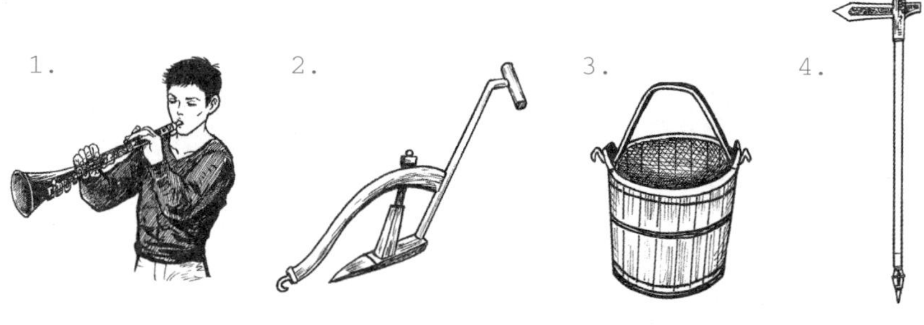

1.「言」字描繪吹奏樂器的樣子。 2.「力」字是農具「犁」的具體描繪。
3.「戈」表示一種長柄兵器。 4.「甬」字描繪出有把手的桶子。

「信」這個字，《說文解字》解釋道：「誠也。从人从言。會意。」它是個从「人」从「言」的會意字，本意指「誠信」。它的義符「言」本身是象形字，全字描繪一個人吹奏侈口造型樂器的樣子，後來引申可指人嘴巴所發出的聲音或講出來的話。人講出來的話就要保證真實、人講出來的承諾就要做到，因此表示「誠信」意思的「信」字才會从「人」从「言」會意。

「忠」這個字，《說文解字》解釋道：「敬也。从心中聲。」這個字是個从「心」「中」聲的形聲字，本義是允諾別人的工作一定做好。答應的事不能忘記，一定要放在心上，所以「忠」字才从「心」這個義符囉！答應的工作既然放在心上，心中無時無刻不去想，「忠」這個字理解成从「心」从「中」，「中」亦聲也不算錯。

「勇」這個字，《說文解字》解釋道：「气也。从力甬聲。」這個字是個从「力」「甬」聲的形聲字，本義就是「勇氣」，所以从「力」這個義符。「力」本身則是象形字，全字具體的把農具犁給描繪出來，它也就是「犁」的初文；「力」後來引申有施力於田或用力的意思。「勇」字較古的寫法或者从「戈」這個義符。

「戈」，《說文解字》解釋道：「平頭戟也。从弋，一橫之。象形。」它是長柄的武器，可以刺，也可以遠遠的砍和割，後來引申泛指一切武力。明知前方有武力的威脅，可能會犧牲性命，仍然勇往直前，這當然就是「勇」。至於作為「勇」字聲符的「甬」，本身也是象形字，全字具體描繪一個上有把手的桶子，「甬」也就是「桶」字的初文。

以本字組取名命字的名人

「信」：南北朝文學家庾信，臺灣藝人張信哲、陳信宏（「五月天」阿信）、蘇見信（「信樂團」阿信），臺灣職棒選手陳義信、香港藝人方中信。

「忠」：三國名將黃忠、宋朝抗金名將韓世忠、明末流寇「黃虎」張獻忠、臺灣名企業家張忠謀、臺灣書法家杜忠誥、臺灣電視節目製作人王偉忠。

「勇」：清朝平三藩之亂名將張勇、臺灣作家白先勇、臺灣藝人陳松勇、中國政治人物王勇。

以本字組取名命字的用意

「信」字原指人嘴巴發出的聲音或說出來的話；人要對自己說出來的話要負責，所以「信」字就有了「誠實」的意思。你的話可信，那你的人就值得信任，所以「信」字因此又引申出「相信」、「信任」這層意涵；如果依靠、憑恃某種宗教或信仰的教義作為生活的依託，那便表示你「信奉」某

支持的人。種教條。以「信」字取名命字，表示命名者希望被命名者將來能成為一個言而有信、值得他人信賴和

「忠」字原指心中不斷記得別人交待的事。因為恭敬的對待別人交付之事，所以「忠」字便具有「敬事」的意涵。能一心一意只想著完成別人交付之事，心無旁騖，這也是一個很正直的人了。因此「忠」字還隱含「正直」的意思。以「忠」字取名命字，表示命名者希望被命名者不論遇到什麼事都要盡心竭力，對任何人都要忠誠無私。

「勇」字的本義就是「勇氣」，因為有勇氣，所以兇猛無懼，遇事果敢。以「勇」字取名命字，表示命名者希望被命名者在面對人生的種種挑戰時，能勇於面對、勇氣十足。

與本字組有關的好話

以下收錄與本字組有關的好話，除了方便自我介紹和介紹親友外，讀完也能增進詞語知識和相關的應用能力哦！

·信而有證

確實有所根據。〔漢〕許慎《說文解字·序》：「博采通人至於小大，信而有證，稽譔其說，將以理群類、解謬誤、曉學者、達神恉。」

·講信修睦

講究信用，和鄰里修好。《禮記·禮運》：「選賢與能，講信修睦。」

·信手拈來

直覺地隨手取來；常用來形容寫作詩文時運用材料、駕馭語言的從容。〔宋〕陸游〈秋風亭拜寇萊公遺像〉詩：「巴東詩句澶州策，信手拈來盡可驚。」

忠

·求忠出孝

尋求忠臣必自孝子之門。典故出自《後漢書·韋彪傳》：「夫國以簡賢爲務，賢以孝行爲首。孔子曰：『事親孝故忠可移於君，是以求忠臣必於孝子之門。』」

·忠肝義膽

心裡想的、懷裡揣的都是忠義的思想。〔宋〕辛棄疾〈永遇樂·戲賦辛字送茂嘉十二弟赴調〉詞：「烈日秋霜，忠肝義膽，千載家譜。」也可作「忠心赤膽」或「義膽忠肝」。

勇

・有勇知方

既有勇氣又知道義方。典故出自《論語・先進》：「子路率爾而對曰：『千乘之國……由也爲之，比及三年，可使有勇，且知方也。』」

・見義勇爲

看到正義之事便勇敢的去做。典故出自《論語・爲政》：「見義不爲，無勇也。」

・勇冠三軍

勇敢的程度是全軍之首；主要用來形容勇猛過人。《後漢書・劉縯傳》：「伯升部將宗人劉稷，數陷陳潰圍，勇冠三軍。」

和、平

古字小常識：从，是「從」的本字，即起初的寫法。

本字組與相關諸字的歷史面貌和它們的造字本義

	甲骨文	金文	戰國文字	小篆
和				
平				

「和」這個字，《說文解字》解釋道：「相譍也。从口禾聲。」這個字从「口」「禾」聲，本義指與人的言語、歌聲相應和，所以从義符「口」；它的聲符「禾」則為稻禾之象形（詳參本書時序字組之一「秋」字）。因為與人之言、歌相和，絕不能突兀或偏執地自求表現，所以「和」字後來引申有「言和」、「平和」的意思。

「平」這個字，《說文解字》解釋道：「語平舒也。从亏从八。八，分也。爰禮說。」這個字从「亏」从「八」會意。「八」

●「和」字本義與他人的言語。歌聲相應和。

是指事字，本義指「平分」（詳參本書動植物字組之四「松」字）；「于」即是「竽」字初文。在演奏「竽」時每個節拍都很平均，使聲調柔和平緩，這樣就是「平」——所以「平」有「平緩」、「平和」的意思。

以本字組取名命字的名人

「和」：三國吳太子孫和、北宋詩人林和靖、臺灣文學之父賴和、臺灣鄉土文學家王禎和、臺灣政治人物劉和謙、中國政治人物張和。

「平」：臺灣小說家李永平、臺灣著名企業家張平沼，臺灣藝人王中平、熊天平，中國政治人物鄧小平。

以本字組取名命的用意

「和」字原指與他人聲音相應——能夠和諧的跟著別人、樂器演唱或伴奏。後來引申有「附和」、「響應」的意思。因為要和別人和音，所以必須和他人處於和諧狀況，聲音也要相互協調。既然和諧、協調，就不能有衝突，所以「和」字也就多了「和順」、

「和睦」的意味，作為動詞，「和」字則可以指「調和」、「結合」。以「和」字取名命字，表示命名者希望被命名者能和諧的與他人相處，和他人的互動能溫和、一團和氣。既然和氣，就能生財；既然祥和，也就自然平安了。

「平」字原為節拍平穩的意思，後來引申有平靜安舒的意思。既然平靜，就不會傾斜，既不傾斜，就很端正。以「平」字取名命字，寄寓了命名者希望被命名者能做事平平正正、一生穩穩當當的用意。

✤與本字組有關的好話

以下收錄與本字組有關的好話，除了方便自我介紹和介紹親友外，讀完也能增進詞語知識和相關的應用能力哦！

．和光同塵

有光則隨光顯亮，無光則同塵暗淡；形容隨遇而安、不露鋒芒的樣子。典故出自《老子》：「和其光，同其塵。」王弼注解：「無所特顯，則物無所偏爭也；無

所特賤，則物無所偏恥也。」吳澄注解：「和，猶平也，掩抑的意思；同，謂齊等而與之不異也。鏡受塵者不光，凡光者終必暗，故先自掩其光以同乎彼之塵，不欲其光也，則亦終無暗之時矣。」

・一團和氣

一團祥和之氣；多用來形容人的態度和藹。《二程外書・卷十二》：「明道先生坐如泥塑人，接人則渾是一團和氣。」

・和顏悅色

和藹的臉色和喜悅的神色。《論語・爲政》：「子夏問孝，子曰：『色難。』」，劉寶楠正義引〔漢〕鄭玄的解釋：「言和顏說色爲難也。」也可作「和顏說色」。

平

・修齊治平

是修身、齊家、治國、平天下的簡稱。典故出自《禮記・大學》：「古之欲明明德於天下者，先治其國；欲治其國者，先齊其家，欲齊其家者，先修其身。」後來也可作爲中國哲學和政治學的統稱。

・平心靜氣

心情平和、態度冷靜。〔宋〕呂本中《官箴》：「又如監司郡守嚴刻過當者，須平心定氣與之委曲詳盡，使之相從而後已。」也可作「平心易氣」。

・三平二滿

平日、滿日即舊時所占卜出適合種穀的日子。本句原指一如往常的上工（然後休息），後來引申可指平平淡淡的安穩日子。〔宋〕黃庭堅〈四休居士詩序〉：「太醫孫居昉，字景初，爲士大夫發藥，多不受謝。自號四休居士。山谷問其說，四休笑曰：『麤茶淡飯飽即休，補破遮寒暖即休，三平二滿過即休，不貪不妒老即休。』」

廉、謙、誠

古字小常識：从，是「從」的本字，即起初的寫法。

本字組與相關諸字的歷史面貌和它們的造字本義

	廉	兼	*秉	謙
甲骨文				
金文				
戰國文字				
小篆				

	誠	成	戊	丁
甲骨文				
金文				
戰國文字				
小篆				

說明：星號表示與字組無直接相關，但討論時用得到。

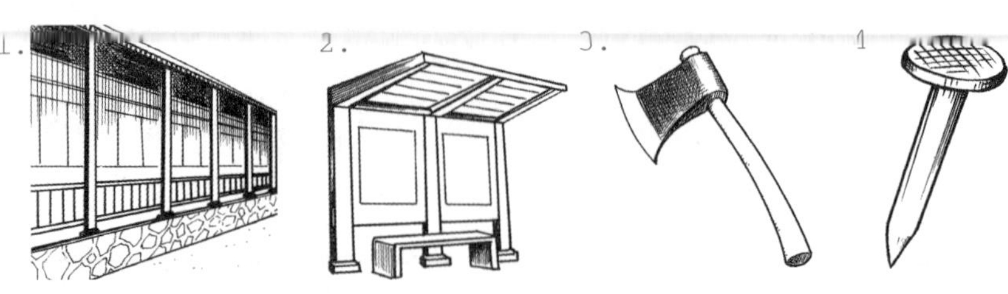

1.「廉」字本義指房屋的側廊。　2.「广」描繪出沒有墻壁的建築物。
3.「戊」為象形字，指斧頭之類的工具。
4.「丁」是象形字，生動的描繪出釘子的形狀。

「廉」這個字，《說文解字》解釋道：「仄也。从广兼聲。」它是個从「广」「兼」聲的形聲字，本義指的是房屋狹窄的側廊，所以从義符「广」。「广」本身則為象形字，全字具體描繪一面無牆、寬敞的建築物，「廉」的聲符「兼」是個从又从「秝」的會意字，《說文解字》解釋道：「并也。从又持秝。兼持二禾，秉持一禾。」一手取一「禾」為「秉」；一手同時拿取二「禾」那就是「兼」。由於「廉」在建築物的設計裡一般來得較為狹小，所以字義又引申出「簡略」、「節省」的意思，而「廉潔」此一個義項為「廉」字的大宗用法。

「謙」這個字，《說文解字》解釋道：「敬也。从言兼聲。」它是個从「言」「兼」聲的形聲字，本義就是「謙虛」。「謙虛」的人講話都很客氣，所以這個字从義符「言」。

「誠」這個字，《說文解字》解釋道：「信也。从言成聲。」本義指的就是守信、值得信賴；值得人信賴的人一定得說話算話，所以這個字从義符「言」。至於它的聲符「成」，《說文解字》解釋道：「就也。」它是個从「戊」从「丁」的會意字，「丁」還兼作聲符。「成」字的義符「戊」是象形字，指的是斧頭之類的工具。「戊」的聲符「丁」也是象形字，早先的寫法只畫出它的釘頭，到了小篆則畫成一個頭大腳尖的釘子，它也就是「釘」字初文。「成」字全字表示斧、釘具備，當然就可以「完成」工作了！

以本字組取名命字的名人

「廉」：商紂王大臣飛廉、臺灣藝人立威廉、中國網路文學作家張廉、中國科學家周廉。

「謙」：明朝忠臣于謙、清初文學家錢謙益、清朝書法家趙之謙、臺灣名魔術師劉謙、臺灣職棒選手李克謙。

「誠」：宋朝金石學家趙誠、明朝思想家洪自誠、臺灣名企業家曹興誠、臺灣政治人物陳誠。

以本字組取名命字的用意

「廉」字本指狹窄的側邊走廊，後來引申而有「簡省」、「簡儉」、「清廉」的意思。以「廉」字取名命字，寄寓了命者名希望被命者能夠以儉持家的用意。將來被命名者如果功名在身，也莫忘初衷，要為做事而不為做官、求芳名而不求錢財。

「謙」字的本義就是「謙虛」；既然謙虛，那做什麼事都謙卑而謙讓，也必是容易滿足之人了。以「謙」字取名命字，表示命名者希望被命名者雖有才華，但切記鋒芒不要太露；謙卑求知、謙沖自牧，才能得到貴人相助，一生平安順利。

「誠」字的本義就是「誠敬」、「誠懇」。一個人誠敬、誠懇，就必能顯示「真正」做為一個人的面貌，所以「誠」字又隱含「真實」的這一層意思。以「誠」字取名命字，表示命名者希望被命名者處事恭敬；待人以誠，能不虛偽地以人的本來善性面貌來與人互動，得到大家的疼惜。

✤與本字組有關的好話

以下收錄與本字組有關的好話，除了方便自我介紹和介紹親友外，讀完也能增進詞語知識和相關的應用能力哦！

廉

·廉頑立懦

廉和立都當動詞用；這句話是說高尚的節操可以使原本頑固或懦弱的人振奮向上。典故出自《孟子．萬章下》：「故聞伯夷之風者，頑夫廉，懦夫有立志。」

·廉而不劌

雖然有棱邊但還不至於割傷人；形容雖然做人很有原則，但仍懂得寬厚待人。《禮記．聘義》：「廉而不劌，義也。」

· **砥廉峻隅**

經過磨礪之後使棱角更加分明。〔明〕唐順之〈方硯銘〉：「汝之守，足以砥廉峻隅，而不刓于頑也。」

謙

· **一謙四益**

謙虛的人能得到很多好處。典故出自《易經．謙卦》：「天道虧盈而益謙，地道變盈而流謙，鬼神害盈而福謙，人道惡盈而好謙。」

· **謙虛謹慎**

虛心、小心和敬心。《晉書．張賓載記》：「及為右長史、大執法，封濮陽侯，任遇優顯，寵冠當時，而謙虛敬慎，開襟下士，士無賢愚，造之者莫不得盡其情焉。」也可作「謙虛敬慎」。

· **謙尊而光**

謙虛的尊者能顯示其光明美德。典故出自《易經．謙卦》：「謙，尊而光，卑而不可踰。」

誠

· **主敬存誠**

實踐敬慎和誠明的德行。典故出自《易經．乾卦》：「閑邪存其誠。」《禮記．少儀》：「賓客主敬，祭祀主敬。」

·誠心誠意

眞實的心意。〔明〕王守仁《傳習錄·卷中》：「而今之初學小生，皆欲通其說，究其術，其稱名僭號，未嘗不曰：『吾欲以共成天下之務』，而其誠心實意之所在，以爲不如是則無以濟其私而滿其欲也。」也可作「誠心實意」。

·推誠布公

示人以誠，讓人相信你的無私。〔明〕劉元卿《賢奕編·官政》：「亦使士大夫識得行記已用世規模，須在推誠布公，集謀廣益。」

堯、舜、禹

古字小常識：从，是「從」的本字，即起初的寫法。

本字組與相關諸字的歷史面貌和它們的造字本義

	舜	允	禹
甲骨文			
金文			
戰國文字			
小篆			

「堯」這個字从「人」从三「土」。三「土」表示中國境內土堆疊得最多的地方——黃土高原。黃土高原也是帝堯和他的部族活動的主要區域（詳參本書人德字組之五「曉」字）。

「舜」這個字在小篆裡已經變成會意兼聲字。但在較早的寫法裡或从「土」，表示帝舜因有德而得國土；字或从「火」，指出帝舜時期人類信仰主流——拜火信仰；小篆中的「舛」可能是原來「火」形的變形聲化。「舜」字原來的寫法為「土」旁上面加個

● 「禹」是象形字，看起來像兩棲爬蟲類。

● 「允」為象形字，強調低頭深思的樣子。

「允」。「允」，《說文解字》解釋為「信」。它是象形字，全字在一個側人字形上部人頭處增加筆畫，主要在強調一個人低頭深思、具有誠信的樣子。「舜」字裡的「允」或者寫作「夋」。這也是古書裡為何「帝舜」又能寫作「帝俊」的原因。

「禹」這個字，《說文解字》解釋道：「蟲也。从厹，象形。」這象形字本來是畫出一隻爬蟲類樣子，有可能這種動物也是大禹部落的圖騰形象一部分。由於禹能治水，當時人或許將能呼風喚雨的龍或蛇及其他強而有力、能在水中自由活動的兩棲爬蟲動物形象加以附會到禹的身上。中國古代百科全書《山海經．海內經》還記載禹化為黃熊入水的故事呢！

以本字組取名命字的名人

「堯」：清雍正朝名將年羹堯、民初滇軍軍閥領袖唐繼堯、臺灣藝人洪敬堯。

「舜」：宋朝詩人蘇舜卿、臺灣藝人許效舜、日本籍臺裔作家陳舜臣。

「禹」：唐朝詩人劉禹錫、宋朝史學家范祖禹、清朝地理學家顧祖禹、臺灣科學家葉祖禹。

以本字組取名命字的用意

「堯」字原指高原住民，由於帝堯及其部落所居在黃土高原，「堯」字慢慢變為帝堯及他所屬部族的專名。《史記．五帝本紀》記載：帝嚳有兩個兒子——摯和放勛；帝嚳死後，以其年齡最大的兒子摯繼承帝位，為帝摯。堯十分能幹，十三歲時就受命輔佐帝摯。帝摯才幹平平，但堯卻仁慈愛民，治國有方。於是各部族首領紛紛歸附於堯。帝摯最終將帝位禪讓於堯。堯繼帝位後勤於政事，生活儉樸。為了管治天下，還明確制定法度，同時設置諫鼓，讓國人都能對國事發表意見。他也樹立謗木，讓百姓可以批評自己的過失。為了照顧百姓生活，帝堯任命羲和掌管天文，授民農時。分派羲仲、羲叔、和仲、和叔住在四方，負責觀察日月星辰和大自然變化，提醒百姓能及時耕種和收穫。因此得到人民的愛戴。

「舜」即帝舜，名俊，「舜」字原來是「夋」字之誤寫。帝堯老年，到處都出現洪水。帝堯先是任命鯀來治水，結果鯀治水失利，遭到流放。官員們接著推薦舜。舜是瞽子的兒子。父親固執，母親放肆，弟弟傲慢，他卻能以孝道使得家庭和睦。帝堯很是喜歡，先把兩個女兒娥皇、女英嫁給舜，來觀察他的德性。舜讓二妃回嬀汭家中侍奉公婆。帝堯又讓九個兒子跟隨舜，來觀察他處理人事的能力。帝堯的九個兒子也受到舜的影響，變得更加忠厚誠敬。帝堯又派舜擔任幾個官職，舜都盡職盡責，之後的幾個考驗舜也都順利通過。最後堯將帝位禪讓給舜。因為舜的賢能，連蠻夷也來歸附。

「禹」原指某種兩棲類大蟲，後來作為夏朝開國君王大禹之專名。禹幼年隨父親鯀東遷。帝堯時，中原洪水氾濫造。帝堯命令鯀治水，歷時九年未能平息洪水災禍。禹接受帝命，接續鯀的工作繼續治水。禹總結了父親失敗的教訓，改以疏導河水的方式治水。禹親自率領老百姓疏通河道，還一邊疏通一邊改善灌溉工程。最後不只治水成功，還使得荒地變成良田。他也因為治水有功，得到百姓的愛戴，接受舜的禪讓繼任帝位，並開啟了中國第一個世襲的王朝「夏」。

綜上，以「堯」、「舜」、「禹」等字取名命字，非常明顯的表示命名者希望被命名者能向這些上古的帝王學習，以之為榜樣，建立一番偉大的功業。

與本字組有關的好話

以下收錄與本字組有關的好話，除了方便自我介紹和介紹親友外，讀完也能增進詞語知識和相關的應用能力哦！

・堯趨舜步

像那堯、舜那樣的言行舉止；主要用來誇讚統治者的儀容。《宋史・樂志十三》：「皇帝降席，流雲四開；堯趨舜步，下躡天階。」

．堯天舜日

就像在堯、舜的聖明統治下過日子；形容太平盛世。〔宋〕葉適〈代薛瑞明上遺表〉：「巖棲穴處，未嘗不戴於堯天；氣盡形銷，無復再瞻於舜日。」

禹

．禹惜寸陰

指禹勤於治水，一刻不敢浪費時間。〔晉〕皇甫謐《帝王世紀》：「堯命〔禹〕以爲司空，繼鯀治水，乃勞身勤苦，不重徑尺之壁，而愛日之寸陰。」

．貢禹彈冠

貢禹因爲與王吉友好，知道王吉任官，願意出仕；本句比喻意輔佐志向相同的人。典故出自《漢書．王吉傳》：「吉與貢禹爲友，世稱『王陽在位，貢公彈冠』。言其取捨同也。」

第六篇。動作

生、子、學

古字小常識：从，是「從」的本字，即起初的寫法。

本字組與相關諸字的歷史面貌和它們的造字本義

	甲骨文	金文	戰國文字	小篆
生				
學				

「生」這個字是個象形字，把冒出平地的植物給完整畫出來，所以「生」這個字本義為「生長」（詳參本書天文地理字組之二「星」字）。「子」這個字也是象形字，由於小孩剛出生，在襁褓之中，只露出二隻小手，所以「子」全字就是嬰兒在襁褓中的樣子（詳參本書人德字組之三「孝」字）。

「學」這個字是从二「爪」、「爻」、「宀」、「子」的會意字。「爪」即是手爪的象形；「爻」為指事字，一說為繩索交繫的樣子，「宀」則為建築物的象形（詳參本書天文

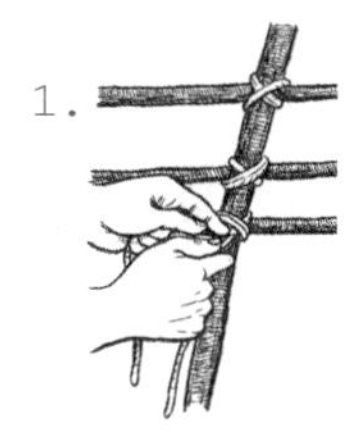

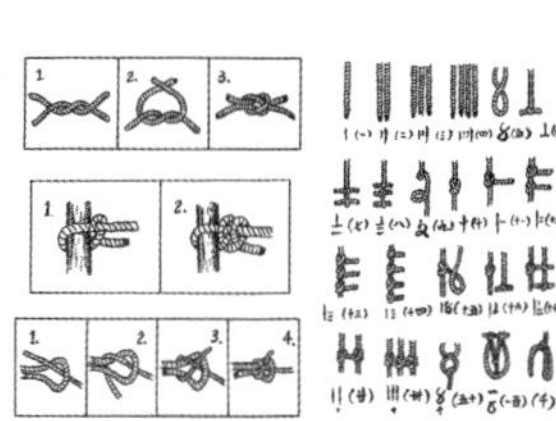

1.「爻」為指事字，描摹繩索交繫的樣子。
2.「學」字表示長輩伸出雙手教晚輩結記事。
3. 古代利用不同的結繩法來記事。

地理字組之六「瑄」字）。「學」全字表示長輩伸出雙手教晚輩結繩。結繩記事是生活中很重要的基本技能，因為綑綁不同質材，結法亦有所不同。

以本字組取名命字的名人

「生」：臺灣名企業家練台生，臺灣藝人張雨生、沈孟生，香港電影演員黃秋生。

「子」：唐朝詩人陳子昂、唐朝中興名臣郭子儀、宋朝忠臣向子堙、香港藝人甄子丹。

「學」：民初東北軍閥張學良、臺灣政治人物陳學聖、香港藝人張學友、中國藝人王學圻。

以本字組取名命字的用意

「生」字本義指植物剛長出、發芽的樣子。「生」字用在動物身上便指「生育」、「生產」這一類的意思。由於生物「生」出，便有了生命，因此「生」字也和「死」字的觀念相對，可表「生存」或「生命延續」的意思。後來「生」字也假借為學問良好者或熱衷學習之人的專稱（「學生」、「先生」、「諸生」）。以「生」字取名命字，在嬰兒容易夭折的年代，一個用意是希望被命名者不只能順利長大，還要長保生氣蓬勃，健康有活力；一個用意在期待被命名者能成為博覽群書的博學之人。

「子」字本指襁褓中的嬰兒，後來引申可指所有子孫後代。古代爵位第四也稱「子」（其前為「公」、「侯」、「伯」）。「子」字又通「慈」，具有愛護子女晚輩的意思。作為假借的用法，「子」既是對男子的美稱，也是十二地支第一。十二地支第一對應到十二生肖屬鼠，所以「子」字也可隱指鼠年出生的人。以「子」字取名命字，一個是希望被命名者未來能夠加官進爵；一個是取其美稱的意思；一個是期許被命者能成為慈愛之人；另一個原因或僅是單純標示出被命名者出生年份及生肖。

「學」字既有學習的意思，也有教育的意涵。同時「學」字也可以作為某種教學內容——學識或學派說法的總稱。以「學」字取名命字，一個是希望被命名者能勤學不倦，自我充實；一個是希望被命名者持續努力，在某個學術或道德層次取得良好的成就，成為一代宗師。

與本字組有關的好話

以下收錄與本字組有關的好話，除了方便自我介紹和介紹親友外，讀完也能增進詞語知識和相關的應用能力哦！

生

·厚生利用

增益民生、物盡其用。典故出自《尚書·大禹謨》：「正德，利用，厚生，惟和。」

·即景生情

因為眼前的某些景象而觸發某種情緒。〔明〕郎瑛《七修續稿·詩文·碧沚詩》：「此詩流麗暢逸，而第七句關鎖處，即景生情，警拔深契。」

子

·公子王孫

即王公貴族的後代子弟。《戰國策·楚策四》：「〔黃雀〕自以為無患，與人無爭也。不知夫公子王孫，左挾彈，右攝丸，將加己乎十仞之上，以其類為招。」

·千金之子

即富貴人家的子弟。《史記·袁盎晁錯列傳》：「臣聞千金之子坐不垂堂。」

·眞命天子

古人所稱秉承天命的皇帝。《二十年目睹之怪現狀·第八十回》：「我早就算定眞命天子已經降世。」今日或者用來形容命中註定的人生伴侶，因此也可另作「眞命天女」。

學

·學富五車

肚子裡的學問多到可以裝滿五台車；形容一個人的知識淵博。《莊子·天下》：「惠施多方，其書五車。」

·家學淵源

家學世代相傳，所以根源深厚。〔明〕吳植《剪燈新話·序》：「宗吉家學淵源，博及群集，屢薦明經，母老不仕。」

·篤學不倦

深刻地學習而不知疲倦。〔明〕方孝孺〈與鄭叔度書〉：「足下淳明慈良，有君子之器，又篤學不倦，其至於古人也奚禦，願益加之意，以果所望。」

思、念、志

附：「詩」

古字小常識：从，是「從」的本字，即起初的寫法。

本字組與相關諸字的歷史面貌和它們的造字本義

	思	由	念	志
甲骨文				
金文				
戰國文字				
小篆				

	之	詩	寺
甲骨文			
金文			
戰國文字			
小篆			

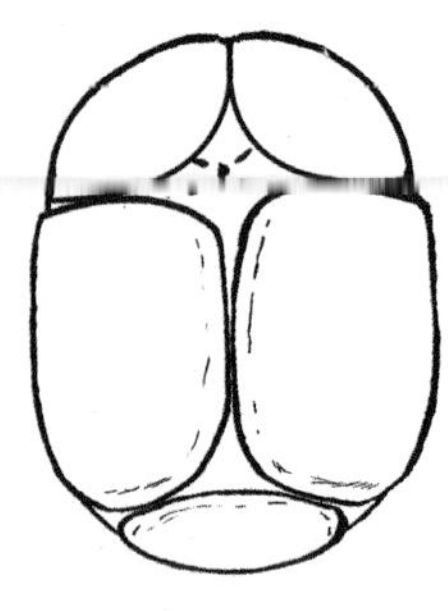

● 「囟」是象形字描摹出頭蓋囟門的形狀。

「思」這個字，《說文解字》解釋道：「容也。从心囟聲。」它是個从「心」「囟」聲的形聲字；古人認為心是思考的器官，所以此字从「心」這個義符。「心」字是個象形字，全字畫出心臟之形（詳參本書人德字組之一「德」字）。「囟」這個聲符，《說文解字》解釋道：「頭會，匘蓋也。象形。」它本身亦是個象形字，全字描繪頭蓋囟門的樣子。由於嬰兒必須從產道擠出母體，當時全身最大的部位為頭部，為使頭部可以順利擠出，頭頂保留一個骨頭未硬合的空間叫「囟門」。這個部位會在嬰兒出生後慢慢密合。

「念」這個字，《說文解字》解釋道：「常思也。从心今聲。」它是個从「今」从「心」的形聲兼會意字。因為本義為「心中所想」，所以从「心」這個義符。它的聲符「今」是指事字，全字如同口含一物，是「含」字的本字（詳參本書天文地理字組之五「金」字）。心有所想，於是口中念念不忘，這就是「思念」的「念」。

「志」這個字，《說文解字》解釋道：「志，意也。从心之聲。」它是個从「心」从「之」的形聲兼會意字。本義為「心的意向」，所以从「心」這個義符。「之」是「止」字的分化字，有

「往」、「去」的意思。「之」雖然作為「志」字的聲符，但同時它也可和義符「心」的意思相結合，指出「志」的本義——「志」字就是表示心所想的方向、心所想做的事，也就是「志向」的「志」。

「詩」這個字，《說文解字》解釋道：「志也。从言寺聲。」它是個从「言」「寺」聲的形聲字。它的本義指心裡面所想的，用韻文的形式來抒發，因此从「言」這個義符。至於聲符「寺」，本身也是個从「寸」「之」聲的形聲字。造字時義符从「寸」與从「又」相當，「寺」的本義就是「持有」，它是「持」字的初文。

以本字組取名命字的名人

「思」：春秋儒家名士子思、晉朝詩人左思、唐朝畫家李思訓、唐朝亂臣史思明、臺灣藝人伍思凱。

「念」：清朝訓詁聲韻學家王念孫、臺灣導演吳念真、臺灣作家陳念萱、臺灣新聞主播方念華。

「志」：臺灣心理語言學家曾志朗、臺灣漫畫家蔡志忠，臺灣藝人林志穎、林志炫、林志玲，臺灣旅美棒球選手郭泓志、香港藝人曾志偉。

（「詩」：臺灣作家蔡詩萍、臺灣音樂製作人周詩穎、臺灣跆拳道選手陳詩欣、臺灣藝人王詩安、香港藝人何韻詩、中國名模錫詩涵。）

以本字組取名命字的用意

「思」字本作動詞用，表示「思考」、「想」這類內心的運動。這類內心的運動若是因為外物而發動，那便是「思慕」、「想念」。如果思慕、思念之人事物無法及時得見，心裡頭便會覺得難過，所以「思」字引申而有「哀憐」、「悲傷」的意思。若是作為名詞，指的便是心裡頭的「思緒」或「感情」。在某些特定的文體裡，「思」字或可以作為句中無義的助詞、句末的語氣詞。以「思」字取名命字，多半用其動詞義，希望被命名者可以思索，或是將某件很重要的德行、人物、事件放在心上；以「思」字作為無義的虛詞來調節名字的音韻平仄者，這類情況較為少見。

「念」字多半作動詞用，表示「思念」、「懷念」；引申有「思考」、「憐愛」的意思。它也可通「唸」字，表示「誦讀」。作為名詞用則表示「念頭」、「想法」。以「念」字取名命字，其用意與採「思」字為名相當；因為「念」的動作比「思」更易察見，所以「念」字在取名命字的應用上算是「思」字的加強版。

「志」字本義是「心的方向」，作名詞用表示「意志」、「志向」。它也是德行的一種，表示立下高遠的目標然後努力去追求。「志」亦通「誌」，作動詞用，表示「記得」、「記錄」、「標記」。以「志」字取名命字，多採其動詞義，一是寄寓命名者希望被命名者能立下鴻鵠大志的用意；一是希望被命名者能永遠記得某件很重要的德行、人物、事件。後一種命名用意和取「思」、「念」、「銘」等字來命名是相當的。

「詩」字原來指的是一種韻文的體裁，這種體裁的源頭是《詩經》。《禮記》說：「溫柔敦厚，詩教也」，學詩可以使人品行敦良，所以「詩」字又能隱喻這類德行。「詩」是心之志發而為言，所以「詩」字也隱含「志」字的涵義。以「詩」字取名命字，一個是希望被命名者有文采，能出口、下筆如詩；一個是希望被命名者得到詩教而溫柔敦厚；一個用意和取「志」字為名的用意相當。

與本字組有關的好話

以下收錄與本字組有關的好話，除了方便自我介紹和介紹親友外，讀完也能增進詞語知識和相關的應用能力哦！

思

．周情孔思

具有周公和孔子的思想感情；常用來讚美具有高尚情操的人。

．極智窮思

用盡才智和思慮。〔清〕侯方域〈豫省試策四〉：「聖人所極智窮思而以為無奇者，乃就十數肉食之人而詢焉，採焉……則亦徒見其勞民傷財而已矣。」

・前思後想

前前後後反覆思量。《鏡花緣・第六六回》：「他既得失心重，未有不前思後想。」

念

・念茲在茲

念念不忘某事。《尚書・大禹謨》：「帝念哉！念茲在茲，釋茲在茲。名言茲在茲，允出茲在茲，惟帝念功。」

・長念卻慮

思前顧後，反覆琢磨。《史記・秦始皇本紀》：「小人乘非位，莫不怳忽失守，偷安日日，獨能長念卻慮，父子作權，近取於户牖之閒，竟誅猾臣，爲君討賊。」

・念念不忘

時時刻刻無不在思念。〔北宋〕張君房《雲笈七籤・卷五五》：「日日存之，時時相續，念念不忘。」

志

・行古志今

遵循古人的道理來爲今日服務。《逸周書・常訓》：「夫民群居而無選，爲政以始之。始之以古，終之以古，行古志今，政之至也。」

·**寢丘之志**

中國名相楚令尹孫叔敖臨終時，告誡其子切勿接受楚王所封的肥美土地，而要去求貧瘠的寢丘，以保長久不失。因此後人形容與世無爭、知足之心為「寢丘之志」。

·**千里之志**

遠大、邁向千里之外的志向。《呂氏春秋·長利》：「與一舉則有千里之志，德不盛、義不大則不至其郊。」

詩

·**詩腸鼓吹**

激發詩人寫作衝動的音樂。〔唐〕馮贄《雲仙雜記·俗耳針砭詩腸鼓吹》：「戴顒春攜雙柑斗酒，人問何之，曰：『往聽黃鸝聲，此俗耳鍼砭，詩腸鼓吹，汝知之乎？』」

·**詩禮傳家**

以詩禮精神世代相傳。〔元〕柯丹丘《荊釵記·會講》：「詩禮傳家忝儒裔，先君不幸早傾逝。」

・畫意詩情

富有詩畫的意境和情趣。朱自清《燕知草・序》：「杭州是歷史上的名都，西湖更為古今中外所稱道；畫意詩情，差不多俯拾即是。」

建、立、興

古字小常識：从，是「從」的本字，即起初的寫法。

本字組與相關諸字的歷史面貌和它們的造字本義

	建	聿	立	興
甲骨文				
金文				
戰國文字				
小篆				

「建」這個字从「聿」从「廴」會意，表示樹立某個東西。「聿」是個會意字，全字之造形一說是以「又」持筆，一說是以「又」立柱。「建」字的另一個義符「廴」也是象形字，全字把階梯及階前庭堂給畫出來，它是「廷」及「庭」字的初文。「建」字表示將這個柱立在建地裡，本義就是「樹立礎柱」，之後再由此引申出「樹立」、「建立」、「設立」的意思，所以《說文解字》才會說：

「建，立朝律也。」

「立」這個字，《說文解字》解釋道：

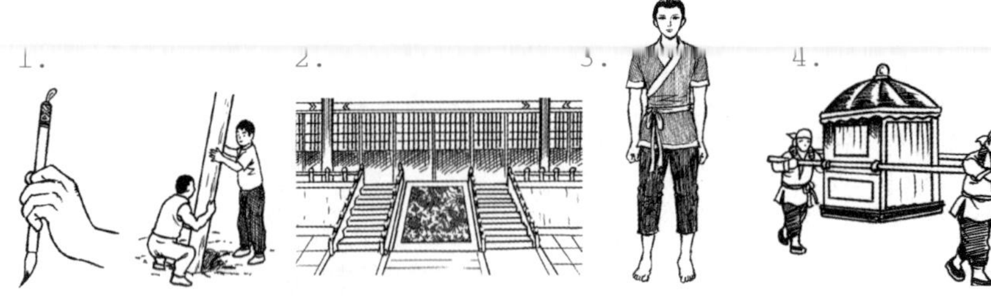

1.「聿」的字形有「手持筆」或「立柱」兩種說法。
2.「廴」字描繪出庭階的形狀。
3.「立」形狀字像人站立的樣子，為指事字。
4.「輿」字的本義為抬架或抬轎。

「住也。从大立一之上。」這個字是個指事字，本義就是「站立」，所以全字才會寫成像是一人大立於地面之上的樣子。

「輿」這個字的外圍分別寫了二個「爪」（手）和二個「又」（手），中間抬有轎子或車廂，「口」形則是標出這個轎子或車廂的車門入口。所以「輿」的本義指的就是抬架或抬轎，後來「口」形與架轎被訛寫為「同」形，所以《說文解字》才會誤以為此字从「同」。由於抬架或轎都要將之升起，「輿」字後來才引申出「輿起」的意思。

以本字組取名命字的名人

「建」：隋末民變軍首領竇建德、唐初太子李建成、唐朝詩人常建、臺灣旅美職棒選手王建民、臺灣政治人物王建煊。

「立」：民國抗日名將孫立人、臺灣舞臺劇演員李立群、臺灣藝人戴立綱、臺灣導演戴立忍、臺灣政治人物朱立倫。

「輿」：臺灣小說家王文興、臺灣藝人吳建豪、臺灣名企業家曹興誠、臺灣政治人物陳進興、香港藝人孫興。

以本字組取名命字的用意

「建」字本作動詞用，表示「建立」、「設置」。若是建國，一則需要立定法律，一則需要封賜諸侯和設立官府，所以「建」字又引申出「立法」和「封建」的動詞義項。既然建立，必將某物豎起，所以「建」字也能表示「樹立」。如果提出來的是很有建設性的意見，那就叫「建議」。「建」可通「健」，作名詞用，即「健康」的意思。以「建」字取名命字，多採其動詞義，主要在希望被命名者能建立一番大事業；少數則是取「建」字之通假「健」字之義，希望被命名者能無災無病，身體健康。

「立」字作動詞用，本指一人挺直站立的意思，後來常與「建」字合用，從而有「建樹」、「成就」的名詞義；從無到有也可以用「立」字表示。作動詞用，意指「設立」、「制立」；從王儲變成帝王、從虛名到得實位也可用「立」字。「立」是一個人頂天立地的站著，十分堅定的樣子，所以「立」也可當形容詞用，意表「堅定」。以「立」字取名命字，一部分用意和以「建」字取名相當；一部分則是名命者希望被命名者能成為心中有堅定志向、頂天立地的大人物。

「興」字全字為四手舉轎之形，本義相當於動詞的「舉起」、「興起」、「昇起」。轎子被舉起來，表示轎子的主人要動身、轎子要出發了，所以「興」字就引申出「起身」、「發動」的意思。如果是被動因為某件事的吸引、驅使而想動身去做某件事，那便是「興趣」。又因為「建」、「立」、「興」三字都具有「起」的意思，所以「興」字也因此可以表示「創立」、「建立」。以「興」字取名命字，一個原因與以「建」、「立」字取名相當；一個原因是希望被命名者可以復興或持續保有某種強盛的狀態如好運、財富、才華等等。

與本字組有關的好話

以下收錄與本字組有關的好話，除了方便自我介紹和介紹親友外，讀完也能增進詞語知識和相關的應用能力哦！

建

・懸鞀建鐸

鞀是長柄鼓、鐸是金鈴，都可用來引起統治者的注意；本句指廣開言路，使下情可以上達。典故出自《淮南子・氾論訓》：「禹之時，以五音聽治，懸鐘鼓磬鐸，置鞀，以待四方之士。爲號曰：『教寡人以道者擊鼓，諭寡人以義者擊鐘，告寡人以事者振鐸，語寡人以憂者擊磬，有獄訟者搖鞀。』」

・運籌建策

運算籌碼、提出策略。《隋書・李德林傳》：「運籌建策，通幽達冥，從命者獲安，違命者悉禍。」也可作「運籌決策」。

·建功立業

建立功勛和事業。〔宋〕蘇軾〈應制舉上兩制書〉：「建功立業，興利捍患。」

立

·修辭立誠

創作要呈現的是作者的眞實情意。典故出自《易經．乾卦》：「脩辭立其誠，所以居業也。」

·特立獨行

獨立不群；形容志行高潔，不隨波逐流。《禮記．儒行》：「世治不輕，世亂不沮，同弗與，異弗非也，其特立獨行有如此者。」

·柴立不阿

獨立而不私阿，與「特立獨行」意近。〔清〕陳康祺《郎潛紀聞．卷七》：「年羅嚴譴，而公以恩遇始終，正見公之柴立不阿。」也可作「剛直不阿」。

興

·興高采烈

興致高、心情激動。典故出自〔南朝．梁〕劉勰《文心雕龍．體性》：「叔夜俊俠，故興高而采烈。」也可作「興高彩烈」。

·興會淋漓

興味濃厚；興趣被引起並獲得滿足。《兒女英雄傳·第三十回》：「那裡還能時刻照管的到他，有時到了興會淋漓的時節，就難免有些『小德出入』。」

·夕寐宵興

很晚睡、很早起；形容勤勞的樣子。《南史·宋紀上·武帝》：「是故夕寐宵興，搜獎忠烈；潛構崎嶇，過於履虎；乘機奮發，義不圖全。」

之、進、達

古字小常識：从，是「從」的本字，即起初的寫法。

本字組與相關諸字的歷史面貌和它們的造字本義

	進	隹	達
甲骨文			
金文			
戰國文字			
小篆			

「之」這個字，《說文解字》解釋道：「出也。」這個字與「止」字是一字分化而出。「止」為「趾」之本字，引申有行走的意思，所以「之」字也有前往的意思（詳參本書動作字組之二「志」字）；但後多借用為虛詞。

「進」這個字，《說文解字》解釋道：「登也。」它是個从「辵」「隹」聲的形聲字，本義指「登上高處」，所以从「辵」這個義符。而「隹」這個聲符本身是個象形字，全字具體描繪出一隻短尾鳥。

「達」這個字原先寫作从「辵」从「大」，是個會意字，表示「大」（人）已到達目的地，後來「大」形下面加了「羊」形，全字就變成表示人將羊趨趕到達目的地的意思。字義也引申可指「到達」了。

以本字組命名取字的名人

「之」：南朝數學家祖沖之、南朝政治家顏之推、唐朝邊塞詩人王之渙、明末清初學問家王夫之、清末中興名臣張之洞、臺灣中央研究院前院長胡適之、香港電影演員關之琳。

「進」：漢末將軍何進，臺灣藝人鄭進一、鄭進二兄弟，臺灣政治人物陳進興。

「達」：三國蜀漢名將孟達、太平天國大將石達開，臺灣藝人坤達、宋達民，香港電影演員任達華、吳孟達、中國藝人英達。

以本字組取名命字的用意

「之」字與「止」字同源，原為腳掌之象形；腳向著哪即表示

●「隹」的象形字就像一只短尾鳥。

●「達」為會決字，表示趕羊到目的地。

要走到哪去，所以「之」的動詞用法表示「往」、「去」。「之」字也假借作指示代詞，與英文「THIS」相當。又或者假借作連詞，與英語「AND」、「BUT」相當；或者假借作介詞，與英文「OF」相當；或假借作語氣詞，在句中發揮調節聲韻仄或音節的作用。以「之」字取名命字，一個是用它的「往」、「去」義項，希望被命名者能去追求某個高尚的境界；但大部分以「之」字取名命字的用法是把它當無意義的語氣詞用，在名字當中發揮調和音節的作用。

「進」字本義作動詞用，表示「向前」或更高一個階級移動；既然向前，那就不會退步，所以「進」字引申而有「進步」、「成長」、「強化」的意思。「進」與「退」若是以是否當官為依據，「退」指的是「退隱」，「進」指的就是「出仕」。如果今天你更上一層樓是靠別人幫忙，那就表示別人「進薦」你；如果「進薦」的不是人而是物，那「進」字就是指「奉送」了。以「進」字取名命字，一個是希望被命名者能積極進取，爭取到更好的生活條件或是別人的尊崇；一個是期望被命名者能遇到生命中的貴人，得到別人的舉薦，在工作上能一切順利。

「達」字本作動詞用，表示「到達」的意思。能平安順利到達，一定一路暢通，所以「達」字又引申出形容詞義「通達」。對人情事故都能想得通、想得明白，不去鑽牛角尖，這也可以稱作「通達」或是「豁達」；因此「達」字作名詞用時，也能隱喻明智之人。以「達」字取名命字，一個是希望被命名者能一切順利，所追求的各種目標都能達到；一個是期待被命名者能成為豁達、通曉事理、具超高智慧的人。

與本字組有關的好話

以下收錄與本字組有關的好話，除了方便自我介紹和介紹親友外，讀完也能增進詞語知識和相關的應用能力哦！

·伐冰之家

伐冰即鑿取冰塊。古代只有卿大夫以上的貴族才蓋得起冰窖，喪祭才用得起冰塊。所以本句泛指達官貴族。《禮記．大學》：「伐冰之家，不畜牛羊。」

·延津之合

指〔晉〕龍泉、太阿兩劍在延津會合的故事，後來引申形容因緣際會而結合。也可作「延津劍合」。

·北門之寄

唐德宗將北門守衛大任交付李自良；後來用來比喻擔負重要的軍事責任。《舊唐書．李自良傳》：「德宗以河東密邇胡戎，難於擇帥，翌日，自良謝，上謂之曰：『卿與馬燧存軍中事分，誠爲得禮；然北門之寄，無易於卿。』」

進

・以退為進

採取退讓作為而實為圖進。〔漢〕揚雄《法言・君子》：「昔乎顏淵以退為進，天下鮮儷焉。」

・竿頭日進

雖然已像百丈竿頭那樣超越他人，還要更加努力才是；比喻學問或技術不斷提升。典故出自〔宋〕釋道原《景德傳燈錄・卷十》：「師示一偈曰：『百丈竿頭不動人，雖然得入未為眞，百尺竿頭須進步，十方世界是全身。』」

・勇猛精進

佛教語，指奮勉修行。《無量壽經・卷上》：「勇猛精進，志願無惓。」

達

・下情上達

下位者的心情或狀況能夠通達於上位者。典故出自《管子・明法》：「下情不上通，謂之塞。」

・求志達道

用隱居來保全自己的意志，用行義來貫徹自己的主張。典故出自《論語・季氏》：「隱居以求其志，行義以達其道。」

·**廓達大度**

心胸開闊，氣度寬宏。〔清〕太平天國洪仁玕〈幹王洪仁玕等勸諭清朝官兵棄暗投明檄〉：「爾等抑知我天朝廓達大度，胞與爲懷，不分新舊兄弟，皆是視同一體。」

承、繼

古字小常識：从，是「從」的本字，即起初的寫法。

本字組與相關諸字的歷史面貌和它們的造字本義

	承	繼	糸
甲骨文			
金文			
戰國文字			
小篆			

	*絕	*色
甲骨文		
金文		
戰國文字		
小篆		

● 「承」字的本義表示承擔。

● 「系」為象形字，描繪出纖維交纏的樣子。

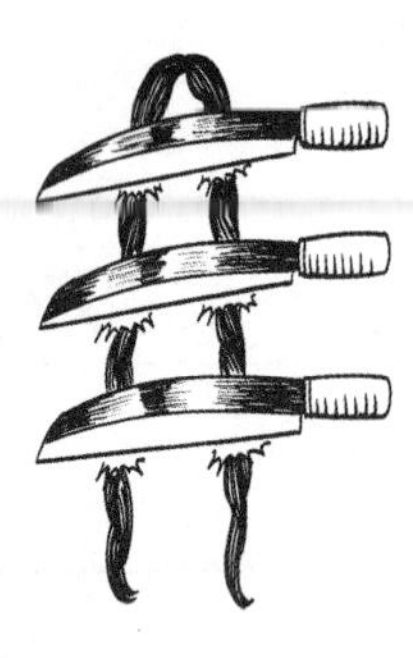

● 「絕」是會意字，表示以刀切斷。

「承」這個字，《說文解字》解釋道：「奉也。受也。从手从卪从収。」這個字在小篆裡的寫法是从二「又」加一「手」拱奉一「卪」（跪人，詳本書天文地理字組之六「玲」字）在上，本義就是「承擔」。

「繼」這個字，《說文解字》解釋道：「續也。从糸、㡭。一曰反㡭爲繼。」它是個从「糸」从「㡭」的會意字，本指將糸給接續上，所以从義符「糸」。「糸」為象形字，全字描繪糸的纖維交纏。不過「繼」字原本沒有「糸」這個義符，全字只作从「刀」从二「幺」（與「糸」、「系」意近，只是筆畫繁簡不同），加了「糸」的「繼」字是後起形聲字。「繼」和「絕」字的寫法相反，是變體指示字，字意也就是「絕」字的相反義——「繼續」。

「絕」，《說文解字》解釋道：「斷絲也。」全字从刀斷絲，是個會意字，本義指把絲切斷：

由於「絕」的刀形後來又分裂成二「刀」，二刀形又訛寫成「色」，才變成今日「絕」字寫法的！

以本字組取名命字的名人

「承」：《西遊記》作者吳承恩、臺灣導演紐承澤、臺灣藝人言承旭、臺灣電玩選手曾政承。

「繼」：宋朝黨項族西平王李繼捧、夏國王李繼遷族兄弟，明朝抗倭名將戚繼光、臺灣作家吳繼文、中國乒乓球名將張繼科、中國職足選手孫繼海。

以本字組取名命字的用意

「承」字的本義是當動詞用，表示「奉托」或「承載」。如果是在被動的情況下則指「承受」、「承繼」或「蒙受」。以「承」字取名命字，表示命名者希望被命名者能夠蒙受神鬼、先祖或長輩的照顧與福蔭；又或者是希望被命名者能夠繼承先祖、長輩所傳承下來的家業或良好的門風。

「繼」字本義指的是不絕，既然不絕，那就能連綿不斷，所以除了「連續」義，它還多了一層「延續」的意思。以「繼」字取名命字，表示命名者希望被命名者能福壽連綿、延續家業、香火或是良好的門風。

與本字組有關的好話

以下收錄與本字組有關的好話，除了方便自我介紹和介紹親友外，讀完也能增進詞語知識和相關的應用能力哦！

承

·承上起下

承接前者，啓發或引出後者。《禮記·曲禮上》：「故君子戒愼」，〔唐〕孔穎達解釋道「故」字是「承上起下」的轉折詞。

·先意承志

孝子能夠預先臆度父母的心意而順從他們的心志。《禮記·祭義》：「君子之所爲孝者，先意承志，諭父母於道。」

·四海承風

教化風行於四海之內。《孔子家語·好生》：「舜之爲君也，其政好生而惡殺，其任授賢而替不肖。德若天地而靜虛，化若四時而變物也。是以四海承風。」

・繼繼承承

能前後相承，延續不斷。〔唐〕韓愈〈平淮西碑〉：「聖子神孫，繼繼承承，於千萬年，敬戒不怠。」

・興滅繼絕

使滅絕的再重新振作起來，延續下去。典故出自《論語・堯曰》：「興滅國，繼絕世。」

・繼往開來

繼承前人的事業，開拓出未來的大好前途。〔明〕王守仁《傳習錄・卷上》：「文公精神氣魄大，是他早年合下便要繼往開來，故一向只就考索著述上用功。」

宗、祖

古字小常識：从，是「從」的本字，即起初的寫法。

本字組與相關諸字的歷史面貌和它們的造字本義

	宗	祖	且
甲骨文			
金文			
戰國文字			
小篆			

「宗」這個字，《說文解字》解釋道：「尊祖廟也。从宀从示。」它是個从「宀」从「示」的會意字，本義為尊敬祖廟所做出來的禮拜動作。因為與祖廟有關，所以从義符「宀」；祖廟裡一定擺滿了神主牌，所以再加「示」，同「宀」會意。進了宗廟習慣性的會行一些尊敬朝拜的儀式，因此「宗」字一般常用作動詞。

「祖」這個字，《說文解字》解釋道：「始廟也。从示且聲。」它是从「示」「且」聲的形聲字，因為本義指「始祖之廟」，所以

●「宗」的字形描繪出祖廟中放滿了神主牌，所以從「宀」「示」，為會意字。

●「且」是象形字，有學者認為與陽具崇拜有關係。

从義符「示」。「且」作為聲符，本身也有表意的功能。「且」一說為象形字，即生殖崇拜中的假陽具，因為从「且」，所以「祖」字指稱自己生命的根源。一說「且」即神主牌，和「示」一樣亦是受膜拜的對象。

以本字組取名命字的名人

「宗」：清朝小說家毛宗崗、清末中興名臣左宗棠、臺灣名作家龍瑛宗、音樂家朱宗慶，臺灣藝人吳宗憲、李宗盛、楊宗緯。

「祖」：宋朝史學家范祖禹、明朝戲劇作家湯顯祖、清初地理學家顧祖禹，臺灣藝人王祖賢、郎祖寧、李祖寧，香港藝人吳彥祖、房祖名。

以本字組取名命字的用意

「宗」字原本指的是朝拜祖廟的意思，如果做為名詞用，則是指祭祀祖先的地方。因為朝拜，所以必然尊崇，因此「宗」字作動詞用又有尊崇的意思。以「宗」字取名命字，一個是希望被命名者能成為別人所尊崇的對象，換句話說就是希望被命名者將來成為人們的領袖；一個是希望被命名者能尊崇或遵守某種德行，並以之做為生活的準則、座右銘。

「祖」字原本指的是祖廟——奉祀祖先的宗廟。做為動詞用的話，「祖」字則有追溯本源、效法崇尚的意思。以「祖」字取名命字，一個是希望被命名者不要數典忘祖，要時時刻刻提醒自己祖先所施予自身的德惠；一個可能是希望被命名者能效法崇尚某個遠古的聖人賢哲，並以之做為榜樣。

與本字組有關的好話

以下收錄與本字組有關的好話，除了方便自我介紹和介紹親友外，讀完也能增進詞語知識和相關的應用能力哦！

·文宗學府

文章的宗伯和學問的淵府；形容學問淵博的人。〔北魏〕楊衒之《洛陽伽藍記·景明寺》：「〔子才〕文宗學府，騰班馬而孤上；英規勝範，凌許郭而獨高。」

宗祖・祖武宗文

祖崇武王、尊敬文王；本用主要用來指尊崇祖先。

・光宗耀祖

意近「光耀門楣」，指爲宗族爭光，使祖先顯耀。《紅樓夢・第三三回》：「兒子管他，也爲的是光宗耀祖。」

祖・顯祖揚名

讓祖宗顯耀，使自己名聲遠揚。〔漢〕陳琳〈檄吳將校部曲文〉：「及吳諸顧陸舊族長者，世有高位，當報漢德，顯祖揚名。」

・不祧之祖

不遷入祧廟的祖先，一般指創業之祖、元祖；後來引申可指創立某種事業而永遠受到尊崇的人。

・成佛作祖

佛教語，指修成佛道，成爲祖師；後來引申可指獲得傑出成就的人。《白雪遺音・馬頭調・小尼姑》：「成佛作祖待做甚麼？陳妙常也曾還俗過。」

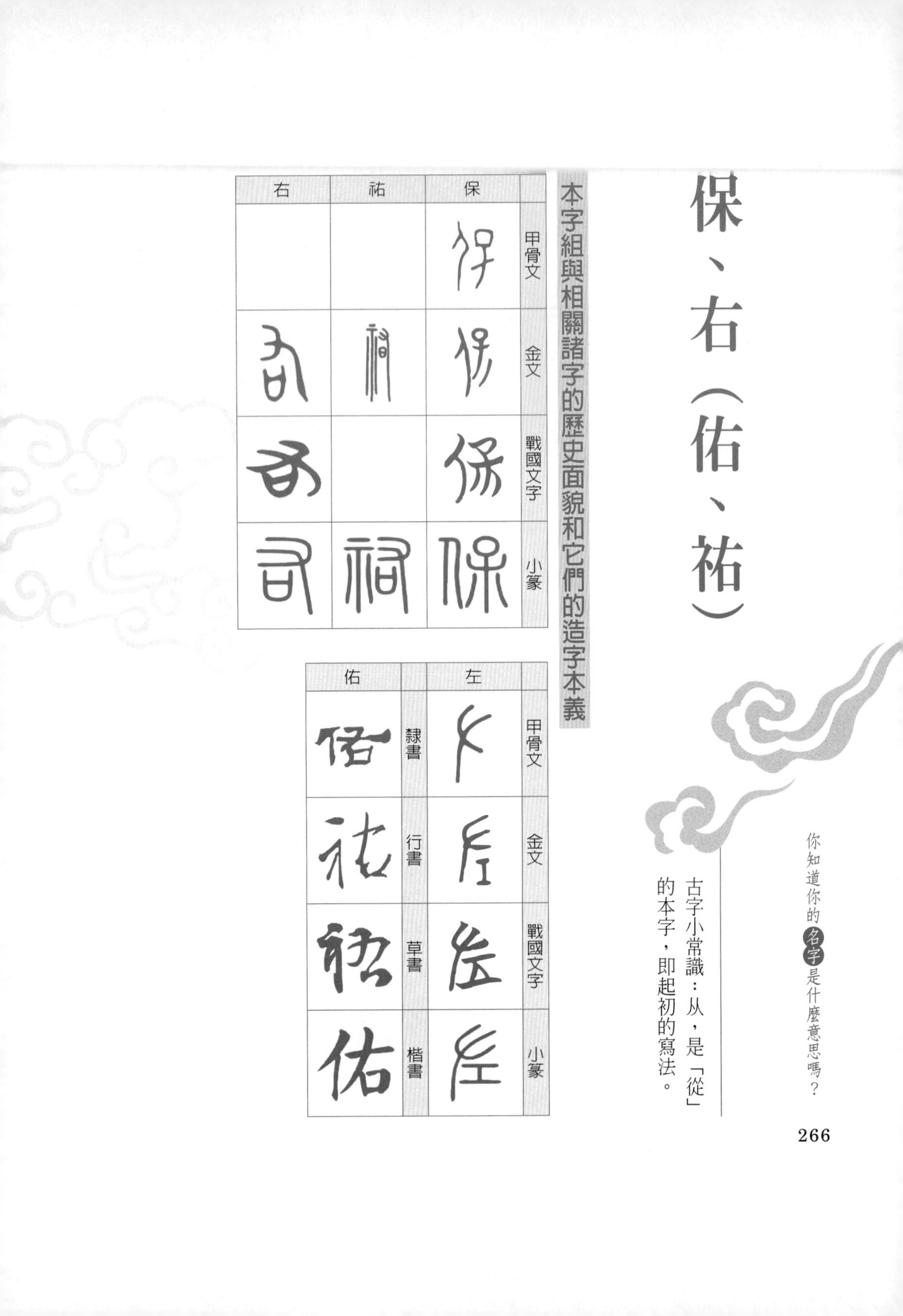

保、右（佑、祐）

本字組與相關諸字的歷史面貌和它們的造字本義

	保	祐	右
甲骨文			
金文			
戰國文字			
小篆			

	左		佑
甲骨文		隸書	
金文		行書	
戰國文字		草書	
小篆		楷書	

古字小常識：从，是「從」的本字，即起初的寫法。

● 「保」為會意字，表示大人揹負著嬰兒。

● 「右」為會意字，「幫助人」的意思。

「保」這個字，《說文解字》解釋道：「養也」。它是個从「人」从「子」加一或二表示環揹嬰兒手臂筆畫的增體會意字，全字就是大人揹負嬰兒，給予保護的意思。小孩打出生，要到一歲才會學走，到三、四歲才能免於大人的提攜懷抱。「保」字就是指小孩在三、四歲前受到大人保護的概念。

「祐」這個字，《說文解字》解釋道：「助也。从示右聲。」它其實是個會意兼聲字。義符兼聲符的「右」从「又」从「口」會意，表示以實際行動或是口出良好的建議來幫助別人，「右」其實就是「祐」和「佑」的初文。只是後來為了區分是人所佑助或是神所佑助，於是才又另外造了「祐」和「佑」這二個後起形聲字：人助用「佑」字；神助用「祐」字。「佑」這個字，《康熙字典》道：「音有。佐助也。又《集韻》、《正韻》並與祐同。」

以本字組取名命字的名人

「保」：元末軍事將領王保保、清末民初學問家丁福保、甸北孤軍領導鄧克保、臺灣名企業家劉保佑、香港藝人林保怡。

「佑」（祐）：明初重臣張天佑、清末民初鐵路專家詹天佑，臺灣藝人羅大佑、林佑威、林佑星。

以本字組取名命字的用意

「保」字原本指長輩揹攜孩童加以照顧的樣子，後來連神靈照顧凡人都可以用「保」字。照顧過程會有需要加以幫助的地方，所以「保」字也隱含了「輔助」的意思。以「保」字取名命字，表示命名者希望被命名者能夠順利得到長輩和神靈的照顧，常保身體健康。

「右」（《說文解字》：「手口相助也」）原本和「左」字（《說文解字》：「手相左助也」，會手持工具助人的意思）同意，都有「輔助」、「保護」的意思。以从「右」的「佑」或「祐」取名命字，寄寓了命名者希望被命名者人生一路有貴人相助的用意。後來為了區別幫助的主動者是人或是神靈，才又从「右」分化出从「人」的「佑」字和从「示」的「祐」字。

與本字組有關的好話

以下收錄與本字組有關的好話，除了方便自我介紹和介紹親友外，讀完也能增進詞語知識和相關的應用能力哦！

保

・天保九如

典故出自《詩經．小雅．天保》：「天保定爾，以莫不興。如山如阜，如岡如陵，如川之方至，以莫不增……如月之恒，如日之升。如南山之壽，不騫不崩。如松柏之茂，無不爾或承。」詩中連用九個「如」字來祝頌福壽綿長。所以本句即用爲祝壽的頌詞。

・保泰持盈

保有平安和興盛的局面。《明史．孝宗紀贊》：「孝宗獨能恭儉有制，勤政愛民，競競於保泰持盈之道，用使朝序清寧，民物康阜。也可作「持盈保泰」。

・明哲保身

原指明智之人不參與可能給自己帶來危險的事；後多指生怕危及自己，回避對抗的處世態度。

·（佑、祐） **靈威神佑**

神靈顯靈來保佑。〔漢〕班固〈高祖泗水亭碑銘〉：「勤陳東征，剟擒三秦。靈威神佑，鴻溝是乘。」

·**豐融垂佑**

豐有大的意思，融有光亮的意思；本句指大大的給予保佑。《宋史．樂志九》：「豐融垂佑，以永洪休。」

·**永垂護佑**

永遠護衛和保佑。〔明〕沈榜《宛署雜記．恩澤》：「仰荷神恩，永垂護佑。」

佩、涵

古字小常識：从，是「從」的本字，即起初的寫法。

本字組與相關諸字的歷史面貌和它們的造字本義

	佩	巾	涵	函
甲骨文				
金文				
戰國文字				
小篆				

「佩」這個字，《說文解字》解釋道：「大帶佩也。从人从凡从巾。佩必有巾，巾謂之飾。」它是個从「人」从「巾」「凡」聲的形聲字，本指古時君子身上佩戴的手帕之類飾物，因此从「人」、「巾」。「巾」，《說文解字》解釋道：「佩巾也」，它是個象形字，全字具體描繪人身上繫佩之巾布。「佩」的聲符「凡」本為象形字，即「盤」之初文（詳參本書天文地理字組之六「珮」字）。「佩」字本來做名詞用，表示佩巾，後來可泛指衣上的裝飾；作動詞用則可表示「佩戴」的意思。

●「佩」為象形字，表示人身上聲的佩巾。

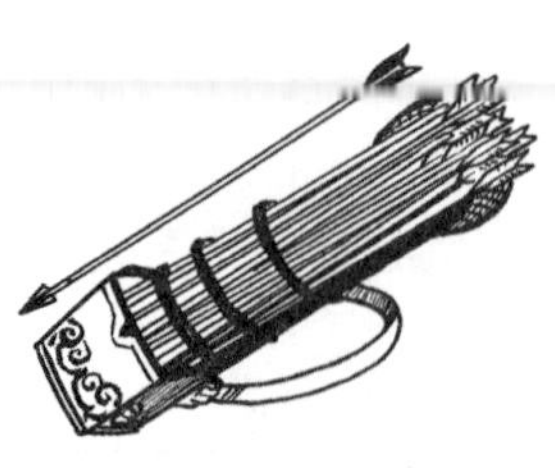

●「涵」字的聲符「圅」具體的描繪出箭袋的形狀。

「涵」這個字，《說文解字》解釋道：「水澤多也。从水圅聲。」它是個从「水」「圅」聲的形聲字，本義表示水之蘊含多澤，所以从義符「水」。「圅」作為它的聲符，本身是象形字，全字為箭袋「箙」的具體描繪。箭袋一般掛在射手的側邊腰際，方便抽取使用；填裝長箭的箭袋就得背在身後。

以本字組取名命字的名人

「佩」：臺灣藝人陳金佩、吳佩慈，香港藝人葉佩雯、歐陽佩珊、談佩珊，馬來西亞籍華裔藝人戴佩妮、中國越劇名角陳佩君。

「涵」：臺灣作家吳涵碧、臺灣新聞主播劉涵竹，臺灣藝人張韶涵、陳意涵、林涵，中國藝人張涵予、亦涵。

以本字組取名命字的用意

「佩」字作為名詞使用時，表示繫掛在衣服上的配飾；作為動詞使用的話，又可指「佩帶」，引申也有「欽佩」的意思。以「佩」字取名命字，大多是採其動詞的用法，表示命名者希望被命名者能佩有某種德行，或佩有某種珍貴難得的寶物。前者在期待被命名者能具有良好的品德；後者在期待被命名者能夠富貴榮華。

「涵」字原做動詞使用，表示「浸潤」，因為要加以浸潤，勢必是被包含在某種液體之中，所以「涵」字又引申出「包含」、「包容」的意思。既然能「包容」，那心胸當然要很寬大，因此「涵」字引申出「寬恕」的意思來。以「涵」字取名命字，一個原因是希望被命名者能浸潤在某種幸福的氛圍當中；一個原因是希望被命名者能夠有包容萬物的寬大心胸。

◆與本字組有關的好話

以下收錄與本字組有關的好話，除了方便自我介紹和介紹親友外，讀完也能增進詞語知識和相關的應用能力哦！

·懷黃佩紫

懷裡揣著金印、腰間佩著紫綬，此爲高官才有的佩件；本句形容身居高官顯位。

《梁書·陳伯之傳》：「懷黃佩紫，贊帷幄之謀；乘軺建節，奉疆場之任。」

·銜華佩實

原指草木開花結果。〔南朝．梁〕沈約〈愍衰草賦〉：「銜華兮佩實，垂綠兮散紅。」後來引申可形容文章的形式和內容都很完美。〔南朝．梁〕劉勰《文心雕龍．徵聖》：「然則聖文之雅麗，固銜華而佩實者也。」

涵

·優游涵泳

優閒探索、深入體會。《論語．爲政》：「七十而從心所欲，不踰矩」，朱熹集注引胡氏曰：「聖人言此，一以示學者當優游涵泳，不可躐等而進。」

·茹古涵今

品味古人的智慧，具有今人的涵養。〔唐〕皇甫湜〈韓文公墓志銘〉：「茹古涵今，無有端涯。」也可作「博古通今」。

·海涵地負

像海那樣的包容力和地那樣的負載力；形容一個人的才華特異。〔宋〕陳亮〈笏記〉：「皇帝陛下，日照天臨，海涵地負。」

茹、若

附：「如」

古字小常識：从，是「從」的本字，即起初的寫法。

本字組與相關諸字的歷史面貌和它們的造字本義

	茹	如	若
甲骨文			
金文			
戰國文字			
小篆			

「茹」這個字，《說文解字》解釋道：「飤馬也。从艸如聲。」它是個从「艸」「如」聲的形聲字，本義指「以草餵馬」。「如」作為「茹」的聲符，本身則是會意字，《說文解字》解釋道：「从隨也。从女从口。」本義指以口命令女子如意順從的意思，後來引申為從隨順服的意思。

「若」字本為象形字，全字描繪一女子跪坐著梳理自己的頭髮，本義指「使頭髮柔

- 「若」本為象形字，描繪女子梳頭髮的樣子。
- 「如」字的本義為命令女子服從。
- 「茹」是形聲字，本義指用草餵馬。

順」；後來又從這裡引申出「柔順」或「順心」的意思。字形裡代表頭髮的筆畫也慢慢訛成了「屮」形、「艸」形，「又」形又被義近的「右」形取代，便成為今日「若」字的寫法。

以本字組取名命字的名人

「茹」：臺灣藝人許茹芸、馬來西亞華裔藝人梁靜茹，中國藝人白茹、張茹。

「若」：明末清初德籍科學家湯若望、近代國學大師郭沫若，臺灣作家陳若曦、林若亞，臺灣藝人徐若瑄。

（「如」：唐太宗朝名相杜如晦、臺灣作家吳淡如，臺灣藝人林心如、潘慧如，香港藝人吳君如。）

以本字組取名命字的用意

「茹」字本作動詞用，指餵牛馬的動作。後來字義窄化為「進食」。因為餵牛馬都用草，所以名詞化後的「茹」字也引申可指蔬菜全體。由於世人常用「含辛茹苦」形容守寡女子將子女扶養長大，也就此賦予了「茹」字較為陰柔的印象。如果相命師算出被命名之女孩命中缺木，命者名也就容易取具有「艸」頭的、具陰柔形象的「茹」字加以命名。只不過此舉並非要被命名者吃草或吃苦，以「茹」字為名只是單純地取它的陰柔形象和它的「艸」頭偏旁罷了！

「若」字本義為「順髮」，引申有「順從」、「順心」的意思。「如」字亦因全字表示女子聽命服從的意思，所以引申出「順從」的意思。在男權社會中，為了維護男子的第一優先和掌控權，都會希望女子是順從溫柔的。這也就是為什麼「若」、「如」二字很容易地被取來用作女性名字的關係。

與本字組有關的好話

以下收錄與本字組有關的好話，除了方便自我介紹和介紹親友外，讀完也能增進詞語知識和相關的應用能力哦！

茹·不吐不茹

不欺負老實人，對壞人也不姑息；形容人的剛正不阿。典故出自《詩經·大雅·

烝民》：「人亦有言，柔則茹之，剛則吐之。維仲山甫，柔亦不茹，剛亦不吐，不侮矜寡，不畏彊禦。」

·飲冰食檗

喝冰水、吃樹芽；形容生活清苦，但爲人清白。

·含辛茹苦

忍受著辛苦。《二刻拍案驚奇·卷二十》：「至於商家連疑心也不當人子，只好含辛忍苦，自己懊悔怨恨，沒個處法。」也可作「含辛忍苦」。

若

·大巧若拙

眞正靈巧的人因爲不爭出鋒頭，所以看來反而笨拙。《老子》：「大直若屈，大巧若拙，大辯若訥。」

·凜若冰霜

態度十分嚴肅，像冰霜一樣不易接近。〔宋〕曾鞏〈酬柳國博〉詩：「洞無畦畛心常坦，凜若冰霜節最高。」

·優游自若

從容不迫，非常自在。〔清〕陸以湉《冷廬雜識·彭文勤公》：「凡置卷數百，二僕侍側，左展卷，右收卷，循環不息。侍者告疲，公優游自若也。」

如

・一見如舊

初次相見卻有如相識許久。典故出自《左傳・襄公二十九年》：「〔吳公子札〕聘於鄭，見子產，如舊相識。」

・令行如流

命令的推行就像水流向下一樣順利。銀雀山〔漢〕墓竹簡《孫臏兵法・奇正》：「故行水得其理，漂石折舟；用民得其性，則令行如流。」

・似漆如膠

情投意合，就像漆和膠一樣黏膩得難分難捨。《水滸傳・第四七回》：「徒聞似漆與如膠，利害場中便忍拋。」

振、震

古字小常識：从，是「從」的本字，即起初的寫法。

本字組與相關諸字的歷史面貌和它們的造字本義

	振	辰	震
甲骨文			
金文			
戰國文字			
小篆			

「振」這個字，《說文解字》解釋道：「舉救也。从手辰聲。一曰奮也。」它是個形聲字，本義指的是「拯救」，所以从「手」這個義符。它的聲符「辰」本身是則是象形字，全字把人手中所舉著、由大蛤蜊磨成的這一類農具給畫出來。

「震」這個字，《說文解字》解釋道：「劈歷振物者。从雨辰聲。」它是個从「雨」「辰」聲的形聲字。因為「震」是風雨雷震的專用字，所以从「雨」這個義符，而字裡的「辰」則單純做為聲符使用。

● 「辰」為象形字，全字表示人手持貝殼做的農具。

以本字組取名命字的名人

「振」：清末民初國學大師羅振玉，臺灣藝人蔡振南、張振寰，臺灣名企業家施振榮、王振堂。

「震」：清朝樸學大師戴震，臺灣藝人張震、張震嶽、柯震東，臺灣政治人物連震東。

以本字組取名命字的用意

「振」字本義是「賑濟」、「挽救」；幫了別人等於是「舉拔」、「顯揚」別人，所以「振」字才又發展出「振作」、「奮起」的字義。因為取名命字一般都往「吉祥」的方向做思考，所以名字取「振」字用取其晚起的意思——它寄寓了命名者希望被命名者能持續不斷的振作自己，進而名揚四海的用意。

「震」字指的是雷鳴霹靂後大地震動的樣子。因為閃電雷擊使人驚恐，所以「震」字又有威嚴使人驚懼的這一層意涵。以「震」字取名命字，寄寓了命名者希望被命名者能名震天下，威勢使人敬畏的用意。

與本字組有關的好話

以下收錄與本字組有關的好話，除了方便自我介紹和介紹親友外，讀完也能增進詞語知識和相關的應用能力哦！

振

・振領提綱

即提綱挈領、把重點抓出來。《隋書．文學傳．潘徽》：「總括油素，躬披緗縹，芟蕪刈楚，振領提綱，去其繁雜，撮其指要，勒成一家，名曰《江都集禮》。」

・玉振金聲

本指玉器和青銅敲擊的聲音，在此指磨墨及振筆聲；隱喻文風很盛。〔唐〕楊炯〈從弟去溢墓志銘〉：「莫不玉振金聲，筆有餘力。」

・啓聵振聾

使得眼瞎和耳聾的人都知道；比喻喚醒糊塗的人。〔清〕鄧顯鶴〈鄒君墓志銘〉：「居德善俗，啓聵振聾，儒者之效，匪徒言說。」

·名震一時

在某個時期享有很大的名氣。《新唐書．劉晏傳》：「晏始八歲……號神童，名震一時。」

·龍威虎震

像龍飛虎奔那樣的氣勢；常用來形容書法的筆勢強勁有力、靈活舒展。〔宋〕趙與時《賓退錄．卷二》：「〔袁昂《書評》：〕梁鵠書，如龍威虎震，劍拔弩張。」

·震古鑠今

震動古人、顯耀當世；常用來形容某人的功績很大。〔清〕譚嗣同《仁學．四六》：「美釋黑奴而封之……稱震古鑠今之仁政焉。」

飛、翔、羽、逸

古字小常識：从，是「從」的本字，即起初的寫法。

本字組與相關諸字的歷史面貌和它們的造字本義

	飛	翔	羽
甲骨文			
金文			
戰國文字			
小篆			

	逸	兔
甲骨文		
金文		
戰國文字		
小篆		

● 「羽」字具體的畫出鳥類羽毛的形狀。

● 「翔」字的本義指鳥在空中盤旋。

● 「飛」是指事字，表示鳥飛得很快，只見殘影。

「飛」這個字，《說文解字》解釋道：「鳥翥也。象形。」它是個省體指事字，全字表示鳥飛得太快，抬頭只見其羽翅的殘影。所以「飛」的本義指的就是鳥翅飛舉的樣子。

「翔」這個字，《說文解字》解釋道：「回飛也。从羽羊聲。」它是個从「羽」「羊」聲的形聲字，本義指「空中盤旋」。鳥類在空中盤旋主要是藉著上升氣流才能滯空，所以鳥翼一般都會完全打開。因此抬頭時明顯可見一雙張得開開的大翅膀；所以「翔」字才从「羽」這個義符。「羽」這個字是象形字，《說文解字》解釋道：「鳥長毛也」，全字具體畫出鳥羽之形。

「逸」這個字，《說文解字》解釋道：「失也。从辵、兔。兔謾訑善逃也。」它是個从「辵」从「兔」的會意字。本義指兔子一下子逃得無影無蹤，因此从「辵」、「兔」會意。由於兔子的奔跑速度很快，常一下子就不見蹤影，「逸」字後來就引申出「逸失」的意思。又由於兔子生在野外，能夠自由嬉戲奔跑，「逸」字因此又引申出「安逸」、「逸樂」這一層意涵。

以本字組取名命字的名人

「飛」：漢成帝皇后趙飛燕、三國名將張飛、宋朝愛國名將岳飛、臺灣藝人鳳飛飛、中國職業足球選手巢鵬飛。

「翔」：臺灣政治人物李翔宙、臺灣藝人賀軍翔、美籍臺裔藝人費翔、中國音樂製作人趙翔、中國藝人陳翔。

「羽」：三國名將關羽、唐朝茶葉專家陸羽、香港藝人王羽、中國音樂家王羽佳，中國藝人陳羽凡、劉羽琦。

「逸」：中華民國國父孫逸仙、臺灣新聞主播黃逸卿，臺灣藝人宋逸民、范逸臣、林逸欣、趙逸嵐。

以本字組取名命字的用意

「飛」字本指鳥展翅而飛。如果今天往上飛的不是鳥，而是人的身價或是物價，那「飛」字指的就是「飛漲」了。以「飛」字取名命字，最主要的用意在於期待被命名者能像鳥一飛沖天那般飛黃騰達、平步青雲。

「翔」字作動詞用，表示鳥在空中盤旋；速度和禽鳥飛翔那般快，也可用「翔」字形容。以「翔」字取名命字，除了與取「飛」字為名的用意相當外，也有期待被命名者能很快取得重大成就的用意。

「羽」字本指鳥翅上長而扁的毛，後可可借指稱鳥類的翅膀或鳥類本身。由於羽毛一根接著一根併排，就像朋友們一個併著一個一樣，所以「羽」也引申出「黨羽」這一層意思。古人稱修煉成仙，就像身上長了羽毛可以飛上天，這叫作「羽化」。以「羽」字取名命字，一個用意是希望被命名者像鳥一樣可以輕易直沖天際、翱翔萬里；一個用意是希望被命名者能有朋友相助；一個用意是希望被命名者能具有像仙人一樣的能力、修為，或是達到逍遙的境界。

「逸」字本作動詞用，指兔子一溜煙地逃跑不見。既然逃跑，那便無影無蹤，所以「逸」字後來也能表示「隱逸」、「散迭」。人若是能逃離無謂的煩惱和世俗的枷鎖，那便是超絕人倫的境界，心情也肯定是閒適安樂的，所以「逸」字也可當形容詞用，表示「安逸」。以「逸」字取名命字，最主要的原因是希望被命名者能夠生活安逸、清閒自在，一直無憂無慮下去。

與本字組有關的好話

以下收錄與本字組有關的好話，除了方便自我介紹和介紹親友外，讀完也能增進詞語知識和相關的應用能力哦！

·舞鳳飛龍

像鳳凰和龍沖飛上天那般的氣勢。〔宋〕張孝祥〈鷓鴣天·贈錢橫州子山〉詞：「舞鳳飛龍五百年，盡將錦鏽裹山川。」也可作「龍飛鳳舞」。

·流星飛電

像流星或閃電那樣快的速度。〔明〕屠隆《綵毫記·湘娥訪道》：「人世是流星飛電，榮華纔轉眼，似車輪下阪，弩箭離弦。」也可作「流星掣電」。

·騰達飛黃

飛黃爲傳說中的神馬；本句指如騎上神馬一樣，很快地達到高位。〔清〕黃鈞宰《金壺淚墨·鴛鴦印傳奇始末》：「女初聞生至，私念九年之別，如彼其才，或者登金馬，躡玉堂，爲文學清華之選，不則風雲際會，騰達飛黃，意中事耳。」也可作「飛黃騰達」。

翔

·橫翔捷出

超逸傑出。〔宋〕蘇軾〈上劉侍讀書〉：「執五寸之翰，書方尺之簡，而列於大夫之上，橫翔捷出，冠壓百吏。」

·飛鸞翔鳳

像鸞和鳳那般的俊才之士。〔明〕許三階《節俠記·俠晤》：「諸公飛鸞翔鳳，望重時流。」

·鵠峙鸞翔

形容書法筆勢挺拔而飄逸。〔清〕蒲松齡〈擬上萬幾之暇臨摹法書特賜諸臣御書名一幅群臣謝表〉：「迨後羲獻齊名，喜行間之縈蛇綰蚓；柳顏並著，驚紙上之鵠峙鸞翔。」

羽

·羽翼已成

可以用來飛翔的羽毛已經長好；比喻獨立的力量已經具備。《史記·留侯世家》：「我欲易之，彼四人輔之，羽翼已成，難動矣。」

·彎弓飲羽

將箭射進石頭；後來用以形容軍士勇猛善射的程度。典故出自《韓詩外傳·卷六》：「昔者楚熊渠子夜行，寢石以爲伏虎，彎弓而射之，沒金飲羽，下視知其爲石，石爲之開，而況人乎！」《史記·李將軍列傳》：「廣（李廣）出獵，見草上石，以爲虎而射之，中石沒鏃，視之石也。」

·威鳳一羽

以威鳳喻良善的政策；本句指管窺善政之一斑。《梁書·劉遵傳》：「及弘道下邑，未申善政，而能使民結去思，野多馴雉，此亦威鳳一羽，足以驗其五德。」

·奔逸絕塵

跑得極快，連灰塵都來不及揚起沾到。《莊子．田子方》：「顏淵問於仲尼曰：『夫子步亦步，夫子趨亦趨，夫子馳亦馳；夫子奔逸絕塵，而回瞠若乎後矣。』」

·逸群絕倫

具有超出世人和同輩的能力。《隋書．楊素傳》：「處道當逸群絕倫，非常之器，非汝曹所逮也。」

·清新俊逸

清美新穎，才能出眾。典故出自〔唐〕杜甫〈春日憶李白〉詩：「清新庾開府，俊逸鮑參軍。」

升（昇、陞）、登、冠

本字組與相關諸字的歷史面貌和它們的造字本義

	升	斗	昇
甲骨文			
金文			
戰國文字			
小篆			

	登	冠
甲骨文		
金文		
戰國文字		
小篆		

古字小常識：从，是「從」的本字，即起初的寫法。

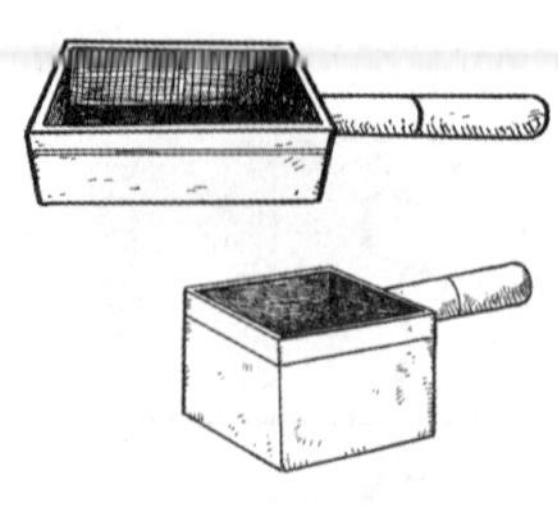

● 「升」和「斗」兩字都是古代的有柄容器。

● 「登」的義符「豆」，表示墊腳的小凳子。

《說文》段玉裁注：「十合爲升。十升爲斗。十斗爲斛。」

「升」這個字是象形字，全字具體描繪古時常見的有柄容器。「升」與「斗」這種容器的形制差不多，只是容量不一樣，因此它們的字形也相差無幾。為了加以區別，古人於是在「升」旁加上小點；那些小點或指容器中散落的東西，或者表示它能夠容納要稱量的東西的意思。古時本來假借「升」字為「升高」之「升」，為了區別二字，後來又增加「日」符造成後起形聲字「昇」來加以區別（日出東升）。至於「升」的另一個後起形聲字作「陞」，它多了「阜」、「土」兩個義符，音「升」，《康熙字典》解釋道：「《玉篇》：『上也，進也。』《廣韻》：『登也，躋也。』」它本指升上臺階這個動作，後來也引申能指官位有所晉升。

「登」這個字，《說文解字》解釋道：「車也。从癶、豆。象登車形。」它是从「癶」、「豆」的會意字，本義指「登上車廂」，所以才从「癶」這個義符——「癶」全字描寫的就是左右兩隻腳。字裡的另一個義符「豆」並非容器之豆，而是用來墊腳、方便上車的小凳，因為這類小凳側面很像「豆」字，所以「登」字才寫成从「豆」。古時候的馬車很高，又沒附加車梯；擁有車子的又多是富

● 宋朝官帽最特殊的地方在左右有長長有帽翅。

● 「冠」字表現出戴帽子的動作。

貴人家。富貴人家出門當要盛裝打扮，穿著正式服裝爬上爬下既不方便，又很難看。所以上下馬車一定要配合用上這種小凳才方便。

「冠」這個字，《說文解字》解釋道：「絭也。所以絭髮，弁冕之緫名也。从冂从元，元亦聲。」它是個从「冂」「元」、「寸」的會意字，本義指的就是以手將帽戴於頭上。「冠」字由三個部件組成：「冖」是象形字，全字勾勒出帽子的線條；「元」則是人頭，「寸」和「又」在造字時因義近可以互用。「冠」全字動態地展示手拿帽子戴在頭上的連續動作，後來名詞化可泛指所有帽冕。「冠」在古時是只有成年才能戴的頭飾，未成年都只能綁上髮髻，所以成年禮又叫「冠禮」，甫成年稱「弱冠」。作為身分地位的象徵，不同的官職能戴的官帽也不同。中國歷代官帽中以兩宋的官帽最為誇張，兩宋官帽的兩翅和帽體本身極不符比例。據說這是因為宋朝開國君王趙匡胤某日朝上與眾臣議事，卻看到大臣們在交頭接耳講悄悄話，一則感到不悅，二則趙匡胤也怕他們會營私，於是發明了這種展角造型的官帽，使得身著正式服裝的官員們無法咬耳朵啦！

以本字組取名命字的名人

「升」（昇、陞）：臺灣國學大師季旭昇、臺灣藝人陳昇、臺灣政治人物王昇、香港導演爾冬陞。

「登」：漢末江淮儒將陳登、臺灣媒體大亨楊登魁、臺灣政治人物李登輝，臺灣地方政治人物蕭登旺、蕭登獅、蕭登標兄弟。

「冠」：臺灣藝人及政治人物侯冠群，香港藝人陳冠希及許冠文、許冠英、許冠傑三兄弟、馬來西亞籍華裔歌手品冠。

以本字組取名命字的用意

「升」字本為量具，後來假借指「上昇」、「晉級」的意思，與「昇」、「陞」等意義相同。要往上升便要登上某物，所以這三個字也有「登上」這層意思。職位提升了表示在某種程度上是受到別人的提拔和賞識，所以「升」也可指「薦升」。祭品登上祭壇，進獻給神明，或貢品登上大殿，進獻給統治者，也能用「升」這個字。以「升」、「昇」、「陞」字取名命字，一個原因在於期許被命名者的待遇、修為或職位能步步高升；一個原因也是期待被命名者能遇到貴人或是明主賞識，適當的得到推薦，能一展所長。

「登」字原作動詞用，表示上車，後來可泛指「上升」。「登」字同時也具有進獻或薦升的意思。以「登」字取名命字，與取「升」、「昇」、「陞」等字相當。

「冠」字本作動詞用，表示將帽冠戴到頭上。後來轉品為名詞，可指一切帽冠。古時只有成年男子可以戴冠，所以「冠」是成年人的象徵。作為官職的區別，不同身分也要戴不同形制的帽冠，因此「冠」也是一種社會地位的標誌。由於「冠」在人的頭首，高出人的其他身體部位甚多，所以「冠」字也可用作形容詞，表示「第一」、「超絕」的意思。以「冠」字取名命字，一個是希望被命名者將來能得到較高的社會地位；一個是希望被命名者的任何表現都能十分出眾、超出他人甚多。

與本字組有關的好話

以下收錄與本字組有關的好話，除了方便自我介紹和介紹親友外，讀完也能增進詞語知識和相關的應用能力哦！

升・（昇、陞）行遠升高

典故出自《尚書・太甲》：「若升高，必自下；若陟遐，必自邇」和《禮記・中庸》：「君子之道，辟（譬）如行遠必自邇，辟如登高必自卑。」本句用來比喻為學由淺入深，慢慢提高。

·日升月恒

旭日東升，月亮轉盈；比喻事物的發展愈來愈好。典故出自《詩經·小雅·天保》：「如月之恒，如日之升。」

·入室升堂

孔子學生中修爲境界很高而能進入孔門正室的人；後來引申可形容人的學識技藝具很高的水準。《孔子家語·弟子行》：「衛將軍文子問於子貢曰：『吾聞孔子之施教也，先之以《詩》《書》，而道之以孝悌，説之以仁義，觀之以禮樂，然後成之以文德。蓋入室升堂者七十有餘人，其孰爲賢？』」

登

·五子登科

源自宋代竇禹鈞五個兒子儀、儼、侃、偁、僖相繼及第的故事，事見《宋史·竇儀傳》。後來常用以作爲結婚的祝福詞或吉祥語。

·入閣登壇

進入內閣、登壇拜將；形容榮任高官顯爵。《兒女英雄傳·第二四回》：「列公，你衹看他這點遭際，我覺得比入閣登壇金閨紫誥還勝幾分。」也可作「命相拜將」。

冠

·冠山戴粒

東海之鼇神力幾可冠山，而群蟻之力只能戴粒；本句比喻大小各得其宜。典故出自《藝文類聚·卷九七》引《符子》：「東海有鼇焉，冠蓬萊而游於滄海，騰躍而上則干雲，沒而下潛於重泉。有紅蟻者聞而悅，與群蟻相要乎海畔，欲觀鼇之行，月餘未出群作也。數日風止，海中隱淪如岊，其高概天，或游而西。群蟻曰：『彼之冠山，何異乎我之戴粒也。』」

·峨冠博帶

高冠和闊衣帶，爲古代儒生或士大夫的裝束；後來引申可指正式的服裝。《三國演義·第三七回》：「門外有一先生，峨冠博帶，道貌非常，特來相探。」

·冠冕堂皇

像戴有冠冕那般地峨高莊嚴；後來可用以形容莊正嚴肅的樣子。太平天國朱翔庭〈建天京於金陵論〉：「較之妖穴罪隸，其冠冕堂皇之盛，不更判以天淵乎？」

治

附：「君」、「邦」、「國」

本字組與相關諸字的歷史面貌和它們的造字本義

	治	㠯（以）	邦
甲骨文			
金文			
戰國文字			
小篆			

	邑	封	國
甲骨文			
金文			
戰國文字			
小篆			

古字小常識：从，是「從」的本字，即起初的寫法。

●「台」的聲符「㠯」形象像是人手執工具。

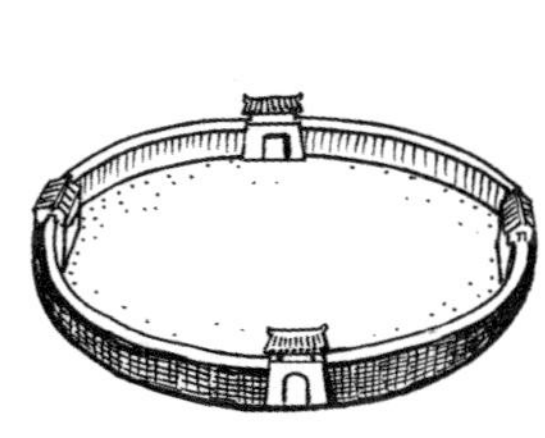

●「囗」為象形字，表示被圈起來的疆界。

「治」這個字，《說文解字》解釋道：「水。出東萊曲城陽丘山，南入海。从水台聲。」它本是某條出自東萊的河流專名，从「水」「台」聲。後來假借為治水、治理之「治」。「治」的聲符「台」本身也是形聲字，从「口」「㠯」（以）聲，本義為「喜悅」，即「怡」字初文；因為喜悅，所以笑到合不攏嘴，字才从「口」這個義符。至於「台」的聲符「㠯」，本身則是個指事字，全字像是人的手上執有一個用來解決工作的工具，它的本義指的就是用「應用」。

「君」這個字指的是手持杖以口發號司令之人，即領袖（詳參本書人德字組之三「群」字）。而「邦」這個字，《說文解字》解釋道：「國也。从邑丰聲。」它是個从「邑」从「封」省的會意兼聲字，本義指一個政治實體權力可及的土地範圍——邦國。因為字有領土之義，所以从「邑」這個義符，《說文解字》：「邑，國也。」「邑」从「囗」从「卩」會意，「囗」為象形字，全字描繪被圈起來的疆界，它也就是表示人所居處的區域——「囗」即「圍」的初文。「卩」也是象形，全字描繪一人跪坐（詳本書天文地理字組之六「玲」字）。「邑」从「囗」

● 「封」字的引申義有以樹標分界的意思。

● 「或」的字形表示以干戈守衛。

「卩」，表示在這個範圍裡住滿了跪著被統治的人，這個範圍就是由統治者所管理的「都邑」。

而「邦」的另一個義符兼聲符「封」，本身也是個會意字，甲骨文「封」字的下部是一個土堆，土堆上栽種了一株樹苗；金文、小篆增加了「手」部件，全字表示伸手向土中栽種樹苗的樣子，引申有樹標分界的意思。所以《說文解字》才會說：「爵諸侯之土也。从之从土从寸，守其制度也。」一邦為人所治、人所居的特定行政區域，所以「邦」字才會从「邑」、「封」省。

「國」這個字，《說文解字》解釋道：「邦也。从口从或。」「國」字與「邦」字義同，所以一樣从「口」這個義符；至於「或」，从「戈」「口」聲，「戈」表示以干戈守衛，金文的寫法裡還多加了兩橫，表示守衛地區的疆界範圍。後來「口」聲符或訛變為「口」，不論从「戈」「口」聲或从「戈」「口」會意，這樣的一個字形結構已經能充分表示「邦國」這個觀念，所以「國」和「域」字是累加「口」和「土」義符的後起形聲字。

以本字組取名命字的名人

「治」：清朝名醫郭治、臺灣音樂製作人王治平、臺灣旅日職棒選手郭源治、香港藝人李治廷、日本臺裔職棒教練王貞治。

（「君」：漢朝文人司馬相如之妻卓文君、臺灣新聞主播廖筱君、臺灣藝人錢帥君、香港畫家張君實。）

（「邦」：漢朝開國君主劉邦、宋朝詞人周邦彥、臺灣哲學家王邦雄、臺灣藝人潘安邦、臺灣政治人物劉邦友。）

（「國」：漢朝抗匈奴大將趙充國、漢朝經學家孔安國、清末民初大儒王國維，清末中興名臣曾國藩、曾國荃兄弟，臺灣政治人物蔣經國、蔣緯國兄弟，臺灣藝人曾國城。）

以本字組取名命字的用意

「治」字一作專名詞，指山東大沽河流域，或是直隸永定河；一作動詞，表示「治水」。後來「治水」的動詞義項引申出「整治」、「治理」等意思。既然得到治理，便會呈現有秩序的狀態，所以「治」能和「亂」對舉，後者可指國家動亂，前者則可以指國家太平。身體功能出現混亂，便會生病，使這個混亂恢復正常，就叫「診治」；將所學的知識加以整理，使其有序，便叫「治學」。以「治」字取名命字，主要是希望被命名者具有自治、治人的能力，進而能夠在政治（眾人事務）方面有一番建樹，為國家帶來太平治世。

「君」字本指古代擁有土地和政權的統治者，後來泛指某件事物的主宰者。作為動詞用則有「統治」的意思。由於「君」是上位者，所以後來「君」字也發展成敬稱：子孫稱父祖、妻妾稱夫、外人稱母或妻，都可以用「君」字。以「君」字取名命字，一個是希望被命名者將來能取得比較高的社會地位；一個是取「君」字的美稱和敬稱意涵，此與取「子」字為名的一部分用意相當。

「邦」字本作名詞用，指屬轄於某個統治權的「城邑」，後來泛指「國家」。作動詞用則指「裂土封侯」。「國」字也指「城邑」、「國家」，引申而有「國事」、「政治」的意思；如果當動詞用，則表示「治理國事」。以「邦」或「國」字取名命字，主要用意在於希望被命名者能具有政治方面的能力，能為邦國出一分力，成為國之棟梁。

與本字組有關的好話

以下收錄與本字組有關的好話，除了方便自我介紹和介紹親友外，讀完也能增進詞語知識和相關的應用能力哦！

治

・無爲之治

從道家順應自然的觀念發展出來，不求有所作爲的治理方法。

・厲精圖治

振奮精神，力使國家得到良好治理。《宋史・神宗紀贊》：「厲精圖治，將大有爲。」

・治郭安邦

善治國家，安定家邦。太平天國洪仁玕〈英杰歸眞〉：「間有古之長僕，亦有治郭安邦之功，救世保民之力，其形象概亦毀之，其意何也？」也可作「治國安邦」。

君

・博物君子

博學多識的有德之人。《左傳・昭公元年》：「晉侯聞子產之言，曰：『博物君子也』。」

・正人君子

品行端正的有德之人。《新唐書・張宿傳》：「宿怨執政不與己，乃日肆讒慝，與皇甫鎛相附離，多中傷正人君子。」

・本固邦寧

人民是國家之本，人民安居樂業，國家就能太平。《尚書．五子之歌》：「民惟邦本，本固邦寧。」

・一言興邦

講一句話就可以興國。《論語．子路》：「一言而可以興邦，有諸？」

・經邦論道

治理國家，談論治國之道；比喻居於高位者所從事的政治工作。《隋書．李穆傳》：「臣日薄桑榆，位高軒冕，經邦論道，自顧缺然。」

國

・天府之國

像天堂一樣土地肥沃、物產豐富的地方。典故出自《戰國策．秦策一》：「蘇秦始將連橫，說秦惠王曰：『大王之國……田肥美，民殷富，戰車萬乘，奮擊百萬，沃野千里，蓄積饒多，地勢形便，此所謂天府，天下之雄國也。』」

・傾國傾城

女子美麗到可以使國家顛覆的程度。典故出自《漢書．外戚傳上．李夫人》：「延年侍上起舞，歌曰：『北方有佳人，絕世而獨立，一顧傾人城，再顧傾人國。寧不知傾城與傾國，佳人難再得！』」也可作「傾城傾國」。

·以身許國

將生命貢獻給國家；殉國。《晉書·周札傳》：「既悟其姦萌，札與臣等便以身許國，死而後已。」

慶、樂、欣、怡

古字小常識：从，是「從」的本字，即起初的寫法。

本字組與相關諸字的歷史面貌和它們的造字本義

	慶	樂	欣
甲骨文			
金文			
戰國文字			
小篆			

	欠	怡	台
甲骨文			
金文			
戰國文字			
小篆			

●「慶」字從「鹿」和「心」，表示獻上大鹿以明心意。

●「樂」的字形描繪出全套的鼓樂器。

●「欠」屬象形字，描繪出一個人張口呵氣的樣子。

「慶」這個字，《說文解字》解釋道：「行賀人也。」它是从「鹿」从「心」的會意字，本義指「為人慶賀」。要為別人的喜事慶祝，必當獻上貴重的獵物大鹿以表示心意，所以此字从「鹿」从「心」。「鹿」和「心」都是象形（說詳本書動植物字組之一「麟」字和人德字組之一「德」字）。

「樂」這個字，《說文解字》解釋道：「五聲八音總名。象鼓鞞。木，虡也。」是個象形字，全字描繪鼓架、鼓棒等全套的樂器設備，因為樂器的演奏多出現在歡樂的場合，所以「樂」字因而引申出「快樂」的意思。

「欣」這個字，《說文解字》解釋道：「笑喜也。从欠斤聲。」這個字是形聲字，从「欠」「斤」聲，本義為「因開心而大笑」，因此从義符「欠」。「欠」，《說文解字》解釋道：「張口气悟也。」它是象形字，全字描繪一個人張口呵氣出聲的樣子。呵呵大笑，笑到嘴巴都合不攏，那不是「欣」是什麼？至於「欣」的聲符「斤」則是表示斧斤之形的象形字（詳本書人德字組之二「哲」字）。

「怡」這個字，《說文解字》解釋道：「和也。从心台聲。」它是個从「心」「台」聲的形聲字，本義指「心中和樂」，所以从「心」這個義符。聲符「台」本身是从「口」「㠯」聲的形聲字，本義為「喜悅」，它也就是「怡」字的初文（詳參本書動詞字組十三「治」字）；從這裡來看，說「怡」字从「心」从「台」，「台」亦聲也是可以的。

以本字組取名命字的名人

「慶」：臺灣音樂家朱宗慶、臺灣名企業家王永慶、臺灣前立法委員李慶華、李慶安、臺灣職棒選手高國慶，中國電影演員劉曉慶。

「樂」：臺灣文藝創作人陳樂融，香港電影演員古天樂、余文樂、錢嘉樂。

「欣」：臺灣藝人許慧欣、喻可欣，香港藝人鍾欣潼、李嘉欣，中國藝人蔣欣。

「怡」：臺灣藝人鍾欣怡、王怡仁，中國電影演員章子怡、中國藝人蔣怡。

以本字組取名命字的用意

「慶」字本作動詞用，表示「送禮祝賀」。祝賀別人會送禮表示心意，所以「慶」字引申而有「賞賜」的意思。能得到別人的祝福和饋贈是很好美好的一件事，所以「慶」字又多了「美善」、「福」的意涵。以「慶」字取名命字，一個原因是希望被命名者能夠不斷的得到別人的祝福；一個原因是希望被命名者能交到好運或得到許多天佑福報。

「樂」字的本義指的就是「樂器」，引申可指樂器所演奏出來的音樂。音樂悠揚，聽的人心情自然快樂，甚至還會跟著和歌，所以「樂」又發展出形容詞義的「快樂」和因喜歡而十分投入的動詞義「喜好」。以「樂」字取名命字，一個原因是期許被命名者能有音樂方面的造詣；但更大的原因是希望被命名者能一直保有快樂的心情或一直遇到快樂的事情。

「欣」的本義便是「開懷大笑」。遇到值得開心的事才會大笑。什麼時候會這麼開心呢？看到自己欣賞的人事物是很開心的，所以「欣」字又引申出「欣賞」、「欣慕」的意思。以「欣」字取名命字，一個原因是希望被命名者能一直快快樂樂、笑口常開；另一個原因便是期待被命名者能成為別人所欣賞、人見人愛的人。

「怡」字本義指的是「心情和樂」。能夠讓自己或讓別人心情和樂，那麼這個人也便是會帶來歡樂的人，所以「怡」又有「使人快樂」的意思。以「怡」字取名命字，一個原因是希望被命名者能長保心情舒服愉快；一個原因是希望被命名者能給大家帶來快樂，很得人疼、讓人看了就喜歡。

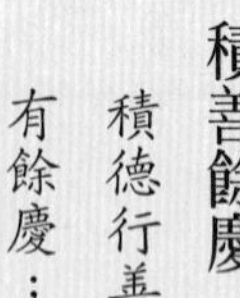

與本字組有關的好話

以下收錄與本字組有關的好話，除了方便自我介紹和介紹親友外，讀完也能增進詞語知識和相關的應用能力哦！

慶

·積善餘慶

積德行善的人家，恩澤能及於子孫。典故出自《易經．坤卦》：「積善之家，必有餘慶；積不善之家，必有餘殃。」

·普天同慶

普天之下的人一起慶祝。《晉書．禮志下》：「今皇太子國之儲副，既已崇建，普天同慶，諸應上禮奉賀。」

·景星慶雲

古人以爲景星和慶雲是祥瑞；後來泛指吉祥的事物或徵兆。〔明〕方孝孺〈御書贊〉：「惟天不言，以象示人，錫羡垂光，景星慶雲。」

樂

·安土樂業

安處本地，開心的從事自己的職業。〔漢〕揚雄〈連珠〉：「吏不苛暴，役賦不重，財力不傷，安土樂業，民之樂也。」也可作「安居樂業」。

·樂山愛水

愛好山水的風光。〔北魏〕楊衒之《洛陽伽藍記．景寧寺》：「元愼清尚卓逸，少有高操，任心自放，不為時羈，樂山愛水，好游林澤。」

·樂而忘返

快樂得忘了回家；主要用來形容留戀不願離去的心情。《晉書．苻堅載記上》：「堅嘗如鄴，狩於西山，旬餘，樂而忘返。」

欣

·欣欣向榮

草木生長得十分茂盛。〔晉〕陶潛〈歸去來辭〉：「木欣欣以向榮，泉涓涓而始流。」

·歡欣鼓舞

高興得快要跳了起來。〔宋〕蘇軾〈上知府王龍圖書〉：「自公始至，釋其重荷……是故莫不歡欣鼓舞之至。」

·欣欣自得

開心、自得其樂。《醒世恒言．蔡瑞虹忍辱報仇》：「朱源在燈下細觀其貌，比前更加美麗，欣欣自得。」

・曠心怡神

心胸開闊，精神愉悅。〔明〕沈榜《宛署雜記・古墨齋》：「得其片言隻字，自令曠心怡神，非必商彝周鼎之爲寶也。」

・怡性養神

使性情安適而精神怡悅。〔明〕李贄〈讀書樂〉：「束書不觀，吾何以歡？怡性養神，正在此間。」

・怡顏悅色

開心愉快的臉色。《西遊記・第十六回》：「行者道：『……看師父的，要怡顏悅色；養白馬的，要水草調勻；假有一毫兒差了，照依這個樣棍，與你們看看！』」也可作「和顏悅色」。

第七篇　形容

安

附：「家」、「廷」（庭）、「宇」、「晏」

古字小常識：从，是「從」的本字，即起初的寫法。

本字組與相關諸字的歷史面貌和它們的造字本義

	安	家	豭	豕
甲骨文				
金文				
戰國文字				
小篆				

	廷	宇	晏
甲骨文			
金文			
戰國文字			
小篆			

●「安」字本義指家中有女照料，使人安心。

●早期的古人為了避水患，所以都住高腳屋。

●「豕」就是豬的象形。

「安」這個字，是個从「女」从「宀」的會意字。本義指家中有女安頓整理，便會讓人安心。因為家中有女，所以从「宀」和「女」這二個義符。「安」字表示女子能安然坐於屋中，後來引申有「安靜」、「安全」、「安逸」的意思，《說文解字》才會說：「安，靜也。从女在宀下。」有女子持家，家中的一切也能「安頓妥當」了。

「家」這個字，《說文解字》解釋道：「居也。从宀，豭省聲。」它是個从「宀」，「豭」省聲的會意兼聲字，指的就是人住的地方，所以从「宀」這個義符。古人為了避免水患或野獸的襲擊，在很長的時間裡都會將所居蓋成高腳屋，為充分利用空間，高腳屋之下常豢養豕、鴨、犬一類的家畜，所以「家」字从「豕」或「豭」。「豭」，《說文解字》解釋道：「豭，牡豕也，从豕叚聲。」，它個从「豕」「叚」聲的形聲字，指公豬；「豕」，《說文解字》解釋道：「彘也。竭其尾，故謂之豕。象毛足而後有尾」，它則是象形字，全字描繪出一隻短尾豬的樣子，為了節省書寫空間，全字將給豬形豎著寫就是了。

「廷」這個字从「壬」从「廴」會意。「壬」是「挺」的初文，表示一個人在地上站得直挺挺的樣子（詳參本書人德字組之二「聖」字）；「廴」則是庭隅、階前空地（詳參本書動作字組之三「建」字）。「廷」也就是「庭」之初文。由於「廷」是家中較為寬廣明亮的地方，家族常用來議事，後來「廷」字也就引申可指大殿之上用來議事的處所——「朝廷」。

「宇」這個字，《說文解字》解釋道：「屋邊也。从宀于聲。《易》曰：『上棟下宇。』」因為它的本義指「屋簷」，所以从「宀」這個義符。而「于」做為聲符，本身是象形字，為「竽」字初文（詳參本書人德字組之五「智」字）。「宇」字的字義後來從屋內空間引申為上下四方空間的總稱。

「晏」這個字，《說文解字》解釋道：「天清也。」它是個从「日」从「安」的會意字，但更早之前寫作从「日」从「女」。男子出外狩獵或工作，女子則居家打理家事。夜晚來到，家裡雖有燈，但家外一片漆黑，讓人害怕。直到太陽升起，家外的視野清楚了，守在家中的女子才會心安。「晏」字从「日」从「安」，本義指的就是「天亮而心安」，之後再從此引申出「平安」、「安樂」的意思。

以本字組取名命字的名人

「安」：晉朝名相謝安、宋朝名相王安石、臺灣導演李安，臺灣藝人丁柔安、童安格。

（「家」：臺灣藝人任家萱（「S.H.E.」Selina）、廖家儀，臺灣政治人物嚴家淦，香港藝人梁家輝、張家輝、何家勁，中國政治人物溫家寶。）

（「廷」（庭）：明朝思想家王廷相、明末抗清功臣熊廷弼、清朝抗英名將鄧廷楨，臺灣藝人孟庭葦、張庭、趙又廷，臺灣政治人物謝長廷。）

（「宇」：臺灣藝人張宇、香港導演吳宇森、香港藝人吳鎮宇、馬來西亞籍華裔藝人林宇中。）

（「晏」：臺灣藝人彭于晏。）

以本字組取名命字的用意

「安」字本指女子在家安排一切，使得家裡頭很安定的意思，引申而有「安全」、「安」的意思。因為安定，所以平靜，所以「安」字又能表示「安靜」、「穩定」。如果身體的各項機能都很穩定，那就表示身體很「安好」。如果作為使動詞用，則指「安置」、「安排」。以「安」字取名命字，一個原因是希望被命名者一生能平平安安，無災無難；一個原因是祈求被命名者能身體安康，長命百歲；一個原因可能寄望被命名者的出生能帶來喜氣，撫平家族或國族的不安。

「晏」字本指女子得要日光的照明，得以看清陰暗之處，便心安、安逸。由於「晏」字从「日」，亦隱含了「天清晴朗」的意思；由女子心安也引申出「溫和」的意思。以「晏」字取名命字，一個原因與以「安」字取名相同；一個是希望被命者能具有陽光那樣大方的氣質；一個是希望被命名者個性平靜溫和。

「家」字本指人類之住所。動詞化可指「成家」或是「定居」。「家」字也和「野」字對舉，前者表示經為人類馴化培育的，後者表示野生的。家在古時除了表示少數人的家居，也可表示一個大家族或是一個大家族的封城。一個學術的流派的各代傳人和門人的組成，有如一個大家族，所以也可稱之為「家」。以「家」字取名命字，一個是希望被命名者的出生能給家族帶來好運；一個是希望被命名者個性溫和、適應力強又顧家；一個則是希望被命名者將來在政治或學術上有良好的表現，自成一家。

「廷」字原指階前泥土空地，即「庭」之初文；後來專指君王理事的大殿階前朝廷，因而「廷」字也隱含了「官署」的色彩。在廷中議事一定要正直公平，所以「廷」字又因此多出一層「公正」的意思。以「廷」字取名命字，一個是希望被命名者將來能上朝議事，列位公卿；一個原因則是希望被命名者將來能處事公正，作個正直之人。

「宇」字原指屋簷，也可代指「房屋」。後來「宇」字的字義更加放大到可以指上下四方整個空間，所以某個像領土、國家等等大空間也可以「宇」稱之。又「宇」字本來指的是具體的空間，後來如抽象的人的氣度和格局，也可以用「宇」字來表示。以「宇」字取名命字，一個就是希望被命名者能志在四方；一個就是期許被命名者具有恢宏的氣宇和不凡的格局。

與本字組有關的好話

以下收錄與本字組有關的好話，除了方便自我介紹和介紹親友外，讀完也能增進詞語知識和相關的應用能力哦！

安

· **久安長治**

永遠安定，長久太平。〔漢〕賈誼〈治安策〉：「建久安之勢，成長治之業。」

· **安邦定國**

安定國家、使國家穩定。《三國演義．第三七回》：「方今天下大亂，四方雲攏，欲見孔明，求安邦定國之策耳。」

· **守分安常**

謹守本分，安於常態。〔明〕劉基〈沁園春〉詞：「富貴浮雲，窮通命定，守分安常百慮輕。」

晏

· **言笑晏晏**

說說笑笑，溫和柔順。《詩經．衛風．氓》：「總角之宴，言笑晏晏。」

·**處之晏然**

用平靜的態度面對。〔宋〕秦觀〈圓通禪師行狀〉：「事雖交至錯出，處之晏然。」〔宋〕李燾《續資治通鑑長編·宋太祖開寶六年》：「樞密副使沈義倫居第卑陋，處之晏然。」也可作「處之泰然」。

·**中流靜晏**

國家政治清平安定。〔南朝·陳〕徐陵〈文帝登祚尊太后詔〉：「中流靜晏，皇嗣歸來。」

家

·**大方之家**

指見多識廣、通達大道的人。《莊子·秋水》：「今我睹子之難窮也，吾非至於子之門則殆矣，吾長見笑於大方之家。」

·**四海一家**

四海之內就像一家人那般；常用來形容天下統一。《荀子·議兵》：「四海之內若一家，通達之屬莫不從服。」

·**小家碧玉**

碧玉原爲人名；後可指像碧玉那樣出身小户人家的美女。典故出自《樂府詩集·清商曲辭·碧玉歌二》：「碧玉小家女，不敢攀貴德。」

廷

·（庭）分庭抗禮

互爲平等的禮節相待。古代賓主相見時，主人站在庭院的東邊，客人站在西邊，相對行禮，以示平等和互相尊重。也可作「分庭伉禮」。

·日角珠庭

形容人額角寬闊——天庭飽滿，這是不凡的相貌。〔北周〕庾信〈周大將軍趙公墓志銘〉：「是以維嶽降神，自天生德，凝脂點漆，日角珠庭，爲子則名高五都，爲臣則光照千里。」

·謝庭蘭玉

本指晉朝謝太傅的優秀子姪輩；後引申可指光耀門庭的後生晚輩。《藝文類聚·卷八一》引〔晉〕裴啓《語林》：「謝太傅問諸子姪曰：『子弟何預人事，而政欲使其佳？』諸人莫有言者，車騎答曰：『譬如芝蘭玉樹，欲使生於階庭耳。』」

宇

·聲振寰宇

名聲之大能振動全世界。《梁書·本紀總論》：「〔高祖〕開蕩蕩之王道，革靡靡之商俗，大脩文教，盛飾禮容，鼓扇玄風，闡揚儒業，介冑仁義，折衝樽俎，聲振寰宇，澤流遐裔，干戈載戢，凡數十年。」

·**氣吞宇宙**

豪氣之大、格局之廣，好像可將宇宙吞入。《舊五代史·李襲吉傳》：「李太原喘喘餘息，猶氣吞宇宙，可詬罵之。」

·**器宇軒昂**

氣概和風度皆高昂不凡。《三國演義·第四三回》：「張昭等見孔明豐神飄灑，器宇軒昂，料道此人必來游說。」

長、遠、永、毅

古字小常識：从，是「從」的本字，即起初的寫法。

本字組與相關諸字的歷史面貌和它們的造字本義

	長	遠	袁
甲骨文	（古文字形）		
金文	（古文字形）	（古文字形）	
戰國文字	（古文字形）	（古文字形）	
小篆	（古文字形）	（古文字形）	（古文字形）

	永	毅	豪
甲骨文	（古文字形）		
金文	（古文字形）	（古文字形）	
戰國文字			
小篆	（古文字形）	（古文字形）	（古文字形）

1.

2.

3.

4.

1.「長」是象形字，描繪出長髮飄逸的樣子。
2.「袁」為指事字，指圓領的上衣。　3.「永」字描繪出流水長遠的樣子。
4. 有文字學專家認為「永」字為「泳」的初期寫法。

「長」這個字，《說文解字》解釋道：「久遠也。」它是個象形字，全字描繪人頭頂長髮飄逸的樣子，本義就是「頭髮長」，後來再從這層意思引申出形容詞性的長短之「長」、名詞性的長度之「長」。

「遠」這個字，《說文解字》解釋道：「遼也。从辵袁聲。」它是個从「辵」「袁」聲的形聲字，本義指距離很遠；因為距離遠，這表示要走很久，所以从「辵」這個義符。而聲符「袁」本身是個指事字，从「衣」再在上頭加個「○」符號，標示出長版上衣圓領的地方。《說文解字》：「袁，長衣貌」，後來「袁」字也能指這種圓領的長衣。

「永」這個字，《說文解字》解釋道：「長也。象水巠理之長。」這個字是個象形字，全字描繪流水長遠的樣子，本義也就是形容淵遠流長的「永遠」。不過另外有一種說法說它是从「人」从「水」的會意字，全字像是人在水中游，是「泳」字的初文。

「毅」這個字从「殳」从「豙」會意，本義為「擊殺發怒的野獸」，所以从「殳」和「豙」這二個義符。「殳」為重頭細身

● 「殳」是一種頭重身細的兵器。

● 「毅」字描摹出獵人手執武器，獵殺野豬的畫面。

的兵器，這裡泛指用來獵獸的武器。「豙」，《說文解字》解釋道：「豕怒毛豎。」遇到獵人，野豬起了戒心，全身硬毛都豎了起來。「毅」全字就是一幅手執武器獵殺發怒毛豎野豬的畫面。由於獵殺野生動物，身犯險難，必須要有毅力和決心才能辦到，所以「毅」字後來又引申出「毅力」、「決心」這一層意思。

以本字組取名命字的名人

「長」：唐朝詩人劉長卿、臺灣職棒名教練謝長亨（草總），臺灣政治人物蕭萬長、謝長廷。

「遠」：元初雜劇家馬致遠、五代後漢開國君王劉知遠、臺灣藝人林道遠、臺灣職棒選手陳致遠。

「永」：宋朝詞家柳永、清末抗法黑旗軍領袖劉永福，臺灣名企業家王永慶、王永在兄弟，臺灣作家蔡康永、臺灣藝人賈永婕。

「毅」：臺灣導演張毅、臺灣政治人物邱毅、中國政治人物林毅夫、中國電影演員張豐毅。

以本字組取名命字的用意

「長」字本為形容詞，表示髮長，後來引申表示空間或時間的「長久」、「長遠」。在時間上能保持長久，那便是「長壽」；在狀態上表保持長久，那便叫「長保」。如果年紀較長，那可能在群體中的排行是較前面的，「長」字也因此又引申出「首位」、「首領」的意思。如果做使動詞用，則表增加長度的「增長」。如果使生理條件有所增長，那便是「生長」、「助長」。能良好的生長，生命力肯定也很「旺盛」。以「長」字取名命字，一個原因是希望被命名者的良好狀態（如健康、機智、壽命等）可以長久保持；一個原因是希望被命名者將來的表現可以名列前茅；一個原因是希望被命名者的智慧等能力能與日俱長。

「遠」字原指空間距離遙遠。後來也可用來指時間之久遠。既然遠，那肯定看不清，所以「遠」字又有「深奧」的意思。如果是指血緣或交情上的關係太遠，即指「疏遠」、「不親近」的意思。以「遠」字取名命字，最主要的原因在於希望被命名者可以立定高遠的志向，建立一番功業，使得名聲傳之久遠。

「永」字或指水之主流，或為「泳」之初文。後來用作「永久」之「永」，有「長久」及「固定不變」的意思。以「永」字取名命字，用意與以「長」、「遠」二字相當。

「毅」字本指握持武器毅然下定決心刺殺野豬，引申可表示「毅然而然下定決心」的意思。毅然而然下定決心後必將堅持完成，所以這的這個決心就和「立志」一般，堅持下去也是很有恆的了。以「毅」字取名命字，主要就是希望被命名者立志之後能有恆的持續下去，成就一番非凡事業。

與本字組有關的好話

以下收錄與本字組有關的好話，除了方便自我介紹和介紹親友外，讀完也能增進詞語知識和相關的應用能力哦！

長

・天長地久

像天地的壽命一樣長久；後來用以形容時間悠久。《老子》：「天長地久，天地所以能長且久者，以其不自生，故能長生。」

・意味深長

意思雖然表現得很含蓄，但內容卻深刻而耐人尋味。《二程遺書・卷十九》：「先生云某自十七八讀《論語》，當時已曉文義，讀之愈久，但覺意味深長。」

・一字長城

講出一句話如果眞的奏效，影響可比得上長城。〔明〕湯顯祖《牡丹亭・折寇》：「仗恩臺一字長城，借寒儒八面威風。」

・**柔遠能邇**

懷柔遠方，恩撫近地；本句說的是安撫、籠絡遠近之人，使其歸附。《尚書・舜典》：「柔遠能邇，惇德允元。」

・**無遠弗屆**

不管多遠，沒有達到不了的。《尚書・大禹謨》：「惟德動天，無遠弗屆。」

・**任重道遠**

負擔沉重，路途遙遠；用以指稱讀書人對社會的責任。《論語・泰伯》：「曾子曰：『士不可以不弘毅，任重而道遠。』」

永

・**愼身修永**

爲了長久之計而眞誠修身。典故出自《尚書・皋陶謨》：「愼厥身修思永。」

・**一勞永逸**

辛苦一次，就可永保安逸。典故出自〔漢〕揚雄〈諫勿許單于朝疏〉：「以爲不壹勞者不久佚，不暫費者不永寧，是以忍百萬之師，以摧餓虎之喙……而不悔也。」也可作「一勞久逸」。

・**永垂不朽**

指所作所爲長久流傳，永不磨滅。《魏書・高祖孝文帝紀下》：「雖不足綱範萬度，永垂不朽，且可釋滯目前，釐整時務。」

毅

‧剛毅木訥

堅毅質樸，內向而不善表達。《論語‧子路》：「剛毅木訥，近仁。」

‧強毅與人

待人接物表現出剛強堅定的態度。《禮記‧儒行》：「上不臣天子，下不事諸侯，慎靜而尚寬，強毅以與人。」

‧抗節洪毅

意志剛毅遠大，經得起挑戰。〔漢〕應劭《風俗通‧過譽‧度遼將軍安定皇甫規》：「去病外戚末屬，一切武夫，尚能抗節洪毅；而規世家純儒，何獨負哉？」

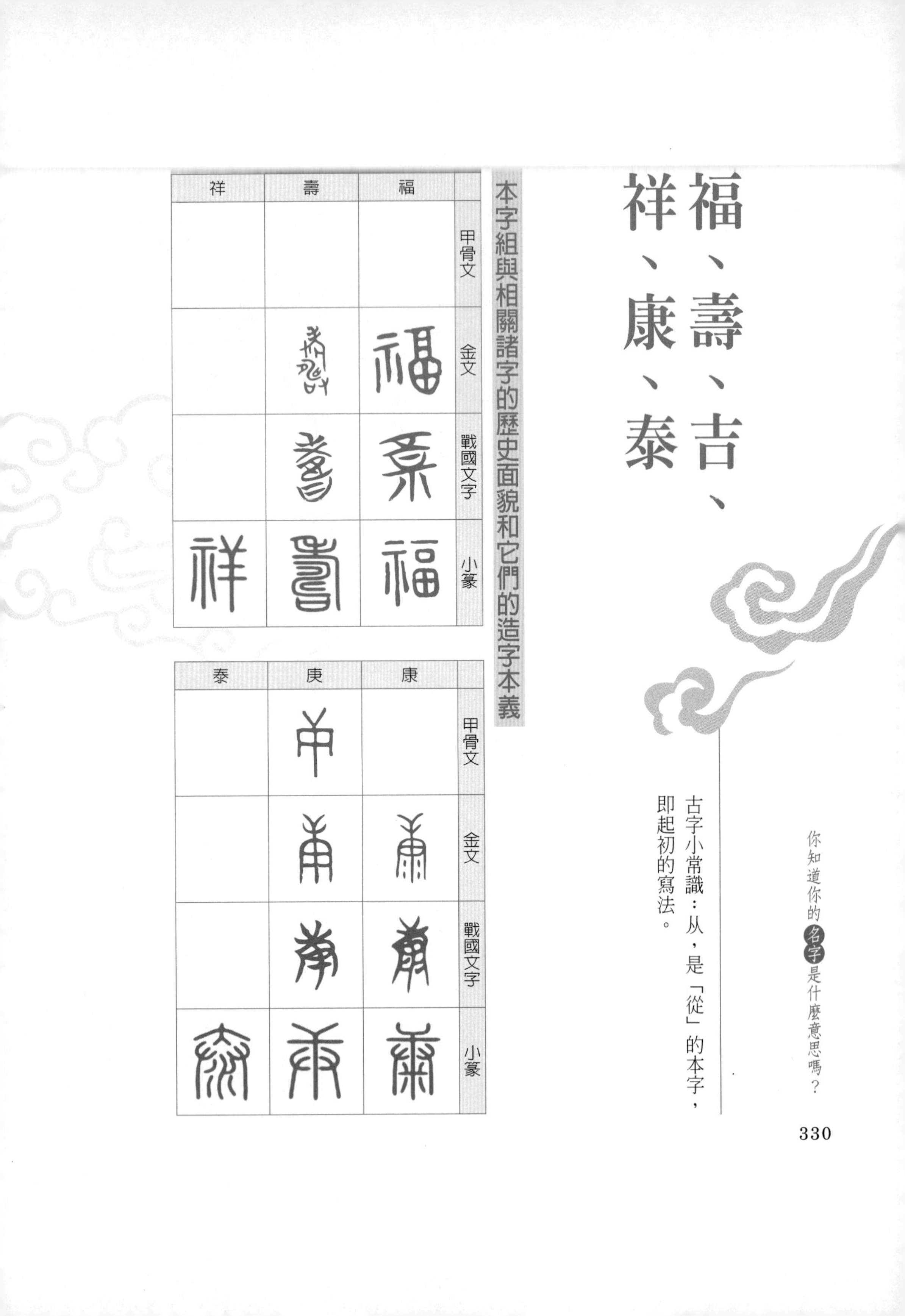

古字小常識：从，是「從」的本字，即起初的寫法。

福、壽、吉、祥、康、泰

本字組與相關諸字的歷史面貌和它們的造字本義

	福	壽	祥
甲骨文			
金文			
戰國文字			
小篆			

	康	庚	泰
甲骨文			
金文			
戰國文字			
小篆			

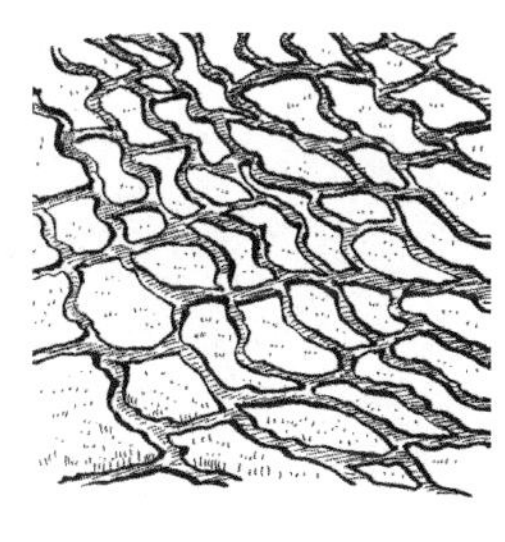

● 「𠷎」字描繪出田疇曲折的樣子。

● 「畐」為象形字，表示一種大肚造型的瓦器。

「福」這個字，《說文解字》解釋道：「祐也。从示畐聲。」它是個从「示」「畐」聲的形聲字。因為本義指「神之福祐」，所以从「示」這個義符。聲符「畐」本身是象形字，全字描繪一種大肚造型的瓦製容器。向神祇獻祭，必須以「畐」裝滿祭品表示誠意，如此才能得到神靈的降福。從這裡看來，說「福」字是从「示」从「畐」，「畐」亦聲的會意兼聲字也並無不可。

「壽」這個字，《說文解字》解釋道：「久也。从老省，𠷎聲。」它是個从「老」「𠷎」聲的形聲字，今日寫法又再累加聲符「寸」。因為「壽」的本義指「（壽命）長久」，所以「壽」字从「老」這個義符。「𠷎」作為它聲符，本身也是個从「㽞」「口」聲的形聲字。「㽞」是個象形字，全字描繪田疇曲折的樣子，它就是「疇」的初文。只是後來字音不明，才又累加「口」形來標音，成為「𠷎」這樣的寫法。「𠷎」在「壽」字裡面既然注音，又兼有表意的作用：表示人的壽命如田疇那般連綿無盡頭。

「吉」這個字本來指的是鑄造出來的工藝優良器物。由於器

1.「祥」字表示獻羊祭神，必獲神明保佑，事事吉祥。
2.「康」為形聲字，本義是稻打下來的糠。
3.「庚」為象形字，是一種樂器，形狀很像小朋友愛玩的波浪鼓。
4.「泰」字描繪出幾個人互相幫忙，接濟渡水的樣子。

物製造優良，既便利工作，也可長久使用，於是從此引申出吉利的意思（詳參本書人德字組之二「喆」字）。而「祥」這個字，《說文解字》解釋道：「福也。从示羊聲。一云善。」它是個从「示」「羊」聲的形聲字，本義指的是「神靈的降福」，所以从「示」這個義符。祭拜神祇，獻以大羊，必得吉祥，從這個角度說「祥」字是从「示」从「羊」，「羊」亦聲也是可以的。

「康」這個字，《說文解字》解釋道：「穀皮也。从禾从米，庚聲。」它是从「禾」「米」，「庚」聲的形聲字，本義就是稻打下來的「糠」，所以从「禾」和「米」這二個義符——它也就是「糠」的初文。古文中的寫法只有「米」一個義符。「庚」作為聲符，本身是象形字，全字描繪類似鉦鐃而有耳可搖的樂器，它的形制很像今日的波浪鼓。「康」字後來假借為「安康」之「康」，本義就隱沒不顯，才又造出後起形聲字「糠」。

「泰」這個字，从二「又」拱著「大」渡過「水」。由於水急容易滅頂，如有人站在河的兩岸幫助接濟，便能平安渡過，「泰」本義指的就是「安泰」的意思。

以本字組取名命字的名人

「福」：秦朝術士徐福、民初學問家丁福保、臺灣藝人劉福助、臺灣政治人物廖福本。

「壽」：漢朝畫家毛延壽、三國史學家陳壽、南宋孝子朱壽昌、臺灣名企業家嚴長壽。

「吉」：唐初建國大將李元吉，臺灣藝人李清吉（阿吉仔）、王吉宣，中國健美運動選手錢吉成。

「祥」：曹魏孝子王祥、宋末殉國忠臣文天祥、臺灣藝人羅志祥、香港藝人陳百祥、美國籍華裔藝人孔慶祥。

「康」：臺灣作家蔡康永，臺灣藝人庹宗康、李康宜，香港藝人蘇永康、中國媒體人王康。

「泰」：漢末清流郭泰、臺灣名企業家嚴凱泰、臺灣藝人曹啟泰、臺灣職棒選手張泰山。

以本字組取名命字的用意

「福」字本為向神明貢獻後得到神明降下來的「福報」。「福」也可以是富貴壽考等好運的總名；作為動詞用，則表示「保佑」、「造福」。以「福」字取名命字，很明顯的就是希望被命名者能五福俱備（長壽、富貴、康寧、好德、善終）。

「壽」字本義為「長壽」，也可指人的生命本身——「壽命」。作為動詞用則有「祝壽」的意思。以「壽」字取名命字主要在希望被命名者能長命百歲。

「吉」字本為鑄造優良的金屬器物，因不易毀壞而能長久。從這層意義出發，引申有「吉利」的意思。「祥」原本指祭祀獻羊，以祈求吉祥之事降臨，廣泛的也能指任何吉祥之事。不論以「吉」或是「祥」取名命字，都是希望被命名者能得到神靈的庇祐，一生吉利安祥。

「康」原來是「糠」的初文，後來假借為「健康」之「康」。以「康」字取名命字，用意與以「壽」字相當。「泰」字原指送人平安渡過河水，後來泛指「平安」這個概念。以「泰」字取名命字，與以「平」、「安」等字取名用意相當。

與本字組有關的好話

以下收錄與本字組有關的好話，除了方便自我介紹和介紹親友外，讀完也能增進詞語知識和相關的應用能力哦！

福．厚德載福

具有寬厚德行的人可以多受福氣。《易經．坤卦》：「地勢坤，君子以厚德載物。」《國語．晉語六》：「吾聞之，唯厚德者能受多福，無德而服者眾，必自傷也。」

·**洞天福地**

道教對神仙及道士所居的十大洞天、三十六小洞天、七十二福地的合稱；後來用以泛指名山勝境。

·**福至心靈**

福氣來到則心思靈敏。〔宋〕畢仲詢《幕府燕閑錄》：「吴參政少以學究登科，復中賢良，爲翰林學士，常草制以示歐陽文忠，稱之，因戲曰：『君福至心靈。』」

壽

·**極壽無疆**

長壽沒有邊際。〔漢〕董仲舒《春秋繁露·三代改制質文》：「聲名魂魄施於虛，極壽無疆。」

·**頤性養壽**

保養本性和元氣。《文選·嵇康〈幽憤詩〉》：「永嘯長吟，頤性養壽。」李善注解：「《爾雅》曰：頤，養也。」

·**福壽雙全**

幸福和年壽兩樣兼備。《紅樓夢，第五二回》：「老祖宗只有伶俐聰明過我十倍的，怎麼如今這麼福壽雙全的？」

·吉人天相

吉祥之人自會得到老天保佑。典故出自《左傳·宣公三年》：「石癸曰：『吾聞，姬、姞耦，其子孫必蕃。姞，吉人也。』」又《昭公四年》：「晉楚唯天所相，不可與爭。」

·吉光片裘

本指神獸身上的一片皮；後來引申爲殘存的藝術品或好文章。〔明〕陳繼儒《妮古錄·卷一》：「余有宋仲溫書子昂《蘭亭跋》，諸體皆備，而僅九段，然亦吉光片裘也。」也可作「吉光片羽」。

·吉祥如意

諸事吉利順遂，心想事成。〔北朝·北齊〕張成〈造像題字〉：「爲亡父母敬造觀音像一區，合家大小八口人等供養，吉祥如意。」

祥

·和氣致祥

和平的氣氛可以招致福祥。《漢書·劉向傳》：「和氣致祥，乖氣致異。」

·祥風時雨

原指風調雨順；後多用來比喻上對下的恩德。《後漢書·魯恭傳》：「夫人道乂於下，則陰陽和於上，祥風時雨，覆被遠方。」

·龍鳳呈祥

龍鳳出現爲吉祥預兆。《孔叢子·記問》：「天子布德，將致太平，則麟鳳龜龍先爲之呈祥。」

康

·平康正直

平順安康；或指中正和平。《尚書·洪範》：「平康正直，彊弗友剛克，燮友柔克。」孔穎達解釋道：「世平安用正眞治之。」

·福壽康寧

祝頌人幸福、長壽、健康、安寧諸福齊備。〔宋〕陳亮〈喻夏卿墓志〉：「福壽康寧，子孫彬彬然，皆有可觀者，天於夏卿亦何所負哉！」

·物阜民康

物產豐富，人民安康。〔明〕郎瑛《七修類稿·國事五·侑食樂章》：「大明御極，遠紹虞唐，河清海晏，物阜民康。」

泰

·否去泰來

厄運全過去，好運終會到來。〔前蜀〕韋莊〈湘中作〉詩：「否去泰來終可待，寒夜休唱〈飯牛歌〉。」也可作「否往泰來」。

・保泰持盈

保有安定和興盛的局面。《明史・孝宗紀贊》：「孝宗獨能恭儉有制，勤政愛民，兢兢於保泰持盈之道，用使朝序清寧，民物康阜。」

・時亨運泰

指命運亨通順利。《警世通言・宋小官團圓破氈笠》：「也是宋金時亨運泰，恰好有一隻大船，因逆浪衝壞了舵，停泊於岸下修舵。」

文（彣）、章（彰）、雅、翰

古字小常識：从，是「從」的本字，即起初的寫法。

本字組與相關諸字的歷史面貌和它們的造字本義

	章	音	雅
甲骨文			
金文			
戰國文字			
小篆			

	牙	翰
甲骨文		
金文		
戰國文字		
小篆		

● 玉璋是天子巡狩四方時祭奠山川的祭品。

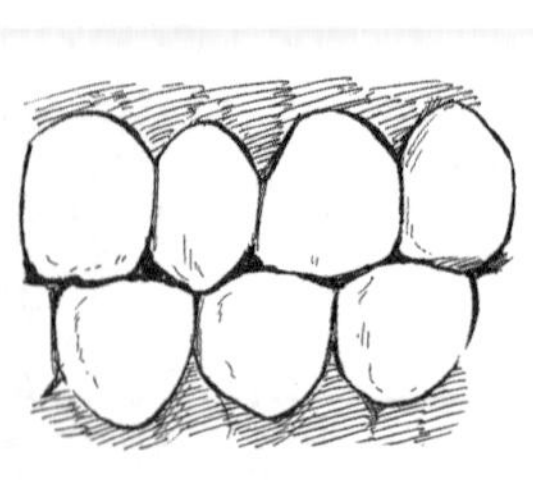

● 「牙」為象形字，描繪出臼齒相交的形狀。

「文」這個字，本為人體交紋的樣子，即是紋身之「紋」的初文（詳參本書天文地理字組之三「雯」字）。加了表示文采「彡」的「彣」字為文章之專指。「彣」這個字，段玉裁注解《說文》時說：「凡言文章皆當作彣彰。作文章者，省也。」

「章」這個字是象形字，全字描繪玉璋之外框線條，它也就是「璋」的本字。《周禮．考工記》說明：「大璋，中璋九寸，邊璋七寸，射四寸，天子以巡守。」玉璋還是天子巡狩四方時用來祭祀山川的祭品。大規模的山川用大璋，中等規模的山川用中璋，小規模的山川用邊璋。如果祭拜的對象是山，祭完就將玉璋埋在地下；如果祭拜的對象是川，祭完就將璋投到河裡。「章」後來借用為「音樂」的一個段落「樂章」之「章」字，所以《說文解字》才會說：「樂竟爲一章。从音从十。十，數之終也。」也因為這一層原故，金文以後「章」字上部的寫法就與「音」字趨近了。

「雅」這個字，《說文解字》解釋道：「楚烏也。一名鸒，一名卑居。秦謂之雅。从隹牙聲。」它是個从「隹」「牙」聲的形聲字，指的就是烏鴉，所以从「隹」這個義符。「牙」作為聲符，本身是象形字，《說文解字》解釋道：「牡齒也。象上下相錯之

● 「翰」的音符為「倝」，描繪出飄揚的軍旗。

形」，全字勾勒出大臼齒相交之形。

「翰」這個字，《說文解字》解釋道：「天雞赤羽也。从羽倝聲。《逸周書》曰：『大翰，若翬雉，一名鷐風。周成王時蜀人獻之。』」它是個从「羽」「倝」聲的形聲字，指的就是羽色呈現赤紅色的雉雞，所以从「羽」這個義符。它的聲符「倝」本身也是形聲字，《集韻》解釋道：「日始出，光倝倝也」，从「昜」「㫃」省聲。「倝」的義符「昜」指的是太陽初升，陽光普照大地的樣子（詳參本書天文地理字組之二「陽」字），聲符「㫃」則是象形字，全字描繪飄揚的軍隊旌旗。這種軍旗，上面有軍隊的代表符號，並裝飾有布穗或布條，風一吹就會揚起，使得軍容更加壯盛。由於「翰雞」毛色艷麗，使得「翰」字後來可以用以形容充滿文采的文章作品。

以本字組取名命字的名人

「文」：宋朝抗金大臣虞允文、清雍正朝清官田文鏡、清朝數學家梅文鼎、中華民國國父孫文、臺灣政治人物蔡英文、香港藝人莫文蔚、中國藝人姜文。

「章」：唐朝詩人賀知章、清末中興名臣李鴻章、臺灣音樂製作人陳明章、臺灣藝人文章、臺灣著名公益律師邱彰。

「雅」：《臺灣通史》作者連雅堂、臺灣高球名將曾雅妮，臺灣藝人蔡健雅、安雅。

「翰」：唐朝豪邁派詩人王翰、臺灣導演柯翰辰、臺灣藝人柳翰雅（阿雅），中國藝人張翰、李宗翰。

以本字組取名命字的用意

「文」字本指紋身，為「紋」之初文，後來泛指一切事物的「紋理」、「花紋」或「裝飾」。「彣」本為文章之專指，但在字用上很早以前便和「文」字相混，既能指文章或具有書寫文章的有文采之人，也能泛指一切人類文明。文明的內容如文字、社會規範、禮樂儀制、法律條文等都能以「文」（彣）稱之。「文」也與「武」對舉，表示文治與武功或周文王與周武王這對聖君父子。白話文出現之後，「文」與「白」對舉，前者表示文字使用較為精煉的文言文，後者指的則是白話文。以「文」字取名命字，最主要的原因是希望被命名者能具有文明的素養和文采，成為一個有文化、斯文的人。

「章」本為「璋」之初文，後來假用為音樂完整一曲的單位詞。紋路美好稱「文」、書寫美好稱「彣」，節奏聲調美好則稱「章」。後來「文」（彣）、「章」合用，「章」字也就擴大能指詩、文的段落。文字是符號的一種，「章」字既與「文」（彣）字混用，也就能表示「標記」、「徽章」這類符號。「章」字和「彰」字又是古今字，二字都能表示因文章美好而特別顯露、顯赫的意思。以「章」字取名命字，一個原因與取「文」（彣）字用意相當；一個原因在希望被命名者能因才華而文名得以彰顯，進而家喻戶曉、光宗耀祖。

「雅」字與「鴉」為異體字，屬鳥名的一種，後來假借為「雅正」之雅，或通作「夏」，指古代中原地區，與「夷」、「狄」、「戎」等外族的觀念詞相對。「雅」字又與「俗」字對舉，前者指「高雅」，後者指「低俗」、「世俗」。「雅」字的「高雅」、「高尚」義後來又擴大而具有「美好」的意思。以「雅」字取名命字，一個原因與取「正」字用意相當（詳本書形容字組之七「正」字）；一個原因在希望被命名者能具有脫俗不凡的高貴氣質，讓與之相處的人感到美好。

「翰」字原指赤羽雉雞。因為雉鳥具有長而硬、色彩斑爛的鳥羽，後來「翰」也就能用以形容文采斑斕的文章或是寫下這些文章的好文具（筆）。以「翰」字取名命字，原因與取「文」（彣）為名的用意相當。

與本字組有關的好話

以下收錄與本字組有關的好話，除了方便自我介紹和介紹親友外，讀完也能增進詞語知識和相關的應用能力哦！

·（彣）　博文約禮

廣求學問，以禮法自我約束。典故出自《論語．雍也》：「子曰：『君子博學於文，約之以禮，亦可以弗畔矣夫！』」

·入文出武

兼備文武的才人，入朝可以爲文臣，出朝可以爲將帥。〔唐〕張說〈河西節度副大使都督安公碑〉：「摠軍挾郡，入文出武。三十年間，式遏戎虜。」

·字順文從

行文用字自然妥貼，詞可達意。〔清〕陳田《明詩紀事戊籤．序》：「其間獨照之匠，若荊川、遵巖、震川，變秦漢爲歐曾，易詰屈聱牙爲字順文從。」也可作「文從字順」。

·大塊文章

大自然錦繡那般美好的景色。典故出自〔唐〕李白〈春夜宴從弟桃李園序〉：「況陽春召我以煙景，大塊假我以文章。」

·文章宗匠

爲人所推崇的文章巨匠。〔明〕胡應麟《詩藪·五代》：「而獨稱王仁裕、和凝爲文章宗匠，以饒著作故。」

章·含章挺生

內懷美質而自然挺秀於外。〔晉〕左思〈蜀都賦〉：「王褒韡曄而秀發，揚雄含章而挺生。」也可作「含章天挺」。

雅·雍容閒雅

神態從容，舉止文雅。《史記·司馬相如列傳》：「相如之臨邛，從車騎，雍容閒雅，甚都。」也可作「雍容爾雅」或「雍容大雅」。

·雅人韻士

高雅而有風致的文人。〔清〕李漁《閑情偶寄·詞曲下·科諢》：「文字佳，情節佳，而科諢不佳，非特俗人怕看，即雅人韻士，亦有瞌睡之時。」

・春容大雅

指文章高雅，展現出來的氣度大方。〔清〕紀昀《閱微草堂筆記・槐西雜志四》：「宋末文格猥瑣，元末文格纖穠，故宋景濂諸公，力追韓歐，救以春容大雅。」

・龍翰鳳翼

具有像龍鳳一般高貴能力的傑出人才。《三國志・魏志・邴原傳》：「徵事邴原、議郎張範，皆秉德純懿，志行忠方，清靜足以厲俗，貞固足以幹事，所謂龍翰鳳翼，國之重寶。舉而用之，不仁者遠。」

・筆翰如流

文筆快如流水。《晉書・陶侃傳》：「遠近書疏，莫不手答，筆翰如流，未嘗壅滯。」

・染翰成章

提筆沾墨即可下手成文；形容才思敏捷。〔明〕謝榛《四溟詩話・卷二》：「詩，適情之具。染翰成章，自然高妙，何必苦思以鑿其眞？」

武、彬（份、斌）

古字小常識：从，是「從」的本字，即起初的寫法。

本字組與相關諸字的歷史面貌和它們的造字本義

	武	彬（份、斌）
甲骨文		
金文		
戰國文字		
小篆		（古文）

「武」這個字是個从「戈」从「止」的會意字。「戈」是長柄的武器，後來引申可指武器或武力（詳參本書人德字組之六「勇」字）。「止」為「趾」的初文，引申有行走、前行的意思（詳參天文地理字組之四「峰」字）；从「戈」从「止」的「武」字便表示以武力去攻打別人的意思。

「彬」字或作「斌」、「份」，三字互為異體。「彬」的寫法來源較古，小篆時期只見

● 「戈」字本指長柄武器，後引申指武力。

「份」字，而「斌」字出現的最晚。《說文解字》解釋道：「份，文質僣也。从人分聲。」《康熙字典》解釋道：「斌，音彬。《玉篇》：『文質貌。』亦作『份』『彬』。」「彬」和「斌」是會意字：「彬」从二「木」从「彡」會意，表示木材不只有文，質地也很紮實；「斌」字从「文」、「武」會意，表示內文外武兼備；「份」字从「人」从「分」，分亦聲，本義也是指一個人內外的資質平分秋色、文武皆俱。

以本字組取名命字的名人

「武」：漢朝忠臣蘇武、明末清初思想家顧炎武、日本籍臺裔藝人金城武、臺灣名律師謝震武。

「彬」（份、斌）：臺灣藝人施文彬、郭桂彬，小彬彬及小小彬父子；臺灣藝人剛澤斌、臺灣政治人物郝龍斌。

以本字組取名命字的用意

「武」原指以武力攻打別人，後來泛指軍事、技擊、強力等概念，與「文」字相對。由於能以武力攻打別人者，勢必勇猛、剛健，所以「武」字也可以當形容詞用，形容威武的樣子。以「武」字取名命字，表示命名者希望被命名者能身體勇健，不易被人欺負，孔武有力，甚至能在戰場上（人生的各種挑戰中）揚名立萬。

「彬」字為「份」和「斌」字異體，指文質兼備或文武雙全。以之取名命字，表示命名者希望被命名者不是單單孔武有力，還深有智慧；因為只有後者，容易淪落「頭腦簡單，四肢發達」之譏。除了體力，還要有腦力，才能如虎添翼，相輔相成呀！

與本字組有關的好話

以下收錄與本字組有關的好話，除了方便自我介紹和介紹親友外，讀完也能增進詞語知識和相關的應用能力哦！

武

・允文允武

謂文事與武功兼備。《詩經・魯頌・泮水》：「允文允武，昭假烈祖。」

・修文偃武

提倡文化和教育，停止武裝和戒備。〔唐〕薛逢〈九日曲池遊眺〉詩：「正當海晏河清日，便是修文偃武時。」

・**奮武揚威**

振奮勇氣，展現威風。《三國演義・第一一〇回》：「（姜維）奮武揚威，殺入魏軍之中，左衝右突，魏兵大亂。」

・**（彬）文質斌斌**

文華和質樸內外配合得宜。《論語・雍也》：「質勝文則野，文勝質則史，文質彬彬，然後君子。」也可作「文質彬彬」。

・**璘玟璘彬**

美玉的色澤十分繽紛。《文選・張衡〈西京賦〉》：「珊瑚琳碧，璘玟璘彬。」薛綜注解：「璘彬，玉光色雜也。」

・**彬彬濟濟**

人才盛多的樣子。鄭觀應《盛世危言・技藝》：「而目前由學塾以陞入學院者彬彬濟濟，於工藝之道無不各造精微，此皆廣設書院教育得宜之效也。」

善、良、佳、嘉

本字組與相關諸字的歷史面貌和它們的造字本義

	善	良	佳
甲骨文			
金文			
戰國文字			
小篆			

	嘉	壴	喜
甲骨文			
金文			
戰國文字			
小篆			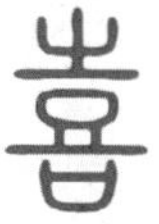

古字小常識：从，是「從」的本字，即起初的寫法。

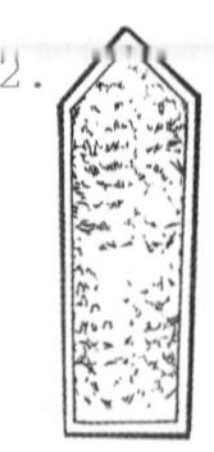

1.「善」字表示衆人皆有得吃，是種好事。
2.「圭」是古代典禮計時用的玉器。
3.「良」字描繪出建築及連接外面的走道。
4.「壴」為象形字，描摹鼓及鼓架的形狀。

「善」這個字，《說文解字》解釋道：「吉也。从誩从羊。此與義美同意。」它是個會意字，从二「言」从「羊」，本義指大家都有羊肉可吃，所以从「羊」；从「言」在此字中與从「口」相當。羊大到可以由好幾個人一起吃，那還不是好事一件？所以人人有得吃有得喝，這種好事就是「善」。另外也有一種說法，以為「善」就是二人言談之間皆是吉羊（祥）之事。存好心、說好話、做好事，這不也是「善」？

「佳」這個字是個从「人」从「圭」的會意字。「圭」本為重要典禮需要樹立以計時的玉器。古人對玉的要求不高，只要石頭夠漂亮，都可以稱作「玉」。如果人的品行和節操像玉圭那般潔淨，肯定是「好人一枚」！所以《說文解字》才說「佳，善也。」

「良」這個字是個象形字，全字畫出建築物及連接外面的二道走廊全形，它原來是「廊」的初文，後來假借為良好之「良」，所以《說文解字》才會說這個字：「善也。」

「嘉」這個字是個从「喜」从「力」的會意字，本義指的是用力演奏出優美的、可喜的音樂，因此从「喜」和「力」這二個義符。「喜」是从「壴」从「口」的會意字，它的義符「壴」是象形字，全字即鼓及鼓架的象形。擊鼓奏樂後，眾人受到音樂的薰陶，心裡頭便會很「歡喜」，或者還會隨口跟著旋律哼唱，因此「壴」再加個「口」，就是「喜」——「喜」字表示聞鼓樂而笑、而唱，《說文解字》才說這個字是「樂也」；不過這個「口」也有可能是鼓座的上端開口，如此「喜」全字或是指把鼓放在鼓座上，表示有喜慶的事，所以要架好鼓來奏樂。

以本字組取名命字的名人

「善」：清開國功臣愛新覺羅·代善、清道光朝大臣博爾濟吉特·琦善、清乾隆朝大臣薩哈爾察·英善、臺灣演員涂善妮。

「良」：臺灣政治人物許信良，香港藝人鍾漢良、萬梓良、呂良偉，馬來西亞籍華裔歌手光良。

「佳」：臺灣音樂製作人葉佳修，臺灣藝人彭佳慧、林佳儀，臺灣職棒選手謝佳賢、臺灣政治人物林佳龍。

「嘉」：臺灣導演張艾嘉、臺灣藝人李嘉、何嘉文、路嘉欣，香港藝人劉嘉玲、李嘉欣，香港名企業家李嘉誠。

以本字組取名命字的用意

「善」字本指大伙兒有大羊吃或是美好的言語，後來泛指一切吉祥、美好的人事物。如果這人愛做好事，那他就是有「善行」的「善人」；如果這人與其他人都相處愉快，肯定是個「和善」、「親善」之人；如果這個人對某件事特別拿手，可以說他是「善於」處理某事的高手。以「善」字取名命字，一個是希望被命名者能得到歡喜吉祥；一個原因是希望被命名者在待人處事各方面都能夠做到最好，得到別人的肯定。

「良」字本為「廊」字初文，後來假借為「善良」之「良」，字義與「善」字相當。以「良」字取名命字之用意與取「善」字同。

「佳」字本指人之品行條件有如玉圭那般美好，後來泛指一切美好的事物；所以美女可以叫「佳人」，好文章可以叫「佳作」、「佳篇」。以「佳」字取名命字，其用意在於希望被命名者能夠在各方面都具有如玉那般良好的素質，為人所喜歡。

「嘉」字本義指隆重的慶賀音樂，是「喜」字的加強版，所以也因此引申出「快樂」、「歡娛」的意思。後來更可泛指一切美善或讓人覺得幸福、吉祥的人事物。作為動詞用，則可指「嘉獎」、「讚揚」。以「嘉」字取名命字，一個原因與以「樂」、「喜」用意相同；一個原因是希望被命名者能得到幸福、吉祥或是別人的肯定和讚賞。

與本字組有關的好話

以下收錄與本字組有關的好話，除了方便自我介紹和介紹親友外，讀完也能增進詞語知識和相關的應用能力哦！

·與人爲善

與別人一起做好事。《孟子·公孫丑上》：「取諸人以爲善，是與人爲善者也。」後來引申指與他人保持良好關係。

·嘉言善行

美善的言行。〔宋〕曾鞏《新序·目錄·序》：「遠至舜禹，而次及於周秦以來，古人之嘉言善行，亦往往而在也。」也可作「嘉言善狀」或「嘉言懿行」。

·善眉善眼

容貌善良的樣子。《醒世姻緣傳·第九回》：「雖是吊死……倒比活的時節去了那許多的殺氣，反是善眉善眼的。」也可作「慈眉善目」。

・吉日良辰

吉利的日子、美好的時光。〔晉〕左思〈蜀都賦〉：「終冬始春，吉日良辰，置酒高堂，以御嘉賓。」也可作「吉日良時」。

・良工心苦

技藝高明的人費盡苦心的經營。典故出自〔唐〕杜甫〈題李尊師松樹障子歌〉：「已知仙客意相親，更覺良工心獨苦。」也可作「用心良苦」。

・良師益友

對自己有助益的老師和朋友。〔清〕李漁《比目魚・耳熱》：「要學太史公讀書之法，借名山大川做良師益友，使筆底無局促之形，胸中有灝瀚之氣。」

佳

・漸入佳境

像倒吃甘蔗一樣境遇或程度愈來愈好。《晉書・文苑傳・顧愷之》：「愷之每食甘蔗，恒自尾至本。人或怪之。云：『漸入佳境。』」

・才子佳人

才貌兼備的青年男女。《太平廣記・卷三四四》引〔唐〕李隱《瀟湘錄・呼延冀》：「妾既與君匹偶，諸鄰皆謂之才子佳人。」

嘉

・錦囊佳製

值得藏在錦囊裡的絕好文章。〔元〕王實甫《西廂記・第二本第一折》：「昨宵箇錦囊佳製明勾引，今日箇玉堂人物難親近。」也可作「錦囊佳句」。

・其儀可嘉

氣質儀表值得贊許。〔漢〕司馬相如〈封禪文〉：「白質黑章，其儀可嘉。」

・上下欣嘉

得到所有人的喜愛和讚美。〔晉〕陸雲〈失題〉詩：「嗟我欽羨，夢想光華。亦既至思，上下欣嘉。」

・醴膳豐嘉

豐饒的佳餚美食。〔明〕歸有光〈李南樓行狀〉：「時相過從，談笑竟日，醴膳豐嘉，不索而具。」

喜

・皆大歡喜

大家都很高興、法喜充滿；原爲佛經結束時的慣用語。《金剛經・應化非眞分》：「佛說是經已，長老須菩提及諸比丘、比丘尼、優婆塞、優婆夷、一切世間天人、阿脩羅，聞佛所說，皆大歡喜，信受奉行。」後可指好的結局。

· **喜不自勝**

壓抑不住內心的喜悅情緒。〔唐〕裴鉶《傳奇·孫恪》：「恪慕其容美，喜不自勝。」

· **喜從天降**

遇到像從空中降下、意想不到的好事。《京本通俗小說·西山一窟鬼》：「教授聽得說罷，喜從天降。」

眞、正、貞

附：「鼎」

古字小常識：从，是「從」的本字，即起初的寫法。

本字組與相關諸字的歷史面貌和它們的造字本義

	眞	正	貞
甲骨文			
金文			
戰國文字			
小篆			

	卜	鼎
甲骨文		
金文		
戰國文字		
小篆		

1. 煉丹是道教的一種修煉方式。
2.「鼎」為象形字，是古代烹煮食物的器物。
3. 在古代，鐘鼎是貴族才能享有的器物。
4.「正」是「征」字的初期寫法，表示征伐。

「真」這個字，《說文解字》解釋道：「僊人變形而登天也。」它是個从「人」从「鼎」的會意字，表示人如同鼎中所煉之仙丹一樣修煉成為「真人」。道教貴生惡死，所以不只發展出修心的方法，也強調煉身。體能的鍛鍊是一種，而煉丹——煉出仙丹妙藥後服食成仙也是一種。不過也有人以為「真」字是「匕」自「鼎」中取食的意思——「匕」是「匙」（柶）的本字，《說文解字》解釋道：「匕，亦所以用比取飯，一名柶」，引申可指一切食具——只是後來假借為真假之「真」。「真」的義符「鼎」，《說文解字》解釋道：「三足兩耳，和五味之寶器也。」它是個象形字，本義指烹食的食器，全字具體畫出烹煮食物的大鼎。鐘鼎之類金屬器物在古代是十分貴重的。因此現今考古發掘，在墓主身分高貴的墓葬裡頭，常常可以發現成組的鼎、簋之流。

「正」這個字，《說文解字》解釋道：「是也。从止，一以止。」它是個指事字，全字為「止」向某處進發的意思，本義指的就是要出發前去的目的地，它是「征」字的初文，用作真正之「正」，那是假借的用法。

● 出土有龜甲上可見燒灼的痕跡。

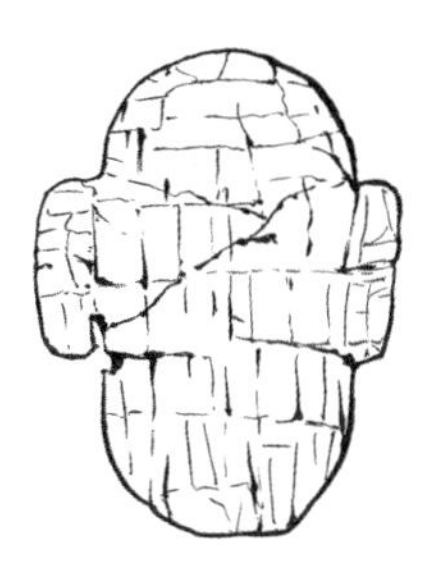

● 「卜」的字形像龜甲上的裂痕。

「貞」這個字，《說文解字》解釋道：「卜問也。」此字从「卜」「鼎」聲，本義即「卜問」，所以从「卜」這個義符。「卜」，《說文解字》解釋道：「灼剝龜也，象炙龜之形。一曰象龜兆之從橫也。」它是個象形字，一說全字為以燒炙的樹枝觸龜甲背面，使它因為冷熱不均而在正面產生裂痕，再由裂痕的樣子來判斷吉凶，所以出土的龜甲背面都可發現到燒灼的痕跡。一說「卜」的全字就是龜甲正面裂痕的樣子。由於古人日常生活離不開占卜，並以占卜結果做為行動的準則，所以「貞」字後來便引申有「正確」的意思。「貞」所从的聲符「鼎」多由貴重的金屬製成，給人十分厚重沉穩的感覺，因此具有「肅正」、「莊重」的形象，或許這也是「貞」取之做為構形的原因。从這裡來看，「貞」字看作是从「卜」「鼎」省會意，「鼎」亦聲也是可以的。

以本字組取名命字的名人

「真」：唐朝書法家顏真卿、臺灣導演吳念真、臺灣名作家陳映真、臺灣藝人葉全真、林以真。

「正」：明朝名臣張居正、中國北伐及抗日領袖蔣中正、臺灣藝人霍正奇、臺灣職籃選手何守正、香港藝人林正英。

「貞」：明朝名臣王世貞、臺灣政治人物蘇貞昌、香港藝人邱淑貞、日本籍臺裔棒球大師王貞治。

（「鼎」：臺灣政治人物李國鼎。）

以本字組取名命字的用意

「真」字或說从「人」从「鼎」。「鼎」是由青銅製成的昂貴器物，相傳夏禹鑄造九鼎，作為國家政統的象徵，一直傳到周朝。所以「鼎」字引申可指「貴重」、「穩重」這一類的觀念。以「鼎」字取名命字，正是取這個形象。如果人修煉到能與鼎這樣的青銅重器那般，與天地同壽，實在可以稱的上是如仙的「真人」。真人是發揮自己的天然善性才能成仙的，所以「真」字引申可指「本來」或「本性」。本性並不虛偽，所以「真」也能表示「真實」、「真誠」。用在職位上，由原本的代理而扶正，就不再是虛位，而是「真除」。以「真」字取名命字，主要在期許被命名者能發揮自己的天然良知，成為一位真誠之人。

「正」字本為「征」之初文，後來假借用以表示「正中不偏斜」的概念。如果一個人做任何時都不偏頗，那他一定很「正直」；如果顏色純正不雜，那它一定是「正色」。國家律法因為作奸犯科之人逍遙法外而遭受質疑，必須將之治罪，才能「正法」。此外，「正」也與「偏」、「支」、「副」、「反」等概念相對，有「主」、「正宗」、「端正」的意思。以「正」字取名命字，一個原因在希望被命名者可以做個公正之人；一個原因在希望被命名者的思想和行為都能無偏無頗，正直守法；最後因為公正、正直而成為大家所景仰的正宗之主。

「貞」字从「卜」从「鼎」，表示國之大巫卜問出來的結果鐵口直斷，不會輕易改變；「貞」字的本義就是「卜問」。在君權神授的迷信時代，大巫所卜問出來的結果是不容質疑，結論也不會輕易改變的，所以「貞」字又引申而有「堅定不移」的意思。用「貞」字作為一種操守的稱呼，它指的就是指意志或節操不被任何力量所影響。以「貞」字取名命字，主要在希望被命名者在遇到挑戰時能堅定信念，不隨便放棄；堅定操守，對人或是對國家忠貞。

與本字組有關的好話

以下收錄與本字組有關的好話，除了方便自我介紹和介紹親友外，讀完也能增進詞語知識和相關的應用能力哦！

貞・貞才實學

眞實的才能和學問。〔宋〕曹彥約〈辭免兵部侍郎兼修史恩命申省狀〉：「兩史院同修之官，亦必自編修、檢討而後序進，更須眞才實學，乃入茲選。」

・**修眞養性**

修練眞道，涵養性情。〔元〕賈仲名《昇仙夢・第四折》：「自古，道德非俗，修眞養性，燒丹煉藥工夫。」

・**眞情實意**

眞實的情感意念。〔明〕李東陽《求退錄・詩話》：「詩有別材，非關書也，詩有別趣，非關理也……彼小夫賤隸婦人女子眞情實意，暗合而偶中，固不待於教。」

正

・**直言正色**

言語正直，面容嚴肅。《三國志・魏志・國淵傳》：「每於公朝論議，常直言正色，退無私焉。」

・**反正撥亂**

治理亂世，使之恢復安定。典故出自《公羊傳・哀公十四年》：「撥亂世，反諸正，莫近諸《春秋》。」也可作「撥亂反正」。

・**嚴氣正性**

秉性嚴肅剛正。《後漢書・孔融傳論》：「夫嚴氣正性，覆折而已。豈有員園委屈，可以每其生哉！」

・貞不絕俗

雖然品性高潔，卻非不通人情事故。《後漢書・郭太傳》：「或問汝南范滂曰：『郭林宗何如人？』滂曰：『隱不違親，貞不絕俗，天子不得臣，諸侯不得友，吾不知其它。』」

・玉潔松貞

像玉一樣純潔、松一樣堅貞；形容節操高潔。〔唐〕皇甫枚《三水小牘・步飛煙》：「飛煙執象手曰：『今日相遇，乃前生因緣耳。勿謂妾無玉潔松貞之志，放蕩如斯。』」

・三貞九烈

三和九都是虛數；本句主要用來形容舊時婦女重視貞節，寧死不改嫁、不失身。〔元〕白樸《墻頭馬上・第三折》：「隨漢走，怎說三貞九烈？」

鼎・調和鼎鼐

調和五味；比喻宰相治理天下、折衝各方意見。〔唐〕杜甫〈上韋左相二十韻〉：「沙汰江河濁，調和鼎鼐新。韋賢初相漢，范叔已歸秦。」

·三牲五鼎

擺了牛、羊、豬和五大鼎食物；主要用來形容盛饌佳肴。〔元〕高明《琵琶記·蔡公逼伯喈赴試》：「三牲五鼎供朝夕，須勝似啜菽並飲水。」

·五鼎萬鐘

鼎和鐘都是重器；本句主要用來形容高官的俸祿極高。〔明〕宋濂〈永思堂記〉：「依依嫪戀，如羊之跪乳，鳥之反哺，其樂將無涯，視五鼎萬鐘若不能過之。」

傑（杰）、俊、彥、卿、士、儒

古字小常識：从，是「從」的本字，即起初的寫法。

本字組與相關諸字的歷史面貌和它們的造字本義

	傑	桀	乘
甲骨文			 [illegible]
金文			 [illegible]
戰國文字	 [illegible]		
小篆	 [illegible]	 [illegible]	 [illegible]

	俊	彥	卿
甲骨文			 [illegible]
金文			 [illegible]
戰國文字			 [illegible]
小篆	 [illegible]	 [illegible]	 [illegible]

	儒	需	而
甲骨文			
金文			
戰國文字			
小篆			

「傑」這個字，《說文解字》解釋道：「傲也。从人桀聲。」此字从「人」从「桀」，「桀」亦聲。「桀」是从「舛」从「木」的會意字，全字表示有人站在樹木上，它是「乘」字的分化字；人在木上，自然高人一等。這個表示站著高處比他人為高的「桀」字，又引申出才能比他人傑出的意思——「桀」也就是「傑」字的初文。而「杰」字，《康熙字典》解釋道：「音桀。……俗借作豪傑『傑』字。」它是「傑」的俗體字。

「俊」這個字，《說文解字》解釋道：「材千人也。从人夋聲。」它是从「人」「夋」聲的形聲字，本義指「才能超人」。「夋」是「允」的分化字。「允」字是個象形字，它的筆畫特別著重在人的頭部，為的就是表現「允」的「低頭深思誠信」義（詳參本書人德字組之九「舜」字）。一個人做事沉穩而

●「桀」字表示人站在樹上，自然比別人高。

●「卿」本義指兩個面對面用餐。

●「皀」為象形字，描繪出有圈足和蓋子的食器。

深思，一定是個人才，所以「俊」字才从「人」、「夋」。

「彥」這個字，《說文解字》解釋道：「美士有文，人所言也。从彣厂聲。」這個字是個从「彣」「厂」聲的形聲字，本義指有文采的讀書人，所以从「彣」。「厂」作為聲符，本身則是象形字，全字描繪懸崖的樣子（詳參本書天文地理字組之三「假」字）。

「卿」這個字，容庚《金文編》解釋道：「卿，象兩人相向就食之形。公卿之卿，鄉黨之鄉，饗食之饗，皆為一字」。「卿」的本義指的就是兩人一起自「皀」取食用餐的意思，也就是「饗」的本字。「卿」所从的義符「皀」現在是寫作从「匕」（柶）加「白」形的指事字。「匕」是「匙」（柶）的本字（詳參本書形容字組之七「真」字）；「白」並不是「白色」之「白」，這個部件具體個勾勒出一個有蓋的食器，更早之前的「皀」則寫成一個不能分割的象形字，描繪一個有圈足墊高以求衛生的食器。

由於「卿」字後來假借用作高級官員的稱謂，所以《說文解字》才會解釋道：「章也。六卿：天官冢宰、地官司徒、春官宗伯、夏官司馬、秋官司寇、冬官司空。从卯皀聲。」

「士」原指斧頭一類的工具，後來指手執這類工具的人（詳參本書形容字組之三「吉」字）。能執「士」表示一技在身，後來引申為表讀書人之「士」（詳參本書人德字組之二「喆」字）。

「儒」這個字，《說文解字》解釋道：「柔也。術士之偁。从人需聲。」它是個从「人」「需」聲的形聲字，本指「士人」，所以从「人」這個義符，後為「儒生」、「儒家」的專指。儒生是專門的人才，主要主持國家祭祀的禮儀，類似今日重大典禮管控流程的司儀。他們世代傳承古老的典章制度。傳到了孔子，孔子將這些文獻整理出來，其中最重要的五部經典叫作：《易經》、《尚書》、《禮經》、《樂經》、《詩經》、《春秋》。所以孔子所開創出來的先秦思想流派才稱作「儒家」。

「儒」字的聲符「需」則是個从「雨」从「而」的會意字。它的義符「而」，《說文解字》解釋道：「頰毛也，象毛之形」，本身是個象形字，全字將人下巴上的鬍鬚給畫出來，和「須」（鬚）的造字用意相當；後來假借為連詞「而」，本義不明，才又另外造了個後起形聲字「耏」。「需」字指的就是人臉上的鬍鬚被雨打濕，它也就是「濡」的初文。

●「而」是象形字，描繪出人下巴上的鬍鬚。

●「需」字表示人的鬍鬚被雨打濕。

以本字組取名命字的名人

「傑」（杰）：臺灣毒物科名醫林杰樑、臺灣節目主持人劉寶傑、臺灣藝人周杰倫、臺灣超級馬拉松名將林義傑、中國藝人李連杰。

「俊」：明末抗清義軍「九山王」王俊、臺灣名布袋戲團長黃俊雄、臺灣藝人林俊傑、臺灣政治人物張俊雄。

「彥」：後梁殉國忠臣王彥章、宋朝四代名臣王彥博、臺灣網球名將盧彥勳、臺灣藝人林彥君、臺灣政治人物蔣彥士。

「卿」：唐朝詩人劉長卿、宋朝詩人蘇舜卿、元朝雜劇家關漢卿、臺灣藝人張秀卿、香港藝人葉玉卿。

「士」：元末「吳王」張士誠、清初詩人王士禎、清朝江左名士蔣士銓、臺灣舞臺劇演員金士傑。

「儒」：明初政變殉國忠臣方孝儒、臺灣農運人士楊儒門、臺灣藝人辰亦儒。

以本字組取名命字的用意

「桀」、「傑」本一字，後來因為「桀」做為夏后之專名，所以另造「傑」字為「豪傑」之「傑」。「杰」字則為「傑」之俗體，不論音義均與「傑」相同。「傑」全字象一人高高在樹上，引申形容在才智或能力上十分特異之人。以「傑」（杰）取名命字，無非希望被命名者具有超卓的天賦，並有其發揮的機會，從而得到高人一等的社會地位。

「俊」字本就指才智超群的人，按照《說文解字》的解釋，要有一千人才能出一個這樣的人才。後來「俊」字除了指才智的超拔，還能形容樣貌的特出。「俊」同時也是帝舜的名。以「俊」字取名命字，一個是希望被命名者不論內在或外表都是俊才；另一個可能的原因也是希望被命名者能跟帝舜學習。「彥」字和「俊」字意義接近，也是指內外皆有修為的人才，以「彥」字取名命字和以「俊」字為名的用意相當。

「士」字原先指的是習有某種技能的人，後來指稱某種社會階層：在先秦則指最低階貴族，或指農工商以外學道藝、習武勇的人，又或專指知識分子。古代軍事制度裡，能乘車的稱士，兵卒只能步行。以「士」字取名命字，一個是希望被命名者將來能習得一技之長，成為動腦力而非動勞力的知識分子；一個原因是希望被命名者能進入士宦之途，成為官員、統治階級。

「卿」字原本指兩人對面而食，即「饗」之初文，後來借代為古代天子及諸侯對所屬高級官員的稱呼。「卿」的使用也可以視作是君對臣的一種親愛稱呼。後來「卿」的字用廣泛化，在家可以是夫對妻的愛稱，在外可以是對他人的尊稱。以「卿」字取名命字，除了取其親暱的用意外，主要在希望被命名者將來能得明主賞識，官運亨通，出任高級的官員。

「儒」字與「士」字意義相近，指的也是身懷專門技能之人，後來成為先秦學派「儒家」之專指。以「儒」字取名命字，一個用意與以「士」字取名之用意相當；一個原因是希望被命名者能追求儒家的修為境界，成為溫文儒雅之人。

與本字組有關的好話

以下收錄與本字組有關的好話，除了方便自我介紹和介紹親友外，讀完也能增進詞語知識和相關的應用能力哦！

傑

·（杰）　人傑地靈

謂傑出人物出生或所處的地方，那個地方也因此聞名；後來引申可指傑出的人物生於靈秀之地。〔唐〕王勃〈滕王閣詩序〉：「人傑地靈，徐孺下陳蕃之榻。」

·峨冠傑表

載著高冠，有著不凡的儀表。〔唐〕司空圖〈太尉琅琊王公河中生祠碑〉：「峨冠傑表，煦物溫容，蔚然喜氣，靡若和風。」

·異人傑士

才能特出的奇異人士。〔宋〕范仲淹〈上時相議制舉書〉：「十數年間，異人傑士必穆穆於王庭矣。」

·天下俊秀

天下難得的才智之人。《後漢書·黨錮傳序》：「學中語曰：『天下模楷李元禮，不畏強禦陳仲舉，天下俊秀王叔茂。』」

·清新俊逸

清美新穎，瀟灑自如。典故出自〔唐〕杜甫〈春日憶李白〉詩：「清新庾開府，俊逸鮑參軍。」

·典則俊雅

典雅而標致。《紅樓夢·第十四回》：「一切張羅款待，都是鳳姐一人周全承應……〔鳳姐〕灑爽風流，典則俊雅，眞是『萬綠叢中一點紅』了，那裡還把眾人放在眼裡，揮霍指示，任其所爲。」

彥

·人之彥聖

聖善美明的人才。《尚書·秦誓》：「人之彥聖，其心好之。」

·當世彥哲

當代的賢智之士。〔唐〕張彥遠《法書要錄·後漢趙一非草書》：「余郡士有梁孔達、姜孟穎者，皆當世之彥哲也。」

卿

・鴻生碩彥

學識淵博、才智傑出的學者。〔明〕胡應麟《少室山房筆叢・九流緒論中》：「三子（蔡邕、葛洪、劉知幾）皆鴻生碩彥，目無今古。」

・大國三卿

古代的司徒、司馬、司空。〔漢〕改司馬爲太尉。《禮記・王制》：「大國三卿，皆命於天子。」後引申指具有重大影響力的人。

・名公巨卿

有名望的權貴、大官。《醒世恒言・盧太學詩酒傲王侯》：「與他往來的，俱是名公巨卿。」也可作「名公鉅卿」。

・憐我憐卿

彼此相互愛憐。《花月痕・第九回》：「有美一人，獨抱孤憤，憐我憐卿，飄飄意遠。」本句多用在情人或夫妻之間。

士

・志士仁人

有高遠志向和高貴品德的人。《論語・衛靈公》：「志士仁人，無求生以害仁，有殺身以成仁。」

・國士無雙

國內獨一無二的人才。《史記・淮陰侯列傳》：「諸將易得耳。至如信者，國士無雙。」

・仁人義士

有仁義修爲的人。〔明〕方孝孺〈雲敞贊〉：「古之仁人義士，視刀鋸如飲食。」

儒

・通儒達士

知識淵博、通達事理的學者。《後漢書・盧植傳》：「中興以來，通儒達士班固、賈逵、鄭興父子，並敦悅之。」

・耆儒碩德

年高德劭、受人尊敬的學者。〔唐〕張九齡〈論教皇太子狀〉：「必使耆儒碩德，爲之師保。」

・儒雅風流

文雅、飄逸有風骨。〔清〕李漁《閑情偶寄・演習・衣冠惡習》：「方巾與有帶飄巾，同爲雅者之服。飄巾儒雅風流，方巾老成持重。」

宏（弘）、偉、大、雄、豪、強

本字組與相關諸字的歷史面貌和它們的造字本義

	宏	弘	厷（肱）	偉
甲骨文				
金文				
戰國文字				
小篆				

	韋	雄	豪	高
甲骨文				
金文				
戰國文字				
小篆				

古字小常識：从，是「從」的本字，即起初的寫法。

	甲骨文	金文	戰國文字	小篆
強				
虫				

「宏」這個字，《說文解字》解釋道：「屋深響也。从宀 厷聲。」它是個从「宀」「厷」聲的形聲字，原指家中空間大所造成的回音，所以从義符「宀」。「厶」即「肱」之初文（詳參本書動植物字組之四「松」字），後來再累增加一個義符「又」才寫成「厷」。「宏」又通「弘」，「弘」這個字，《說文解字》解釋道：「弓聲也，从弓厶聲。」它是個从「弓」「厶」聲的形聲字，本意指弓鬆掉的聲音，所以从「弓」這個義符。在甲骨文裡它則寫成象形字，全字畫一把弓和它鬆掉的弦。

「偉」這個字，《說文解字》解釋道：「奇也。从人韋聲。」它是個从「人」「韋」聲的形聲字，本義是「奇人」，所以从「人」這個義符。聲符「韋」則是個从二「止」从「口」的會意字，表示在一定的區域裡有衛兵來回巡守，「韋」也就是「衛」字的初文。

1. 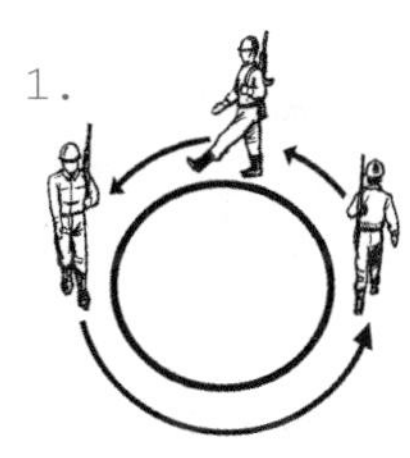
2. 
3. 
4. 

1.「韋」字表示圍繞著一定的區域巡守。
2.「豪」為形聲字，本義指「豪豬」。
3.「虫」為象形字，描摹出蝮蛇之形狀。
4.「高」為象形字，其甲骨文和金文看起來像一座城樓。

「大」這個字，全字就是正面站立的人形，有頭、軀幹和四肢（詳參本書天文地理字組之一「天」字）。「雄」這個字，《說文解字》解釋道：「鳥父也。从隹厷聲。」它是個从「隹」「厷」聲的形聲字，本義指的就是公鳥，所以从「隹」這個義符（戰國文字則从「鳥」）；「隹」就是短尾鳥的象形（詳參本書動作字組之四「進」字）。

「豪」這個字，《說文解字》解釋道：「豕，鬣如筆管者。出南郡。从豕高聲。」它是個从「豕」「高」省聲的形聲字。本義指「豪豬」。豪豬其實是齧齒目，但古人認為牠長得像豬，所以从「豕」這個義符；「豕」就是豬的象形（詳參本書形容字組之一「家」字）。「豪」的聲符「高」，《說文解字》解釋道：「崇也。象臺觀高之形。」它本身是個象形字，全字描繪一座上有窗口下有入口的城樓，這城樓習慣蓋在城門上，平時用來居高臨下，監控進出的人員；戰時用以眺望敵情，取得致勝先機。

「強」這個字，《說文解字》解釋道：「蚚也。从虫弘聲。」它是個从「虫」「弘」聲的形聲字，本來指一種吃米的害蟲，所以从「虫」這個義符。「虫」，《說文解字》解釋道：「一名蝮，博三寸，首大如擘指。象其臥形。」它本身是個象形字，全字畫出一隻曲折趴伏的蝮蛇，後來引申可指對人類有害的毒蟲猛獸。「強」字後來假借為「彊」。「彊」，《說文解字》解釋道：「弓有力也。从弓畺聲，」表示弓強而有力，引申為強而有力的意思；「強」字一被借用走，它的本義就慢慢隱沒不用了。

以本字組取名命字的名人

「宏」（弘）：臺灣藝人洪榮宏、王宏恩，美籍臺裔藝人王力宏，臺灣政治人物張俊宏。

「偉」：明末清初文學家吳偉業、臺灣名畫家劉其偉、臺灣旅美職棒選手陳偉殷、香港藝人梁朝偉。

「大」：宋朝詞人范成大、明平倭大將俞大猷、清朝桐城派散文家劉大櫆、清經學家錢大昕，臺灣藝人羅大佑、吳大維。

「雄」：臺灣名布袋戲團長黃俊雄，臺灣維權律師顧立雄、臺灣政治人物張俊雄、沈富雄。

「豪」：臺灣相聲國寶魏龍豪，臺灣藝人吳建豪、溫昇豪，美籍臺裔職籃選手林書豪。

「強」：臺灣藝人林強、臺灣政治人物胡自強、中國爆破藝術家蔡國強、中國藝人唐國強、中國政治人物李克強。

以本字組取名命字的用意

「宏」字本指「房屋深廣」的樣子，引申而有空間、格局廣大的意思。房屋深廣，回音必大，所以「宏」也能形容聲音「宏亮」。「宏」字又與「弘」字通，「弘」本為鬆弓之聲，因為弓聲會向外發射，所以「弘」字後來引申有「恢弘」、「弘揚」的意思。以「宏」字取名命字和以「堂」字相當，主要希望被命名者能具有寬廣的格局，並能將家族的名聲加以發揚光大。

「偉」字本指奇異、不尋常之人。如果一個人的優異能力及能達到的功績非常不尋常，那這個人必定十分「偉大」。這般成績一般人也難以跨過，所以「偉」又有「高大」的意思。以「偉」字取名命字，主要是希望被命名者具有他人難得的優異能力，並立下他人不易突破和跨越的功績。

「大」字本為一人以手腳的最大直伸長度而站立，後來從此引申可泛指在面積、體積、容量、數量、力量、強度、年齡、重要性等方面超過一般或超過所比較的對象；或在程度、規模、聲勢、時間等方面超過一般或超過所比較的對象。因為超過比較的對象，若要依程度而排序，那是排在前面的，所以「大」也能表示排行第一的概念。又因為「大」字引申有排序較前、程度較強的意思在，它也變成一種對別人的尊稱，通常冠在稱謂的前面。以「大」字取名命字，一個是希望被命名者各方面的能力都能大過其他人；一個是希望被命名者將來能因其能力而得到其他人的尊敬和重視。

「雄」字本義指「公鳥」，後來泛指一切雄性生物。平均來說，雄性動物的身型較高大、體能較強，所以「雄」字後來又引申有「雄壯」、「威武有力」的意思。如果做為名詞使用，來稱呼某些人的話，「雄」字指的就是傑出的、能稱霸一方的「英雄」。以「雄」字取名命字，一個原因是期待被命名者在體型和體能上能高人一等；一個是希望他不只是在生理機能上強過別人，還能在智力上高過他人，強勢地成為他人的領袖，帶領眾人爭取勝利。

「豪」本來指的就是豪豬；它也能專指豪豬身上的長刺或是動物身上的長毛。由於豪豬是力大難纏的野獸，用來比擬人類社會的話，也就能指那些在群體當中才德、力量讓人難以擊敗的人；這樣的人也就是「豪強」、「豪傑」那般的統帥、首領。能有「豪」那般的力量和統領能力，成大事不拘小節，這樣的人，個性也是十分「豪放」、「豪邁」的。以「豪」字取名命字，一個是希望被命名者具有像豪豬那樣巨大無比的力量；一個是希望被命名者能成為豪邁的、帶領眾人的豪傑，將眾人帶上幸福康莊的大道。

「強」字本指害蟲，後來假借為「彊」。「彊」字本指弓強而有力，引申可指一切有力的事物。以「強」字取名命字，主要取它的假借義，既是祝福被命名者具有強運，能一生順利；也是希望被命名者在各方面都具有強大的能力，使得生活中的諸種問題都可輕易迎刃而解。

與本字組有關的好話

以下收錄與本字組有關的好話，除了方便自我介紹和介紹親友外，讀完也能增進詞語知識和相關的應用能力哦！

宏

·崇論宏議（弘）

高論博議，引申可指高明的見解。《史記．司馬相如列傳》：「且夫賢君之踐位也……必將崇論閎議，創業垂統，為萬世規。」也可作「崇論閎議」、「崇論竑議」或「崇論吰議」。

·宏才大略

傑出的才能和謀略。〔宋〕蘇洵〈上皇帝書〉：「若其宏才大略，不樂於小官而無聞焉者，使兩制得以非常舉之。」也可作「宏材大略」或「雄才大略」。

·寬宏大量

待人寬容而有大器量。〔元〕無名氏《漁樵記．第三折》：「我則道相公不知打我多少，元來那相公寬洪大量。」也可作「寬洪大量」。

·奇傑偉志

既有才能，又有遠大的志向。〔明〕方孝孺〈送李宗魯序〉：「臨海李宗魯，年二十餘，奇傑有偉志。入太學，貧不能自給，人不見其有困容。」

·博學偉才

廣博的學問和高明的才能。《後漢書·崔駰傳》：「〔駰〕年十三能通《詩》、《易》、《春秋》，博學有偉才。」

·偉績豐功

偉大的功績。〔明〕黃綰《明道編·卷三》：「偉績豐功，籠絡一世。」也可作「豐功偉績」。

大

·大才槃槃

具有極大的才幹。《世說新語·賞譽下》：「揚州獨步王文度，後來出人郗嘉賓」，劉孝標注引〔南朝·宋〕檀道鸞《續晉陽秋》：「時人爲一代盛譽者語曰：『大才槃槃謝家安，江東獨步王文度，盛德日新郗嘉賓。』」

·大千世界

佛教語，爲「三千大千世界」的省稱；後來引申可指廣闊無邊的世界。

雄

‧地大物博

國家疆土遼闊，物產豐隆。梁啓超《新民議‧敘論》：「加以中國地大物博，國民性質之複雜……今乃取一群中種種問題而研究之，論定之，談何容易！」

‧雄姿英發

姿態雄壯，才華洋溢。〔宋〕蘇軾〈念奴嬌‧赤壁懷古〉詞：「遙想公瑾當年，小喬初嫁了，雄姿英發。羽扇綸巾，談笑間，強虜灰飛煙滅。」

‧雄文大手

擅於書寫偉大詩文的高手。〔宋〕歐陽修《六一詩話》：「敘人情，狀物態，一寓於詩，而曲盡其妙，此在雄文大手固不足論，而余獨愛其工於用韻也。」

‧膽大心雄

膽子既大，又有雄心。〔明〕杜濬〈初聞燈船鼓吹歌〉：「船中百甕梁溪酒，膽大心雄選鋒手。」也可作「膽壯心雄」。

豪

‧豪商巨賈

指家大業大的大商人。《宋史‧食貨志下五》：「由是虛估之利皆入豪商巨賈。」

·磊落豪橫

自在明快而雄豪霸氣。〔清〕趙翼《甌北詩話．韓昌黎詩》：「其實〈石鼓歌〉等傑作，何嘗有一語奧澀，而磊落豪橫，自然挫籠萬有。」

·豪情壯志

豪邁的感情及遠大的志向。

強

·國富兵強

國家富庶、兵力強盛。典故出自《戰國策．齊策四》：「齊放其大臣孟嘗君於諸侯，諸侯先迎之者，富而兵強。」

·博聞強記

有淵博的知識和過人的記憶力。《韓詩外傳．卷八》：「人眾兵強而守之以畏者勝，聰明睿智而守之以愚者哲，博聞強記而守之以淺者不隘。」也可作「博聞彊識」。

·人強馬壯

士兵和戰馬的戰鬥力強大。〔元〕武漢臣《老生兒．第一折》：「使不著人強馬壯，端的是鬼使神差。」

惠、慧、嫻（嫺）、淑、敏

本字組與相關諸字的歷史面貌和它們的造字本義

古字小常識：从，是「從」的本字，即起初的寫法。

	惠	慧
甲骨文		
金文		
戰國文字		
小篆		

	嫻
行書	
草書	

	嫺
甲骨文	
金文	
戰國文字	
小篆	

	閑	間	淑
甲骨文			
金文			
戰國文字			
小篆			

1. 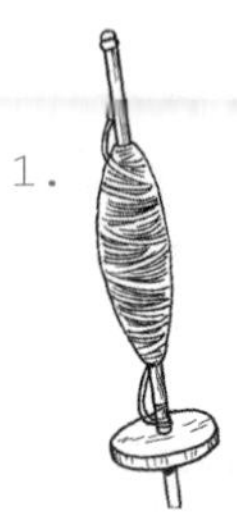
2. 
3. 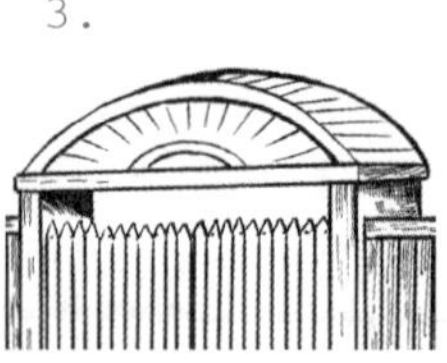
4. 

1.「叀」是象形字，描繪紡錘的形狀。
2. 古人認為女子一定要熟稔紡織，才稱得上具備賢惠的美德。
3.「閑」是會意字，表示門前木製的柵欄。
4.「閒」為會意字，表示從門中窺月的意思。

「惠」這個字，《說文解字》解釋道：「仁也。从心从叀。」它是個从「心」从「叀」的會意字，本義指「仁惠之心」，所以从「心」這個義符。它的另一個義符「叀」是象形字，全字描繪一具紡錘。一個人心心念念都在紡織這類女工，必定是個淑惠之人。

「慧」這個字，《說文解字》解釋道：「儇也。从心彗聲。」它是個从「心」「彗」聲的形聲字，本義指「小聰明」，所以从「心」這個義符。它的聲符「彗」是會意字，全字即手執掃帚、拂塵之形（詳本書天文地理字組第三「雪」字）。

「嫻」這個字或作「嫺」，《說文解字》解釋道：「雅也。从女閒聲。」它是個从「女」「閑」（閒）聲的形聲字，本義指「優雅的樣子」，因為女性的動作通常較男性輕柔優雅，所以此字从「女」這個義符。它的聲符之一「閑」，《說文解字》解釋道：「闌也。从門中有木。」它是個从「門」从「木」的會意字，指的就是門前發揮保護功能的木柵。

它的聲符之二「閒」是個从「門」从「月」的會意字，本意為門縫中窺月。今日則較常寫作从「門」从「日」的「間」，字義後來引申可指「縫隙」，所以《說文解字》才說它：「隟也。从門从月。」

「淑」這個字，《說文解字》解釋道：「清湛也。从水叔聲。」它是個从「水」「叔」聲的形聲字，本義指「清湛」，所以从「水」這個義符。它的聲符「叔」是會意字，表示以弋插土掘芋或種植（詳參本書數序字組之四「叔」字）。

「敏」這個字，《說文解字》解釋道：「疾也。从攴每聲。」是個从「攴」「每」聲的形聲字，本義指「動作快」，所以从和「又」旁可以相通用的義符「攴」。它的聲符「每」則是「母」的分化字（詳參本書天文地理字組之八「海」字）。後來「敏」的「迅疾」義又引申出積極進取的意思。

以本字組取名命字的名人

「惠」：春秋魯國大夫柳下惠，臺灣藝人張惠妹、王惠武、紀文惠。

「慧」：臺灣新聞主播黃寶慧，臺灣藝人林慧萍、許慧欣、潘慧如、彭佳慧，香港藝人陳慧琳。

「嫻」（嫺）：臺灣藝人吳靜嫻、黃瑜嫻（小嫻），臺灣詩人楊佳嫻，香港藝人葉德嫻。

「淑」：臺灣藝人陳淑樺、林淑容、蕭淑慎、吳淑敏、曾淑勤、孫淑媚，香港藝人邱淑貞。

「敏」：臺灣名作家簡敏媜（簡媜）、臺灣藝人吳敏，臺灣政治人物彭明敏、辜寬敏，香港藝人尤敏、周慧敏。

以本字組取名命字的用意

「惠」字本為女子心心念念在女工。女子務於本業，合該是柔順守本分之人，所以「惠」字又引申有「柔和」的意思。女子柔和，對夫對子必當疼愛，所以「惠」字又有「愛護」、「照顧」、「恩愛」的意思。既然愛之，或者有所饋贈，所以「惠」也可表示所賜予的「恩惠」。又「惠」字也通「慧」，表示「聰慧」。以「惠」字取名命字，主要希望被命名的女子能柔順務本、愛護家人、聰慧地安頓家事。「慧」字本義指小聰明、小智慧。以「慧」字取名命字，主要在希望被命者具有隨機應變的機靈。

「嫻」（嫺）字本義為優雅的樣子，不論做什麼事都很優雅，那他應該對這些事都很熟悉。因此「嫻」字引申有「嫻熟」的意思。以「嫻」字取名命字，主要希望被命名者能文靜優雅，對一切家事又能駕輕就熟。

「淑」字本義在形容水的清澈。如果一個人的心十分澄明清澈，他應是個理性善良的人，所以「淑」又引申有「善美」的意思。以「淑」字取名命字，一個原因與以「慧」字為名相當；一個是希望被命名者能成為善良完美之人。

「敏」字本來指的是行動很疾速、反應很快的意思。一個人要夠聰明才能隨機應變，所以「敏」又引申有「聰敏」的意思。做事機敏、動作快又不犯錯，從這層意思出發，「敏」又能表示「勤勉」、「審慎」。又「敏」字也可通「憫」。以「敏」字取名命字，一個原因是希望被命名者的動作快、效率高；一個原因是希望被命名者能機靈聰敏；一個原因則是期許被命名者成為小心、細心又有同情心的人。

與本字組有關的好話

以下收錄與本字組有關的好話，除了方便自我介紹和介紹親友外，讀完也能增進詞語知識和相關的應用能力哦！

惠

‧惠而不費

施惠於人也不須付出任何代價。《論語‧堯曰》：「因民之所利而利之，斯不亦惠而不費乎！」

‧澆瓜之惠

以德報怨，引申指不因小怨而結大仇。典故出自〔漢〕劉向《新序‧雜事四》記錄了一個故事：梁與楚的邊亭皆種了瓜。楚亭人妒恨梁人的瓜長得好，夜裡前往搗毀。梁縣令宋就制止了梁人的報復，並派人幫助楚人種瓜，使楚的瓜一日長得比一日美。楚王因此以重金相謝，從此與梁交好。

·齒牙餘惠

嘴巴講幾句好話就能幫上大忙。〔清〕蒲松齡《聊齋志異·公孫九娘》：「生乃坐，請所命。曰：『令女甥寡居無耦，僕欲得主中饋。屢通媒妁，輒以無尊長之命爲辭。幸無惜齒牙餘惠。』」也可作「齒牙餘慧」。

慧

·慧業文人

有文學天分而從事文創工作的人。典故出自《宋書·謝靈運傳》：「太守孟顗事佛精懇，而爲靈運所輕，嘗謂顗曰：『得道應須慧業文人，生天當在靈運前，成佛必在靈運後。』顗深恨此言。」

·靈心慧性

靈巧的心思和聰慧的天資。《兒女英雄傳·第二七回》：「自己本生得一副月貌花容，一團靈心慧性，那怕丈夫千金買笑，自料斷不及我一顧傾城。」

嫺

·（嫺）姣冶嫺都

美好而優雅。《史記·司馬相如列傳》：「若夫青琴宓妃之徒，絕殊離俗，姣冶嫺都。」司馬貞索隱：「郭璞云：『都，雅也。』《說文》曰：『嫺，雅也。』或作『閑』。」

淑

·性本嫻淑

本性文靜而善良。〔清〕蒲松齡《聊齋志異·珊瑚》：「生娶陳氏，小字珊瑚，性嫺淑。」

·性情嫻穆

本性優雅而莊重。蘇曼殊《斷鴻零雁記·第十三章》：「彼姝性情嫻穆，且有夙慧。」也可作「性情嫻靜」。

·酷烈淑郁

香氣十分強烈濃郁。《文選·司馬相如〈上林賦〉》：「芬芳漚鬱，酷烈淑郁。」

·資質淑美

本性賢淑美麗。《漢書·張敞傳》：「今太后資質淑美，慈愛寬仁，諸侯莫不聞。」

·淑世濟人

濟世與助人。〔清〕曾國藩〈復劉霞仙中丞書〉：「用今日冠服拜跪之常，而悉符古昔仁義等殺之精，儻亦淑世者所有事乎！」

·訥言敏行

說話謹慎，辦事機敏。《論語．里仁》：「君子欲訥於言而敏於行。」

·好古敏求

喜好追求古人的智慧，勉力求知。典故出自《論語．述而》：「我非生而知之者，好古敏以求之者也」。

·燃萁之敏

相傳〔三國．魏〕曹植在其兄曹丕的脅迫下七步成詩，詩中有「萁在釜下燃，豆在釜中泣」二句。後來便以「燃萁之敏」形容文思敏捷。

靜、清、潔

古字小常識：从，是「從」的本字，即起初的寫法。

本字組與相關諸字的歷史面貌和它們的造字本義

	靜	青	爭
甲骨文			 [古文字形]
金文	 [古文字形]	 [古文字形]	 [古文字形]
戰國文字	 [古文字形]	 [古文字形]	
小篆	 [古文字形]	 [古文字形]	 [古文字形]

	清	潔	(契)
甲骨文			 [古文字形]
金文			 [古文字形]
戰國文字	 [古文字形]		
小篆	 [古文字形]	 [古文字形]	 [古文字形]

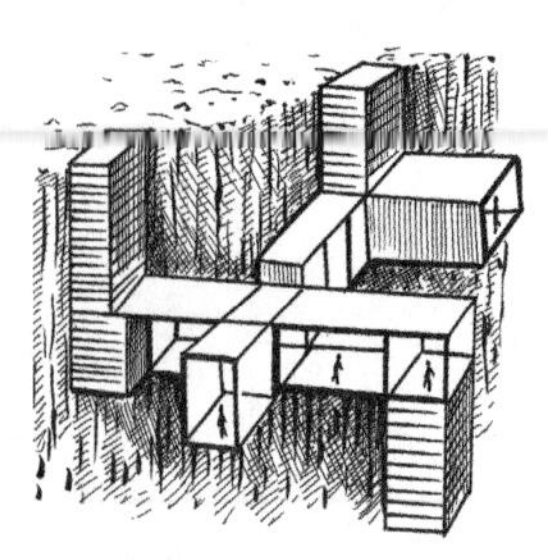

● 戰國時期的礦井是由豎井、斜巷、平巷等相結合組成。

「靜」這個字，《說文解字》解釋道：「審也。从青爭聲。」它是個从「青」「爭」聲的形聲字，本義指「明審顏色」，所以从「青」這個義符。「青」這個字本身是會意字，《說文解字》解釋道：「从生、丹」，表示「青」色是从丹青提煉出來的。「丹」這個義符，《說文解字》解釋道：「巴越之赤石也。象采丹井，一象丹形。」它是個指事字，全字原指從礦井中採出丹青，後引申可指「丹青色」。

古人挖井取礦的技術，到了春秋時期已經非常成熟。根據中國南方出土銅綠山的遺跡可以知道，當時礦井已分豎井和斜井兩種，井深可達四十公尺左右。到戰國時期，礦井已能深達五十餘公尺，並由豎井、斜巷、平巷等相結合組成更為科學的礦井系統。通風方面，利用不同井口氣壓的高低差形成自然風流，再密閉已廢棄的巷道，引導風流沿著挖掘的方向前進。巷道支撐方面，採用榫接和搭接相結合的木支架，能有效的承受巷道四方的壓力，避免礦井崩塌。在井下排水方面，用木水槽構成井下排水系統，引水到水坑，然後再用桶子提出井外。以上諸種設計在今日看來都是十分科學的。

「爭」為會意字，其甲骨文、金文描摹出兩手爭奪某物的樣子。

「㓞」的原義以刀契刻出文字或花紋。

「爭」作為「靜」的聲符，本身是個會意字，《說文》徐鉉注解：「𠬪，二手也。而曳之，爭之道也。」全字畫出兩隻手在爭奪某物。「靜」也可通「靖」，表示「鎮靜」、「平靖」。

「淨」這個字，《說文解字》解釋道：「魯北城門池也。从水爭聲。」它是個从「水」「爭」聲的形聲字，本來指的是魯北城門池，所以从「水」這個義符；後借指「清淨」。

「清」這個字，《說文解字》解釋道：「朖也。澂水之貌。从水青聲。」段玉裁注解：「引申之，凡潔曰清。凡人潔之亦曰清。同瀞。」它是個从「水」「青」聲的形聲字，本指水清澈的樣子，所以从「水」這個義符。後來引申可形容東西經過清洗後呈現的清潔樣貌。

「潔」這個字，《說文解字》解釋道：「瀞也。从水絜聲。」它是個从「水」「絜」聲的形聲字，本義指「乾淨無塵垢」，東西要乾淨多半得靠水洗，所以从「水」這個義符。它的聲符「絜」，《說文解字》解釋道：「麻一耑也。从糸㓞聲。」它的本義指的就是以刀將麻繩分段而得出的繩端，所以从「糸」這個義符。「絜」的聲「㓞」則是個从「丰」从「刀」的會意字，原義為以刀契刻出花紋或文字符號。被刻畫的木片等物稍後被分成二半，由交易或締約的二造持有。將來用來做為確定交易或是盟約的信物——「㓞」也就是「契」字的初文。

以本字組取名命字的名人

「靜」：臺灣藝人伊能靜、賈靜雯、連靜雯、郭靜，香港藝人張靜初、新加坡籍華裔藝人許美靜，中國藝人寧靜、白靜。

「清」：宋朝詞人李清照、民初作家朱自清、臺灣名企業家高清愿，臺灣藝張清芳、費玉清，臺灣政治人物賴清德。

「潔」：臺灣新聞主播吳依潔，臺灣藝人郭采潔、吳映潔（鬼鬼）、徐潔兒，馬來西亞籍華裔藝人李心潔。

以本字組取名命字的用意

「靜」字本指將顏色看得清楚，有「明審」的意思。「靜」又可通「靖」字，所以「靜」也有「安定」、「安靜」、「平靜」的意思。以「靜」取名命字，一個是期待被命名能冷靜、理智的看待和處理世事，另一個用意與以「安」字為名相當。

「淨」原指春秋魯國都城北城門的護城河名，後來借指「潔淨」的意思，字的用法與表示清淨無垢的「瀞」字相同。《說文解字》提到：「淨，今俗用為瀞字。」「清」字本義為水清澈的樣子，後來可以表示東西經水洗而乾淨的樣子——它的字用和「淨」、「潔」等字相近。

「潔」本來指的是清淨無垢，和「淨」的意思相近。此外，「潔」還能形容一個人德行操守的清白。以「淨」字取名命字，主要在希望被命名者能心無雜垢，能如明鏡一般明審世事，這部分的取名用意與取「靜」字為名相當。以「潔」字取名命字，其用意除與以「淨」、「靜」字為名相當外，還希望被命名者能如同愛護居家環境的整潔那樣去愛護自己的名節。

與本字組有關的好話

以下收錄與本字組有關的好話，除了方便自我介紹和介紹親友外，讀完也能增進詞語知識和相關的應用能力哦！

靜・風恬浪靜

風微浪平——沒有風浪；後來引申可形容平靜無事。〔唐〕裴鉶《傳奇・鄭德璘》：「物觸輕舟心自知，風恬浪靜月光微。」

淨

・神閒氣定

精神悠閒、氣息平靜。〔明〕馮夢龍《智囊補・捷智・張佳胤》：「祁爾光曰：『當命懸呼吸間，而神閒氣定，款語揖讓，從眉指目語外，另搆空中碩畫。』」也可作「神閑氣靜」。

・沉聲靜氣

聲音低沉、態度平和。冰心〈到青龍橋去〉：「他沉聲靜氣的問：『你是那裡的，要往那裡去？』」也可作「沉聲靜氣」或「沉心靜氣」。

・清淨無爲

春秋時期道家的一種哲學主張：天道自然無爲，人如果比照修行，應堅守清靜，消極無爲，才能復返自然。也可作「清淨無爲」。

・六根清淨

佛教指修行者不受到六種誘惑的影響；後來引申指不受到物欲的左右。〔隋〕煬帝〈寶臺經藏願文〉：「五種法師，俱得六根清淨。」

・風輕雲淨

微風輕柔、浮雲輕薄；用來形容天氣好。〔元〕楊暹《西遊記・第四本第十三齣》：「元定下的夫妻怎斷，喒茶濃酒酣，趁著風輕雲淡，省得著我倚門終日盼停驂。」

·才高氣清

謂才能高出而氣質清爽。〔唐〕韓愈〈與孟東野書〉：「足下才高氣清，行古道，處今世，無田而衣食，事親左右無違，足下之用心勤矣。」

·時清海宴

宴即晏；本句指時世清明，海內安定。《敦煌曲子詞·獻忠心》：「時清海宴定風波，恩光六塞，瑞氣遍山坡。」

·河清人壽

傳說中黃河水千年才澄清一次，本句主要用來祝頌人能活到河清那時長壽。〔清〕顧貞觀〈金縷曲·寄吳漢槎寧古塔以詞代書〉詞之二：「但願得、河清人壽。歸日急繙行戍藁，把空名、料理傳身後。」

潔

·才高行潔

才能高出，品行高潔。〔漢〕王充《論衡·逢遇》：「賢不賢，才也；遇不遇，時也。才高行潔，不可保以必尊貴；能薄操濁，不可保以必卑賤。」

·潔己奉公

自己廉潔之外，也爲公事盡心盡力。《宋書·夷蠻傳·林邑國》：「龍驤將軍、交州刺史檀和之……潔己奉公，以身率下。」

·**言芳行潔**

言行高潔流芳。〔清〕方文〈贈別周穎侯〉詩：「言芳行潔師古人，白玉不肯汙纖塵。」

婷、娟

古字小常識：从，是「從」的本字，即起初的寫法。

本字組與相關諸字的歷史面貌和它們的造字本義

	亭	娟	肙
甲骨文			
金文			
戰國文字			
小篆			

「婷」這個字，《集韻》解釋道：「同娗。娉婷，美好貌。」它是从「女」「亭」聲的形聲字，本義指（女子）和悅美好的樣子，所以从「女」這個義符。它的聲符「亭」，《說文解字》解釋道：「亭有樓，从高省，丁聲。」它本來是個从「高」省从「丁」聲的形聲字，本意指亭臺，所以从「高」這個義符；聲符「丁」則本指釘子（詳參本書人德字組之八「成」字）。

「娟」這個字，《說文解字》解釋道：「嬋娟也。从女肙聲。」此字是個从「女」「肙」聲的形聲字，本義指（女子）輕盈美好

● 「亭」字的金文已經可以看出亭子形狀的雛形。

● 「肙」的本義是指一種頭大身小的蟲。

的樣子，所以从「女」這個義符。它的聲符「肙」，《說文解字》解釋道：「小蟲也。」它本身是個象形字，原義是一種嘴巴或頭大到和身體不成比例的小蟲，引申可指小蟲爬行的樣子，它也是「蜎」的初文。因為「肙」是小蟲，所以凡是从「肙」的字如「涓」、「絹」等字都有「細」、「小」的意思。

以本字組取名命字的名人

「婷」：臺灣藝人侯湘婷、周幼婷、郭婷婷、胡婷婷，中國藝人甘婷婷，臺灣政治人物王昱婷。

「娟」：臺灣作家張曼娟，臺灣藝人蔡幸娟、傅娟、王淑娟、金智娟，臺灣職藍選手錢薇娟、中國藝人王娟。

以本字組取名命字的用意

「婷」字和「娗」字是異體字，作形容詞用，本義表示「顏色和悅」。以「婷」字取名命字，寄寓命名者希望被命名者能夠臉色和悅的用意。因為臉色和悅，和氣待人，並不只是做表面工夫，要時時刻刻都能如此，也必須要有一定的氣質涵養才行。所以以「婷」命名，具有對被命名者內外表現的雙重期待。此字是常見的女性命名用字。

「娟」字作形容詞用，本來是形容輕盈美麗的樣子。跳舞之人身態也輕盈，於是「娟」字也能擴大來形容跳舞的優美姿態。以「娟」字取名命字，寄寓了命名者希望被命名者能夠身形輕盈、美麗永駐的用意。此字也是常見的女孩命名用字。

與本字組有關的好話

以下收錄與本字組有關的好話，除了方便自我介紹和介紹親友外，讀完也能增進詞語知識和相關的應用能力哦！

．娉婷嬝娜

形容女子姿態柔美。〔明〕徐復祚《紅梨記．豪宴》：「我府中歌童舞女雖多，端沒有這妮子娉婷嬝娜。」

．褭褭婷婷

形容女子體態輕盈。〔元〕張可久〈折桂令．酒邊分得卿字韻〉曲：「風風韻韻，裊裊亭亭。」也可作「裊裊亭亭」。

娟

·長眉連娟

纖細的眉毛具美感地彎曲。《史記·司馬相如列傳》：「長眉連娟，微睇綿藐。」

·玉翼蟬娟

如仙女下凡那樣的美人。〔元〕王仲元〈粉蝶兒·集曲名題秋怨〉套曲：「把一箇玉翼蟬娟，閃在瑤臺月底。」

·容貌娟妍

容貌俊美而艷麗。〔清〕余懷《板橋雜記·麗品》：「〔董白〕天姿巧慧，容貌娟妍。」

青、紅、紫

古字小常識：从，是「從」的本字，即起初的寫法。

本字組與相關諸字的歷史面貌和它們的造字本義

	紅	紫
甲骨文		
金文		
戰國文字		
小篆		

「青」這個字是個从「丹」「生」聲的形聲字，指出於礦井之丹青。（詳本書形容字組第十一「靜」字）「紅」這個字，《說文解字》解釋道：「帛赤白色。从糸工聲。」它是個从「糸」「工」聲的形聲字，原指帛染成淡紅色，所以从「糸」這個義符。它的聲符「工」為象形字，表示一種生活中常見的工具（詳參本書天文地理字組之八「江」字）。「紅」本指染紅的布帛，引申可指所有紅色。

「紫」這個字，《說文解字》解釋道：「帛青赤色。从糸此聲。」它是個从「糸」

● 「此」為會意字，表示「此地」的意思。

● 「紫」為形聲字，本指被染成青赤色的布帛。

● 「紅」為形聲字，本指帛類的絲織物被染成淡紅色。

「此」聲的形聲字。原指染成青赤色的帛，所以从「糸」這個義符；後來引申可指所有介於紅和藍之間的顏色。「紫」的聲符「此」，《說文解字》解釋道：「止也。从止从匕。」它本身是個从「止」从「匕」（反「人」）的會意字，表示人走到的這個地方，意思即「此地」。

以本字組取名命字的名人

「青」：西漢平匈奴名將衛青、宋朝平西夏之亂大將狄青、臺灣歌仔戲名角葉青、大陸文革核心人物江青、香港藝人劉青雲。

「紅」：宋朝名將韓世忠之妻梁紅玉，香港藝人鍾楚紅、惠英紅，美籍華裔電視演員陳紅，中國藝人孫紅雷、陶紅。

「紫」：臺灣藝人潘迎紫、香港藝人鄧紫棋、馬來西亞籍華裔藝人楊紫瓊、中國政治人物趙紫陽。

以本字組取名命字的用意

「青」字原指極深的綠色，由於顏色很接近丹青的深藍色，所以取後者之形造出「青」這個形聲字。植物大部分都是綠色，所以「青」字也和「木」的形象產生重疊。植物在生意盎然的情形之下必然青蔥翠綠，「青」也因此隱含「生命」的意思。以「青」字取名命字，一個可能是相命師指點被命名者命中缺木，於是取「青」字為名；一個可能是表示命名者希望被命名者能像吸飽天地精華的植物一樣朝氣蓬勃。

「紅」字原指淺赤色的帛布，後泛指粉紅色、桃紅色等。因為血液也是紅色的，所以「紅」字也能隱喻「血」。為了吸引蜜蜂來授粉，植物所開出的花朵很多也都是紅色，所以「紅」字也能隱喻「花」。在東方，紅色是東方文化中喜慶專用的顏色，所以紅色也能隱喻「吉祥」。低溫火偏向紅色到黃色之間，所以「紅」又和火的形象相重疊。以「紅」字取名命字，一個原因是希望被命名者像紅花一樣美艷；一個原因是希望「紅」字能為被命名者帶來吉祥；一個原因是經相命師指點被命名者命中缺火，於是以「紅」字加以救濟；一個可能是以「紅」字向那些為了革命建國而拋頭顱撒熱血的先烈們致敬。

「紫」字原本表示紅和藍合成的顏色。某些官員的衣冠、帽纓或官印上面的綬帶也使用紫色，所以「紫」字也隱含了「加官進爵」的意思。又因為《論語》記載孔子不喜歡當時流行的「紫色」奪去「紅色」的正統地位（文化主流用色），所以「紫」又被視為比「紅」還要強烈的顏色。以「紫」取名命字，或者寄寓了命名者希望被命名者能官運亨通的用意；或者原想取「紅」字為名，但覺得「紅」的程度還不太夠，於是擇用比「紅」意象還要強烈的「紫」。

與本字組有關的好話

以下收錄與本字組有關的好話，除了方便自我介紹和介紹親友外，讀完也能增進詞語知識和相關的應用能力哦！

青

·平步青雲

形容一個人很快地登上高位。典故出自《史記·范睢蔡澤列傳》：「須賈頓首死罪曰：『賈不意君能自致於青雲之上。』」

·萬古長青

永遠像春天的草木一樣青蔥翠綠。〔元〕無名氏《謝金吾·第四折》：「也論功增封食邑，共皇家萬古長春。」也可作「萬古長春」。

·名垂青史

名聲永遠留在史冊上。〔清〕卓爾堪《明遺民詩·序》：「死事者名垂青史，固無論已。」

紅・柳綠花紅

柳樹抽綠、紅花滿開；主要用來形容春天的美麗景色。《五燈會元・龍華球禪師法嗣・酒仙遇仙禪師》：「偈曰：『……秋至山寒水冷，春來柳綠花紅。一點動隨萬變，江村煙雨濛濛。』」

紫・奼紫嫣紅

各種色彩艷麗的花朵。〔明〕湯顯祖《牡丹亭・驚夢》：「原來奼紫嫣紅開遍，似這般都付與斷井頹垣。」

・**大紅大紫**

身上穿著紅色或赤色的華服；用來形容顯赫、得意的樣子。老舍《四世同堂・五三》：「我看出來，現在幹什麼也不能大紅大紫，除了作官和唱戲！」

・**萬紫千紅**

形容各色百花齊放；引申可指事物豐富多采。〔宋〕朱熹〈春日〉詩：「等閒識得東風面，萬紫千紅總是春。」

・**露紅煙紫**

形容花木的色彩露頭而鮮艷。〔宋〕曾鞏〈芍藥廳〉詩：「小碧闌干四月天，露紅煙紫不勝妍。」也可作「露紅煙綠」。

·兼朱重紫

朱指朱衣，紫指紫綬；本句指兼任很多顯耀官職。〔晉〕葛洪《抱朴子·任命》：「服冕乘軺，兼朱重紫，則若固有之，常如布衣。此至人之用懷也。」

美、麗、倩、秀、妍

古字小常識：从，是「從」的本字，即起初的寫法。

本字組與相關諸字的歷史面貌和它們的造字本義

	美	麗	倩	秀
甲骨文				
金文				
戰國文字				
小篆				

	引	妍	开
甲骨文			
金文			
戰國文字			
小篆			

1.

2.

3.

4.

1.有文字學專家認為「美」表示獵得大羊，有美膳可食，是一件美好的事。
2.也有其他文字學專家認為「美」表示頭上戴著羊角的裝飾品，看起來非常美麗。
3.「麗」為象形字，全字描摹出大角鹿的樣子。
4.「秀」字本義為稻穗下垂的形狀。

「美」這個字，《說文解字》解釋道：「甘也。从羊从大。羊在六畜主給膳也。美與善同意。」「美」字是個从「羊」从「大」的會意字，一說全字表示獵得大羊，人人有肉吃、有湯喝，那可是美事一件。一說全字像是一人頭長戴著羊角或羊頭頭飾，頭上有如此的裝飾，那肯定非常華麗美艷。

「倩」這個字，《說文解字》解釋道：「人字。从人青聲。東齊壻謂之倩。」它是個从「人」「青」聲的形聲字，本為古時女婿的美稱，所以从「人」這個義符。後來假借可形容女子俏麗的模樣；《詩經》和《論語》都有：「巧笑倩兮，美目盼兮」形容美女的句子出現。

「麗」這個字是個象形字，全字畫出某種大角的鹿。鹿之大角在動物的審美觀裡是美麗的；如果獵到這頭大角鹿，把牠的角取下來做為裝飾，那也是賞心悅目的。於是「麗」就引申出「美麗」的意思來。

「秀」這個字，《說文》徐鍇注解：「禾，實也。有實之象，下垂也。」它是個从「禾」从「引」省的會意

● 「开」為指事字，表示以平均力道抵住物體，使之平衡不墜下。

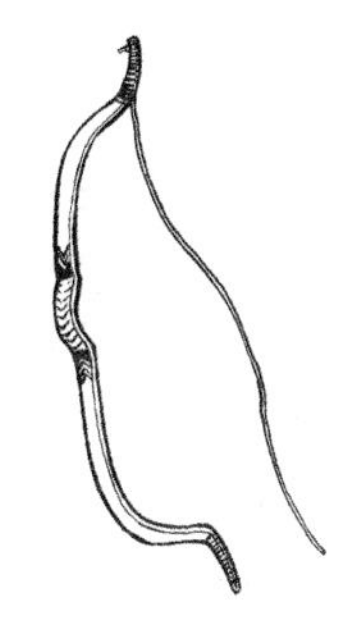

● 「引」字的本義指弓弦下垂。

字，表示稻穗飽滿下垂的樣子，所以从「禾」。它的另一個義符「引」，《說文解字》解釋道：「開弓也。从弓、丨。」本身為指事字，全字畫一支弓和鬆開下垂的弦，本義即弓弦鬆開弦往下垂的樣子，引申泛指下垂之貌。

「妍」這個字是個从「女」从「开」，「开」亦聲的會意字。《說文解字》解釋道：「技也。一曰不省録事。一曰難侵也。一曰惠也。一曰安也。从女开聲。讀若研。」它的意思很多，要理解它的眾多字義，必先从它的義符「开」下手。「开」本身為指事字，像一物平均力道抵住一物，使之平衡不墜下，引申有「抵禦」或「平衡」的意思。所以「妍」可以指一種用平均力量研磨的技術，意同「研」字；也可以指盲目地抵抗；也可以指一種和「惠」相當的德行；又或者與「平」、「安」義同。因為「妍」的最高頻率應用字義是形容女子的「惠」和「安」，所以才从「女」這個義符。

以本字組取名命字的名人

「美」：反清革命烈士陳其美、臺灣政治人物何美玥、蕭美琴、臺灣電視節目主持人于美人、臺灣藝人林美秀、中國電視演員何美鈿。

「麗」：臺灣歌手鄧麗君、臺灣歌仔戲名角楊麗花、臺灣藝人兼媒體人蘇麗媚，香港電影演員鍾麗緹、李麗珍。

「倩」：臺灣企業家兼政治人物雷倩、臺灣電視演員長倩、臺灣藝人李倩蓉、香港歌手葉倩文、香港電影演員吳倩蓮。

「秀」：漢光武帝劉秀、南宋殉國忠臣陸秀夫，太平天國天王洪秀全、東王楊秀清、中王李秀成，香港歌手鄭秀文、香港電影演員關秀媚。

「妍」：臺灣電視演員賴雅妍、趙心妍，臺灣電影演員陳妍希、香港藝人蔡卓妍（阿Sa）。

以本字組取名命字的用意

「美」字本為美味的大羊或一人頭戴羊頭裝、十分華美的意思，後來引申可以用來形容味道美好、長相美麗、品質優良、藝術水準高、風景佳、人品好、狀態美滿這一類的概念。作為動詞，則表示「喜愛」的意思。以「美」字取名命字，一個是希望被命名者長相能在水準之上；一個也是希望他能成為品行好、人見人愛的碩美之人。

「麗」本指長有大角的大鹿，大角不論在鹿的頭上或製成裝飾品，都是美事一件，因此凡是美好之物也能以「麗」來形容。由於鹿角都是成對的，「麗」也有成對的意思，意即「儷」。以「麗」字取名命字，主要是希望被命名者能人如其名，成為美麗之人。而「倩」字本指女子所嫁之婿，後來假借用以形容女子笑容甜美俏麗。以「倩」字取名命字與以「麗」字為名的用意相當。

「秀」字本指穀類抽穗開花、結實低垂，後來可泛指一切草類結籽或草木所開的花。植物得以抽穗開花，表示營養充足，草木必定茂盛；所以「秀」字也能用來形容茂盛的樣子。如同「華」（花）可以表示具有文采之人，「秀」字也有相近的用法。若是這種光采是發乎在外的，那人也應當「俊秀」、「秀麗」。以「秀」字取名命字，一個是希望被命名者生命力旺盛；一個是希望被命名者不論內外都具有俊秀亮麗的光采和文采。

「妍」字的意思很多，最常用的就是「惠美」和「平安」。女子有惠美的秉賦，能使自己及身邊的人心情平和，安靜安康，必當具有美好的德行和優越的能力，所以「妍」字也就引申有「巧慧」、「美好」的意思。以「妍」字取名命字便是希望被命名者既有美德，又具賢慧巧思，能善體人意。

與本字組有關的好話

以下收錄與本字組有關的好話，除了方便自我介紹和介紹親友外，讀完也能增進詞語知識和相關的應用能力哦！

・盡善盡美

極好極美。《論語・八佾》：「子謂《韶》『盡美矣，又盡善也』；謂《武》『盡美矣，未盡善也』。」

・美景良辰

美好的景物和時光。《北齊書・段榮傳》：「孝言雖黷貨無厭，恣情酒色，然舉止風流，招致名士，美景良辰，未嘗虛棄。」

・美不勝收

好的東西太多，一下子受用不盡。〔清〕袁枚《隨園詩話・卷三》：「見其鴻富，美不勝收。」

倩

・巧笑倩兮

笑容美好，神態俏麗。《詩經・衛風・碩人》：「巧笑倩兮，美目盼兮。」

・聲容倩善

聲音和容貌都很美好。〔清〕王倬〈看花述異記〉：「引子至殿前簾外，見絲竹雜陳，聲容倩善，正洋洋盈耳。」

・嚴勁蔥倩

草木青翠而茂盛挺拔。〔南朝・宋〕謝靈運〈山居賦〉：「當嚴勁而蔥倩，承和煦而芬腴。」

麗

・侈麗閎衍

十分的華麗繁雜；主要用來形容文辭。《漢書・藝文志》：「其後宋玉唐勒，漢興，枚乘司馬相如，下及揚子雲，競為侈麗閎衍之詞，沒其風諭之義。」

・鴻筆麗藻

形容詩文的筆力強健、使用的詞藻華麗。〔唐〕源直心〈議釋道不應拜俗狀〉：「樞紐經典，疇咨故實，理例鋒穎，詞韻膏腴，則司戎之稱鴻筆麗藻矣。」

・風和日麗

微風輕吹，陽光明麗。〔清〕沈復《浮生六記・閑情記趣》：「是時風和日麗，遍地黃金，青衫紅袖，越阡度陌，蝶蜂亂飛，令人不飲自醉。」

秀

・後起之秀

後輩中的優秀人物。《晉書・郭舒傳》：「鄉人少府范晷、宗人武陵太守郭景，咸稱舒為後來之秀，終成國器。」也可作「後來之秀」。

・秀外惠中

外表秀美，內在聰明。〔唐〕韓愈〈送李愿歸盤谷序〉：「曲眉豐頰，清聲而便體，秀外而惠中。」

· 閨英闈秀

出身大户人家、才貌俱佳的女子。《紅樓夢·第二九回》：「凡遠親近友之家，所見的那些閨英闈秀，皆未有稍及黛玉者。」

· 桃李爭妍

桃花和李花競相爭美；本句主要用來形容春光艷麗。〔明〕無名氏《萬國來朝·第二折》：「春花艷艷，看紅白桃李爭妍。」

· 抽祕騁妍

抒發深意，施展美才。〔明〕沈德符《野獲編·詞林·四六》：「本朝既廢詞賦，此道亦置不講，惟世宗奉玄，一時撰文諸大臣，竭精力爲之，如嚴分宜、徐華亭、李餘姚，召募海內名士幾遍，爭新鬥巧，幾三十年，其中豈少抽祕騁妍可垂後世者。」

· 鬥麗爭妍

競相比較艷麗。〔清〕顧祿《清嘉錄·山塘看會》：「每會至壇，簫鼓悠揚，旌旗璀璨，鹵簿臺閣，鬥麗爭妍。」

昌、成、豐、富

古字小常識：从，是「從」的本字，即起初的寫法。

本字組與相關諸字的歷史面貌和它們的造字本義

	昌	豐	富
甲骨文			
金文			
戰國文字			
小篆			

「昌」這個字，《說文解字》解釋道：「美言也。从日从曰。一曰日光也。」它是個从「日」从「曰」的會意字。表示日出即口喚大家起身工作之義，所以从「日」从「曰」，它也是「唱」的初文。由於早起工作，事業必然成功，於是「昌」字又引申出「昌盛」這一層意涵。漢字造字當中，義近字在當義符偏旁時常互用，「昌」字的「曰」形或有寫成「甘」形的情況，這才慢慢成為今日「昌」字的寫法。

「成」這個字是個聲符字，本義就是「做成（某事）」（詳參本書人德字組之八「誠」

● 「富」字表示家中物資多，日子過得很好。

● 「豐」字表現出祭品豐盛的樣子。

字）。「豐」這個字，《說文解字》解釋道：「豆之豐滿者也。从豆，象形。」「豐」和「豊」（「禮」之初文）是同源字（詳參本書人德字組之四「禮」字）。由於祭神是十分慎重、盛大的事，所以祭品不能馬虎，必須要十分豐盛才行，所以從「豊」的「豐富」義才又衍生出「豐」這個字來。

「富」這個字，《說文解字》解釋道：「備也。一曰厚也。从宀畐聲。」它是個从「宀」从「畐」的會意字，本義指家中儲備充足，所以从「宀」這個義符。它的聲符「畐」本身為表示儲物瓦器無足鬲的象形字（詳本書形容字組之三「福」字）。可以說「富」全字表示家中堆滿了儲物瓦器，物資豐富，日子很好過。說「富」是从「宀」从「畐」，「畐」亦聲也是可以的。

以本字組取名命字的名人

「昌」：唐朝邊塞詩人王昌齡、明朝書法家董其昌、清末甲午之戰殉國將領丁汝昌、鄧世昌，臺灣導演楊德昌、劉家昌。

「成」：南朝齊武帝蕭道成、明末東林黨領袖顧憲成、明末流寇闖王李自成、南明國姓爺鄭成功、臺灣藝人董至成。

「豐」：南宋武術家張三豐、臺灣著名宗教學者李豐楙、臺灣藝人羅時豐、中國藝人張豐毅。

「富」：臺灣政治人物沈富雄、張富美，臺灣氣象新聞主播李富城、香港藝人郭富城。

以本字組取名命字的用意

「昌」字本為早起喚人上工的意思；早起工作，事業成功，那絕對是美事一件，所以「昌」字又有「美善」的意思。如果天天早起工作，事業也會蒸蒸日上，所以「昌」字也能表示「興盛」。「昌」字从「日」，又隱含「光明」、「顯明」的意思。以「昌」字取名命字，主要在希望被命名者除了有強運之外，不管將來從事哪種行業，都能有很好的成績。

「成」字本指斧或錘子與釘子相配合的工具組，有這種工具，事半功倍，工作就能早日「完成」，所以「成」字引申出「成功」的意思。在你努力的領域做出「成績」，那便是你的「成就」。你就能「成為」你想變成的那樣成功人士。不管做什麼事都會有貴人「成全」你，讓你必然成功。以「成」字取名命字，最主要的就是希望被命名者不管做什麼都能成功、都能成就一番大事業。

「豐」字本指放滿祭物的祭器器皿，引申有「豐滿」的意思。事物的興盛或是茂密，與祭器被放滿的程度相當，那便是「豐盛」、「豐碩」。以「豐」字取名命字，一個原因是希望被命名者衣食無缺，豐衣足食；一個原因是希望被命名者不管做什麼都很得意，能擁有一個不凡的豐富人生。

「富」字原指家中擺滿儲物的容器，就是「富裕」的「富」。「富有」必然擁有許多東西，所以「富」又引申可形容「盛多」的程度。擁有盛多的財物，那便叫「富貴」；具有完備的各種事物，便叫「富含」。以「富」字取名命字，其意圖是很明顯的，不只希望被命名者吃飽穿暖，還祈求他能大富大貴。

✤與本字組有關的好話

以下收錄與本字組有關的好話，除了方便自我介紹和介紹親友外，讀完也能增進詞語知識和相關的應用能力哦！

·昌歜羊棗

據說周文王喜歡吃昌歜，春秋魯國的曾點喜歡羊棗；本句後來引申指人所偏好之物。

·五世其昌

到了第五代就會昌盛起來；形容一代比一代還好。《左傳．莊公二十二年》：「初，懿氏卜妻敬仲，其妻占之，曰：『吉。是謂鳳皇于飛，和鳴鏘鏘。有媯之後，將育於姜。五世其昌，並於正卿。八世之後，莫之與京。』」

· **武昌剩竹**

駐兵武昌時蒐集剩竹，待雪融之時舖路止滑。典故出自《晉書．陶侃傳》：「及王敦平，〔陶侃〕遷都督荊雍益梁州諸軍事，領護南蠻校尉、征西大將軍、荊州刺史……時造船，木屑及竹頭悉令舉掌之，咸不解所以。後正會，積雪始晴，聽事前餘雪猶溼，於是以屑布地。及桓溫伐蜀，又以侃所貯竹頭作丁裝船。」本句後來引申指尚可利用的餘料。

成

· **出口成章**

脫口而出的話都能成為好文章；用來形容口才極佳。《史記．滑稽列傳褚少孫論》：「滑稽」，司馬貞索隱引北魏崔浩云：「滑稽，流酒器也。轉注吐酒，終日不已。言出口成章，詞不窮竭，若滑稽之吐酒。」

· **一舉成名**

讀書人一旦科舉及第就天下聞名；後來引申指一下子就出了名。〔唐〕韓愈〈國子監司業竇公墓志銘〉：「公一舉成名而東。」

· **一氣呵成**

原本指詩文的氣勢流暢，一次就寫出來；後來引申指一口氣完成一件重大的工作。〔明〕胡應麟《詩藪．近體中》：「若『風急天高』，則一篇之中句句皆律，一句之中字字皆律，而實一意貫串，一氣呵成。」

·五穀豐熟

各種農作物都豐收。《六韜·立將》：「是故風雨時節，五穀豐熟，社稷安寧。」

·時和年豐

四時的變化和順，使得五穀豐收；主要用來稱頌太平盛世。《詩經·小大雅譜》〔唐〕孔穎達解釋道：「萬物盛多，人民忠孝，則致時和年豐。故次〈華黍〉，歲豐宜黍稷也。」

·豐功盛烈

巨大的功績和隆盛的事業。〔宋〕歐陽脩〈相州晝錦堂記〉：「其豐功盛烈，所以銘彝鼎而被絃歌者，乃邦家之光，非閭里之榮也。」也可作「豐功偉績」。

富

·年富力強

年紀輕、體力強。《論語·子罕》：「後生可畏」，〔宋〕朱熹解釋道：「孔子言後生年富力強，足以積學而有待，其勢可畏。」

·民殷國富

人民富裕、國力殷實。《三國志·蜀志·諸葛亮傳》：「今劉璋闇弱，張魯在北，民殷國富而不知存恤，智能之士思得明君。」

富家大室

積累許多財產的大戶人家。〔宋〕何薳《春渚紀聞．二富室疏財》：「所謂富家大室者，所積之厚，其勢可以比封君，而錢足以使鬼神。」又可作「富家巨室」。

光、輝、明、亮、榮

本字組與相關諸字的歷史面貌和它們的造字本義

字體	光	字體	輝	字體	煇	軍
甲骨文		隸書		甲骨文		
金文		行書		金文		
戰國文字		草書		戰國文字		
小篆		楷書		小篆		

字體	匀	明	榮
甲骨文			
金文			
戰國文字			
小篆		（古文）	

古字小常識：从，是「從」的本字，即起初的寫法。

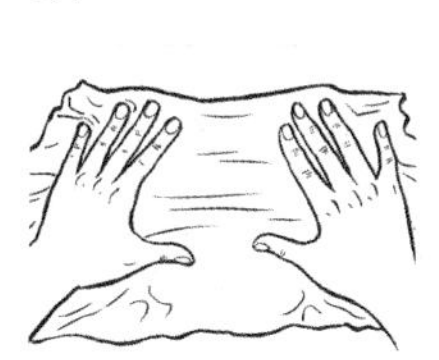

1.「光」字本義指一人手執火把照亮前方。 2.「軍」字本義為古代的戰車。
3.「勻」字表示用手將物品攤平。
4.「明」為會意字，表示從窗看月，家中因月光而明亮。

「光」這個字，《說文解字》解釋道：「明也。从火在人上，光明意也。」全字為从「火」从「人」的會意字，本指一人手執火把照亮前方的樣子，古文「光」字的寫法不从「人」而从「卩」。跪著的人頭上有火光，人的前面也是十分光亮。

「輝」這個字，《康熙字典》解釋道：「《集韻》：『光也。』火之光也。《說文》作『煇』。」它是個从「光」「軍」聲的形聲字，本義指火光，和「煇」字互為異體字。「軍」作為聲符，本身也是個形聲字，从「車」「勻」聲，《說文解字》解釋道：「軍，兵車也。」它原指戰車，所以字从義符「車」，引申可指軍隊。「軍」的聲符「勻」則是指事字，全字像是用手把東西攤平擺均，它也就是「均」字的初文。

「明」這個字，《說文解字》解釋道：「照也。从月从囧。」它是個从「月」从「囧」（窗之初文）的會意字，表示自窗看月，家中因月光而明亮，所以从「月」這個義符。「囧」，《說文解字》解釋道：「窻牖麗廔闓明。」它是個象形字，全字畫出古色古香的窗子，「明」字中的「囧」或替換成「日」，使得全字从「日」「月」會意，乃不改其「光明」、「光亮」的意思。

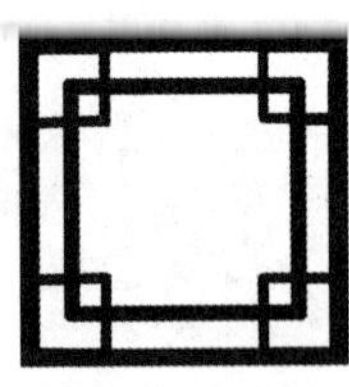

● 「榮」字表示有許多火把照明。

● 「囧」的字形描繪出古色古香的窗子。

「亮」這個字，《康熙字典》解釋道：「信也。《孟子》：『君子不亮，惡乎執。』〈古詩十九首〉：『君亮執高節，賤妾亦奚為。』又明也。」它是個从「高」省从「人」的會意字。人在高處，看得自然清楚確實，所以「亮」有「信實」的意思；人處高處，視野沒有阻擋，光線充足，自然明亮，所以「亮」又有「光明」的意思。

「榮」這個字原先的寫法像是二支火把交疊的樣子。漢字造字，疊用二個構件就可以表示「很多」的意思，像「炎」从二「火」、「林」从二「木」就是。有很多火把照明，前途光明，當然「光榮」的不得了。後來因為本字從火光很旺盛引申可形容生命力很旺盛，還被專用來形容植物生長美好的程度，於是累增了「木」這個義符。

以本字組取名命字的名人

「光」：漢政治家霍光、漢朝高士嚴光、宋朝史學家司馬光、明朝名臣歸有光、明朝平倭名將戚繼光、明末忠臣左光斗、明末科學家徐光啟、美籍臺裔考古學大師張光直。

「輝」：臺灣政治人物李登輝，臺灣藝人許傑輝、李炳輝，香港媒體人陳輝虹，香港藝人梁家輝、張家輝，大陸藝人王輝。

「明」：春秋末年史學家左丘明、唐玄宗朝亂臣史思明、元末文學家高明、明朝名書畫家祝允明（吳中四才子之一）、明朝名畫家文徵明（吳中四才子之一）、臺灣棒球名師徐生明、香港藝人黎明、大陸藝人黃曉明。

「亮」：三國蜀漢名臣諸葛亮、五代高僧知亮、臺灣名企業家吳東亮、臺灣名導演蔡明亮。

「榮」：五代周世宗柴榮，臺灣名企業家施振榮、張榮發，臺灣藝人洪榮宏、康晉榮（康康）、陳昭榮，香港藝人張國榮。

以本字組取名命字的用意

「光」字原為人在面前點火，使前途一片光明，本義便是「照亮」。後來指能照在物體上，使人能看見物體的那種能量。這種能量或者來自日、月、星辰，或者來自物質燃燒中質能的轉換。這種能量能使物體的顏色和外觀更容易辨識，所以便引申出形容詞義「明亮」。如果有個東西讓人覺得他（它）好像會發光一樣，我們便會說他（它）很有「光采」、很「風光」。如果一個人的成就能給別人帶來榮耀，這可以說是一種「光榮」。最容易觀察到的時間逝去的自然現象便是日光、春光，所以「光」也可指稱時間——「時光」、「光景」。以「光」字取名命字，一個是希望被命名者的視野一直有光線照耀，能夠明辨是非，做出明智的決定；一個是希望被命名者能有所成就，光耀門楣；一個是希望被命名者能夠時時自我提醒要把握光陰。「輝」字本義指的就是「光」的本身。以「輝」字取名命字，與取「光」字為名的一部分用意相當。

「明」字原指夜晚月光透窗而入，使得室內一片光明的樣子，所以一開始是做動詞「照明」來使用；白天陽光四照，使得一切清楚可辨，也叫「明」。如果心地光明，對所有法紀或規範瞭然於心，那也可以用「明」來形容這樣的修養境界——「明察」、「明理」。無知使人如處黑暗之地，如果得到他人的教導和指點，便有了明確的方向，心裡也跟著清楚「明白」；習得知識，知曉道理，便是「明辨」、「明瞭」。以「明」字取名命字，一個是希望被命名者能心地光明；一個是希望被命名者能有明辨的智慧，能明明白白的知道和實踐道理，不只獨善其身，還要像日月照耀大地一樣兼善天下。

「亮」字本義為登高使得視野變清楚，後來引申指光線充分照射的情況——「明亮」。以「亮」字取名命字，與取「光」、「明」字一部分用意相當。

「榮」字原意為多支光把所產生的旺盛照明效果，後來引申可形容植物開花開得十分繁茂盛多的樣子——「繁榮」。得到的爵位或獎賞像花那般處處開，便是「榮譽」、「光榮」。以「榮」字取名命字，一個原因與以「光」、「明」字為名相當；一個原因是希望被命名者能因為特殊的表現得到表揚和光榮，以及隨之而來的賞賜和榮華富貴。

與本字組有關的好話

以下收錄與本字組有關的好話，除了方便自我介紹和介紹親友外，讀完也能增進詞語知識和相關的應用能力哦！

·**光明磊落**

心胸坦蕩明白。《朱子語類．卷七四》：「譬如人光明磊落底便是好人，昏昧迷暗底便是不好人。」

·**奇光異彩**

奇妙的光亮和色彩。《孽海花．第十二回》：「向裡一望，只見是個窈窕洞房，滿室奇光異彩，也不辨是金是玉，是花是繡，但覺眼花繚亂而已。」

·**光芒萬丈**

射出的光線強可達萬丈。〔清〕龔自珍《金縷曲．沈虹橋廣文小像題詞》：「笑年來光芒萬丈，被他磨盡。」又可作「光焰萬丈」。

輝

・金碧輝煌

色彩十分華麗、光彩奪目。《西遊記・第四回》：「絳紗衣，星辰燦爛；芙蓉冠，金碧輝煌。」

・蓬蓽生輝

使得簡陋的屋室增加光彩；多用作謙辭。〔明〕無名氏《鳴鳳記・鄒林遊學》：「得兄光顧，蓬蓽生輝。」

・珠璧交輝

美好的事物交相輝映、幫襯。蔡寅〈遊上野博覽會〉詩：「珠璧交輝近日邊，上清高會敞瓊筵。」

明

・敬如神明

像對待神靈那樣的尊敬；後來引申形容對某人事物極爲尊重。《左傳・襄公十四年》：「敬之如神明」。

・同明相照

指二種光源相互映照而更顯明；比喻傑出人物得到賢者稱揚而聲名更昭顯。《史記・伯夷列傳》：「『同明相照，同類相求』……伯夷叔齊雖賢，得夫子而名益彰。」

・明月清風

過著只有明月清風相伴的生活；形容超塵脱俗的生活。〔明〕沈采《千金記・遇仙》：「纔功名水上鷗，俏芒鞋塵內走，怎如明月清風隨地有，到頭來消受。」也可作「清風明月」。

亮

・心明眼亮

頭腦清醒、眼睛雪亮。華而實《漢衣冠・五》：「老水手挺著胸，不躲避甘輝殺氣騰騰的眼光，凜然表白：『我們當兵的要心明眼亮。』」

・高風亮節

遇到折磨挑戰，更表現出其氣節。〔明〕茅僧曇《蘇園翁》：「親奉了張丞相鈞旨，説先生是當今一人，管樂流亞。又道先生高風亮節，非折簡所能招。」也可作「高風峻節」。

榮

・遁世遺榮

避世隱居，拋棄榮華富貴。〔晉〕慧遠〈答何鎮南書〉：「是故遁世遺榮，反俗而動。」

· 發榮滋長

草木繁茂地萌發生長。〔明〕高攀龍《講義．君子所性仁義禮智根於心》：「仁義禮智者，求則得之者也……四者之入於心，如木之於地，根深柢固，故能發榮滋長，暢茂條達而生色也。」後來引申可形容事物順利發展的樣子。

凱、勝

古字小常識：从，是「從」的本字，即起初的寫法。

本字組與相關諸字的歷史面貌和它們的造字本義

	凱		豈	勝
隸書		甲骨文		
行書		金文		
草書		戰國文字		
楷書		小篆		

「凱」這個字，《康熙字典》解釋道：「同愷。《玉篇》：『凱，樂也。』或作愷。」，它是個从「豈」「几」聲的形聲字，為「愷」的異體字，本意指的就是「歡樂」，所以从「豈」這個義符；後來引申有「戰勝凱旋」的意思。「豈」，《說文解字》解釋道：「還師振旅樂也。」它是個變形見義的字，从「壴」字分化而來。「壴」即鼓之象形（詳本書形容字組之六「嘉」字），這個鼓在打勝仗軍隊回國的途中一路拿來演奏，所以鼓上面的裝飾勢必隨風飛揚；「豈」和「壴」最大的不

● 「朕」字本義指用工具治舟楫漏水。

● 「豈」字指獲勝回國的軍隊敲奏鼓樂。

同就是後者上部表示鼓綑綁固定用的繩子或裝飾用的繐呈「山」形，而前者上部因為隨風飛揚而呈「山」形。它的本義就是「凱旋」，也就是「凱」字的初文。

「勝」這個字，《說文解字》解釋道：「任也。从力朕聲。」它是個从「力」「朕」聲的形聲字，本義指「勝任」，所以從「力」這個義符。如果可以勝任抗敵的工作，便能戰勝敵人，於是「勝」又引申出「勝利」的意涵。「勝」字的聲符「朕」原本从「舟」，後來訛成从「肉」；它左半邊畫出二手共（拱）著某種工具，用以治舟楫漏水，這就是「朕」字的本義。後來「朕」假借作第一人稱，本義就慢慢隱沒不顯了。

以本字組取名命字的名人

「凱」：明朝詩人袁凱、清末民初軍事家袁世凱、臺灣名企業家嚴凱泰、臺灣歌手伍思凱、中國名導演陳凱歌。

「勝」：抗秦義軍首領陳勝、王莽亂政殉國名士龔勝、臺灣史學家杜正勝，臺灣藝人卓勝利、宥勝，臺灣職棒選手林智勝、臺灣政治人物連勝文。

以本字組取名命字的用意

「凱」字本來指的是軍隊得勝歸來所奏的樂曲。因為是得勝所奏，所以此字又隱含了「勝利」這一層意思。既然勝利了，那必然快樂，所以「凱」字又與「愷」字互為異體字，表示「和樂」。以「凱」字取名命字，表示命名者希望被命名者在人生的各個關卡和挑戰中都能從容應戰，順利得勝，不斷的享受勝利的歡愉和別人的喝采。

「勝」字本來指的是「能夠承擔得起」的意思，即「勝任」、「稱職」；面對挑戰，能從容有餘裕的處理、面對，也是很「稱職」、很能「戰勝」自己的工作的。所以「勝」字引申又有「克服（困難）」、「勝利」的意思。既然要克服困難，那自己的能力便要在困難的程度之上，所以「勝」字又引申出「凌駕」、「超越」的意思。用「勝」字來形容事物的美好程度，那被形容的事物肯定是上等、頂級「優勝」的了。以「勝」字取名命字，表示命名者希望被命名者能夠戰勝生活中的一切困難、或是能成為眾人之上的國家棟梁。

與本字組有關的好話

以下收錄與本字組有關的好話，除了方便自我介紹和介紹親友外，讀完也能增進詞語知識和相關的應用能力哦！

凱

・凱風寒泉之思

兒子感念母親的心情。典故出自《詩經・邶風・凱風》：「凱風自南，吹彼棘薪。母氏聖善，我無令人。爰有寒泉，在浚之下。有子七人，母氏勞苦。」

・凱旋而歸

戰爭獲勝，軍隊奏著得勝樂曲歸來。〔南朝・宋〕謝靈運〈撰征賦〉：「願關鄴之遄清，遲華鑾之凱旋。」

・高奏凱歌

高聲演奏和歌唱勝利之歌。〔晉〕崔豹《古今注・音樂》：「短簫鐃歌，軍樂也……《周禮》所謂王大捷則令凱樂，軍大獻則令凱歌者也。」

勝

・人定勝天

人力定可戰勝大自然。〔宋〕劉過〈襄陽歌〉：「人定兮勝天，半壁久無胡日月。」

・名山勝川

風景優美的著名山川。《晉書・孫統傳》：「居職不留心碎務，縱意游肆，名山勝川，靡不窮究。」又可作「名山勝水」。

・喜不自勝

抑制不住內心的喜悅。〔唐〕裴鉶《傳奇・孫恪》：「恪慕其容美，喜不自勝。」

附錄。常見難字

堃、焱、煜（昱）、煒、鑫、琮、磊、睿、淼、蓁、婕、妤、甯、倞、胤、冪

附：「叡」、「濬」、「璿」

古字小常識：从，是「從」的本字，即起初的寫法。

難字	堃	焱
以此字取名命字之名人	臺灣政治人物游錫堃	中國藝人王焱、孟子焱
相關古文字形		金文「焱」；小篆「焱」
字義說解	「堃」字同「坤」，代表陰性或大地，在古代可以作為女性或女方的代稱。	「焱」字同「⿰火夜」，也可以指火焰或火光。

難字	煊	昱（煜）
以此字取名命字之名人	臺灣政治人物王建煊	南唐後主李煜
相關古文字形	小篆「煖」	甲骨文「昱」；小篆「昱」
字義說解	「煊」字同「煖」，有溫暖的意思。	今天之後，即明天；可寫作「翌」。也可指光明的樣子。如果表示光明，也可寫作「煜」。

難字	以此字取名命字之名人	相關古文字形	字義說解
煒	清朝康熙皇帝愛新覺羅・玄燁	 小篆「煒」	火光強盛的樣子。
鑫	中國兒童文學作家謝鑫		金（錢／財）多興盛的意思。
琮	東漢第六代沛王劉琮、東漢獻帝荊州牧劉琮	小篆「琮」 	原指瑞玉。形制上也可指古代的一種玉質禮器。
磊	中國藝人黃磊	小篆「磊」 	很多石頭累積在一起的樣子。

難字	以此字取名命字之名人	相關古文字形	字義說解
睿（叡、濬、璿）	晉元帝司馬睿 魏明帝曹叡 臺灣政治人物孫運璿 南朝宋平吳名將王濬	古文「睿」  小篆「叡」  戰國文字「濬」  小篆「濬」  戰國文字「璿」  小篆「璿」 	「睿」字與「叡」同，表示具有看透事物表象的智慧。 「濬」字即「浚」，有疏通、使河道變深的意思。 「璿」字即「璇」，美玉之名。
淼	中國藝人傅淼	小篆「淼」 	「淼」字同「渺」，水面遼闊無邊的樣子。

難字	以此字取名之名人	相關古文字形	字義說解
蓁	臺灣藝人詹乃蓁	戰國文字「蓁」 小篆「蓁」	草長得茂盛的樣子。或通「榛」字，植物的一種，果實似栗而小，可食。
婕	臺灣藝人賈永婕	小篆「婕」	〔婕妤〕為漢代女官，漢武帝時所設置，位視上卿，爵比列侯，地位很高。
妤	臺灣藝人紀欣妤	小篆「予」	
甯	臺灣藝人張鈞甯	小篆「甯」	「甯」字同「寧」，安定平靜的意思。

難字	以此字取名之名人	相關古文字形	字義說解
倞	中國藝人劉倞	戰國文字「倞」 小篆「倞」	一有強勁的意思；二有明亮的意思；三有遼遠的意思。
胤	宋朝開國君王趙匡胤	金文「胤」 小篆「胤」	「胤」字原指子孫相承。名詞化後可指後代；或由子孫相承的意思引申而有繼續的意思。
冪	大陸藝人楊冪	小篆「幕」	「幕」字同「冪」，指覆蓋東西的巾或幔。

中國各省簡稱

古字小常識：从，是「從」的本字，即起初的寫法。

抗日戰爭勝利後，中國境內戰火並未平息。由於國共不合，各地都發生激烈的對抗。國共內戰的結果，國民黨政府以敗北收場，國民黨政府官員及眷屬，連同不願接受共產黨統治的人民，輾轉播遷來臺。這些對臺灣原住民及原閩、廣移民第二、三代而言的所謂「外省人」，一部分擔任各級機關軍公教人員，一部分則與其他臺灣住民一樣從事各行各業，在臺灣落地生根。

由於對原鄉的懷念，當來臺第二、第三代陸續誕生時，取名命字上出現很多將原鄉的簡稱加以鑲入的情況。本附錄由北到南、由西到東，列出今日中國各省簡稱中較難理解者，並說明其由來，提供讀者參考。

省/市名	簡稱	簡稱由來
東北地區		
黑龍江	黑	因境內有黑龍江，故以「黑」為簡稱。
附：遼寧	遼	因境內有遼河，故以「遼」為簡稱。

省/市名	簡稱	簡稱由來
附：吉林	吉	因境內有松花江。滿州語稱「沿江」（沿著松花江）為「吉林烏拉」，故以「吉」為簡稱。
華北地區		
河北	冀	因位處古代冀州所在，故以「冀」為簡稱。
河南	豫	因位處古代豫州所在，故以「豫」為簡稱。
甘肅	甘、隴	因位處古代甘州、肅州所在，故以「甘」為簡稱；又境內有隴山，故以「隴」為簡稱。
陝西	秦、陝	因位處先秦秦國所在，故以「秦」為簡稱；又宋朝始置陝西路，故以「陝」為簡稱。
山西	晉	因位處先秦晉國所在，故以「晉」為簡稱。
山東	魯	因位處先秦魯國所在，故以「魯」為簡稱。
西部地區		
廣西	桂	因位處秦朝桂林郡所在，故以「桂」為簡稱。
附：蒙古	蒙	因位處宋朝時期的蒙古部落，元朝時期該部落統治歐亞大陸大半部，故以「蒙」為簡稱。
附：新疆	新	因境內為清朝新闢的疆土，故名「新疆」，並取「新」為簡稱。

省/市名	簡稱	簡稱由來
附：寧夏	寧	因位處宋朝時期西夏國所在，宋朝希望此地安寧不生戰禍，故名「寧夏」，並取「寧」為簡稱。
附：青海	青	因境內有青海湖，故以「青」為簡稱。
附：西藏	藏	因位處明朝「烏思藏」，清朝「衛藏」、「西藏」，故取「藏」為簡稱。
華南地區		
雲南	滇、雲	因位處古代滇國所在，故以「滇」為簡稱；又全境在雲嶺之南，故以「雲」為簡稱。
貴州	黔、貴	因位處秦朝黔中郡所在，故以「黔」為簡稱；又境內有貴山，故以「貴」為簡稱。
廣東	粵	因位處古代南越（粵）、百越（粵）所在，故以「粵」為簡稱。
福建	閩	因位處五代十國時期閩國所在，故以「閩」為簡稱。
海南	瓊	因位處唐朝瓊州所在，故以「瓊」為簡稱。
華中地區		
湖北	鄂	因位處春秋楚國鄂王封地所在，故以「鄂」為簡稱。
湖南	湘	因境內有湘江，故以「湘」為簡稱。
江西	贛	因境內有贛江，故以「贛」為簡稱。

省/市名	簡稱	簡稱由來
安徽	皖	因原境內為春秋皖國故地所在，故以「皖」為簡稱。
江蘇	蘇	因位處古代江寧、蘇州二府所在，故以「蘇」為簡稱。
附：四川	川、蜀	因境內有岷江、嘉陵江、沱江、烏江等大川，故以「川」為簡稱；又位處商周時期蜀國、巴國故地所在，故以「蜀」為簡稱。
附：浙江	浙	因境內有浙江，故以「浙」為簡稱。
重要城市		
南京	寧	因位處古代江寧府所在，故以「寧」為簡稱。
重慶	渝	因位處古代渝州所在，故以「渝」為簡稱。
上海	滬	以此地居民捕魚工具方言稱謂「扈」加「水」旁為簡稱。
西安	西、鎬	以本地居民習用之地名簡稱「西」為簡稱；又位處古代鎬都所在，故以「鎬」為簡稱。
附：北京	京、燕、薊	因位處先秦燕國都城薊所在，故以「薊」為簡稱；又古代遼國、金國先後以此為首都，並命名「燕京」，明成祖也以此為首都，並命名「北京」，故又以「燕」、「京」為簡稱。
附：天津	津	因明代以後為天子專用渡口「津」，故以「津」為簡稱。

漢字最美麗

漢字最美麗

漢字最美麗

國家圖書館出版品預行編目（CIP）資料

你知道你的名字是什麼意思嗎？ / 鄒濬智著.
－－初版. －－臺北市：五南，2014.09
面；公分 －－（悅讀中文；54）
ISBN 978-957-11-7736-6（平裝）
1.中國文字 2.姓名錄
802.2 103014521

你知道你的名字是什麼意思嗎？

作者 鄒濬智（330.2）
發行人 楊榮川
總編輯 王翠華
主編 黃文瓊
封面設計 童安安
內文插畫 林明鋒
出版者 五南圖書出版股份有限公司
發行人 楊榮川
地址：台北市大安區106
和平東路二段三三九號四樓
電話：（〇二）二七〇五—五〇六六
傳真：（〇二）二七〇六—六一〇〇
劃撥帳號：〇一〇六八九五三
網址：http//www.wunan.com.tw
電子郵件：wunan@wunan.com.tw
法律顧問 林勝安律師事務所 林勝安律師
出版日期 一〇三年九月初版一刷
定價 五〇〇元